001

ソードアート・オンライン

Sword Art Online

Aincrad

TEXT:
REKI KAWAHARA

ZEICHNUNGEN:
abec

DESIGN:
bee-pee

»Mein Motto ist eben, günstig einkaufen und günstig anbieten.«
Agil
§ Ein Händler in der Großstadt »Algade« auf der 50. Ebene von Aincrad
»Das ist aber ungewöhnlich, Asuna, dass du dich auf so einer Müllhalde blicken lässt.«
Kirito
§ Ein »Solospieler«-Schwertkämpfer, der die höchste Ebene von Aincrad erreichen will

»Kirito.«
Asuna
Sie führt das Pseudonym »Blitz« und ist die Vizekommandantin der Gilde »Ritter des Blutschwurs«

»Ich bin dem deutlich besser gewachsen als du.«
»Ich ... bring dich um ... Ich werde dich töten ... Als ob ein Knilch wie du Asuna beschützen könnte!«
Kuradeel
§
Ein Mitglied der Gilde »Ritter des Blutschwurs« und Schwertkämpfer, der für Asunas Eskorte zuständig ist

»Wenn du mich im Kampf besiegst, darfst du Asuna mitnehmen. Aber wenn du verlierst, trittst du den Rittern des Blutschwurs bei.«
Der Paladin Heathcliff
§
Der starke Gildenleiter der »Ritter des Blutschwurs«, benutzt einen Schild mit einem Kreuz darauf

»S… Sieh … nicht hierher …«

Das riesige schwebende Schloss

Aincrad

Ein Schloss mit insgesamt hundert Ebenen aus Stein und Eisen. Im Inneren existieren mehrere Großstädte, kleinere Städte und Dörfer, Wälder und Wiesen, Seen und so weiter. Auf jeder Ebene gibt es eine Treppe, die das Stockwerk mit dem unteren und dem oberen verbindet, aber alle liegen in gefährlichen Dungeons, in denen Monster herumlungern. Die Spieler in dieser Welt schlagen sich durch sie hindurch, entdecken den Weg zur nächsthöheren Ebene, besiegen die starken Wächter-Monster und arbeiten sich verbissen weiter vor in Richtung der Spitze des Schlosses. Auch abseits der Kämpfe gibt es viel zu entdecken und viel zu lernen, verschiedenste Dinge von Handwerkskünsten wie Schmieden, Lederarbeiten und Sticken bis hin zu Angeln, Kochen, Musizieren etc., und so erlebt man nicht nur Abenteuer, sondern kann auch ganz wörtlich »leben«.

»Aincrad« ist die Welt, in der *Sword Art Online* spielt, das das weltneue Game-Genre VRMMO krönt.

ソードアート・オンライン

Sword Art Online

Aincrad

001

TEXT:

REKI KAWAHARA

ZEICHNUNGEN:

abec

DESIGN:

bee-pee

»Das hier ist zwar ein Game, aber es ist kein Spiel.«

– Akihiko Kayaba, *Sword Art Online*-Programmierer

TOKYOPOP

Ein riesiges Schloss aus Stein und Eisen schwebt am unendlichen Firmament.

Das ist die Gänze dieser Welt.

Nach einem Monat Vermessungsarbeiten fand eine Gruppe exzentrischer Handwerker heraus, dass der Durchmesser des untersten Stockwerks ungefähr zehn Kilometer beträgt, sodass Tokyos Bezirk Setagaya* komplett hineinpassen würde. Weil darüber nicht weniger als einhundert weitere Ebenen liegen, ist die Größe der Welt in ihrer Gänze unvorstellbar. Es war unmöglich, die dafür benötigte Datenmenge auch nur zu erahnen.

Im Inneren des Schlosses existieren mehrere Großstädte, kleinere Städte und Dörfer, Wälder und Wiesen, Seen und so weiter. Auf jeder Ebene gibt es nur eine einzige Treppe, die das Stockwerk mit dem darüber verbindet, und da all diese Treppen in gefährlichen Dungeons liegen, in denen Monster herumlungern, ist das Auffinden und Benutzen schwierig. Aber wenn einmal jemand durchgekommen ist und eine Großstadt auf der nächsthöheren Ebene erreicht hat, dann wird diese über ein »Teleportgate« mit allen Großstädten auf den Ebenen darunter verbunden und jeder kann sich danach frei zwischen ihnen bewegen.

Auf diese Weise wurde das riesige Schloss über den langen Zeitraum von zwei Jahren langsam erobert. Die derzeitige Front ist die 74. Ebene.

Der Name des Schlosses ist »Aincrad«. Eine Welt der Schwerter und Kämpfe, in der sich ungefähr 6.000 Menschen aufhalten. Sie heißt auch ...

*Bezirk in Tokyo, 58 km² groß

Sword Art Online.

1

Die dunkelgrau glänzende Schwertspitze bohrte sich in meine Schulter.

Eine kalte Hand griff nach meinem Herzen, als die dünne Linie, die in meinem oberen Gesichtsfeld angezeigt wurde, ein kleines bisschen schrumpfte.

Diese waagerechte grüne Linie war mein Hit Point Bar, mein Trefferpunktebalken – die sichtbar gemachte verbleibende Menge meiner Lebenskraft.

Es waren noch über 80 Prozent des Maximalwertes übrig, aber so durfte ich nicht denken. Ich war jetzt 20 Prozent näher am Tod.

Bevor mein Gegner zum nächsten Angriff ausholen konnte, wich ich zurück und brachte Abstand zwischen ihn und mich.

Ich keuchte und versuchte, wieder zu Atem zu kommen. Mein »Körper« in dieser Welt brauchte keinen Sauerstoff, aber der, der auf der anderen Seite, in der realen Welt auf meinem Bett lag, keuchte jetzt sicher heftig. Kalter Schweiß würde auf meinen ausgestreckten Händen glitzern und mein Herz würde rasen.

Kein Wunder.

Auch wenn alles, was ich sah, virtuelle 3-D-Objekte und meine schwindende Lebenskraft nur digitalisierte Trefferpunkte waren, riskierte ich bei diesem Kampf doch mein Leben.

In diesem Sinn war dieser Kampf äußerst unfair. Denn mein »Feind« – das Monster, halb Mensch, halb Tier, mit der glitschigen, grün glänzenden schuppigen Haut und den langen Armen, dem Kopf und dem Schwanz einer Echse – das war nicht nur offensichtlich kein Mensch, sondern es hatte auch kein echtes Leben. Egal wie oft es getötet wurde, es war nur ein Haufen digitaler Daten, der vom System unendlich oft wiederbelebt werden konnte.

Nun, ganz so einfach dann doch nicht.

Das AI-Programm, das diesen Echsenmenschen steuerte, hatte meine Art zu kämpfen beobachtet, die Algorithmen des Monsters angepasst und mit jeder Minute weiter verbessert. Doch unmittelbar nach seiner Vernichtung würden diese Algorithmen zurückgesetzt werden, anstatt die Lerndaten als Feedback an den nächsten Körper derselben Art zu senden, der in dieser Gegend auftauchen würde.

In diesem Sinn lebte also auch dieser Echsenmann. Als einzigartiges Wesen auf dieser Welt.

»Oder so ...«

Es war unmöglich, dass er mein Gemurmel verstanden hatte, aber der Echsenmann – ein Monster des Levels 82 namens »Lizardman Lord« – bleckte seine zahlreichen langen, dünnen, scharfen Fangzähne und lachte.

Das war real. Diese ganze Welt war real.

Ich hob meine rechte Hand, in der ich das Einhand-Langschwert hielt, und brachte mich in Angriffsposition.

Auch der Lizardman hielt den Faustschild in seiner linken Hand hoch und zog den Scimitar mit seiner rechten.

Durch die dämmrigen Passagen des Labyrinths blies von irgendwoher ein kühler Wind und ließ die Fackeln an der Mauer auflodern. Das Licht der Flammen spiegelte sich unruhig auf dem feuchten Steinpflaster.

»Uaaah!«

Mit scheußlichem Gebrüll rannte der Lizardman Lord in meine Richtung los. Der Scimitar schwang in hohem Bogen durch die Luft auf meine Brust zu und zog eine Lichtspur in kräftigem Orange: ein hochrangiger Sword Skill aus der Kategorie der gebogenen Klingen und eine tödliche Fertigkeit, »Fell Crescent«. Eine herausragende Technik des Schwertangriffs mit einer Reichweite von vier Metern in 0,4 Sekunden.

Aber ich hatte diesen Angriff vorausgesehen.

Wenige Zentimeter vor meiner Nase sauste die Spitze des Scimitars herunter und zog einen verbrannten Geruch hinter sich her, während ich in geduckter Haltung die Brust des Echsenmanns anvisierte.

»Haaa!«

Mit einem Schrei schwang ich das Schwert in meiner rechten Hand waagerecht durch die Luft. Die in einen hellblauen Lichteffekt gehüllte Klinge brach den geschuppten Bauch meines Gegners auf. Doch anstelle von Blut kam ein strahlend rotes Licht heraus. Der Echsenmann stieß einen spitzen Schrei aus.

Aber meine Bewegung hörte damit nicht auf. Das System folgte dem Schwung meiner Waffe automatisch und erlaubte mir, den folgenden Hieb in einer normalerweise unmöglichen Geschwindigkeit zu führen.

Das war das wichtigste Element, das Kämpfe in dieser Welt entschied: »Schwertfertigkeiten« – »Sword Skills«. Mein von links nach rechts zurückgeschwungenes Schwert schnitt nun durch die Brust des Echsenmanns. Ohne langsamer zu werden, vollführte ich eine Drehung, und der dritte Hieb drang noch tiefer in den Körper des Feindes ein.

»UARGH!«

Trotz seiner Verletzung hob der Lizardman mit einem Schrei des Zorns oder der Furcht den Scimitar in seiner rechten Hand weit nach oben, um auszuholen.

Aber mein Bewegungsablauf war noch nicht beendet. Wie durch eine Feder zurückschnellend schoss mein Schwert nach links oben und traf direkt in das Herz des Feindes – den »Critical Point«.

Durch die insgesamt vier Folgeangriffe hatten sich um mich herum rechtwinklige Linien aus hellblauem Licht ausgebreitet: eine horizontale vierfache Combo, der Sword Skill »Horizontal Square«.

Der kräftige Lichteffekt beleuchtete hell die Wände des Labyrinths und wurde dann schwächer. Gleichzeitig erlosch der über dem Kopf des Lizardman angezeigte Hit Point Bar.

Während er einen langen Todesschrei ausstieß, krümmte sich der riesige grüne Körper nach hinten und erstarrte dann in einem unnatürlichen Winkel.

Mit einem Laut, als würde ein Klumpen Glas zerbrechen, zerbarst er in winzige Polygonsplitter.

Das war der »Tod« in dieser Welt. Unmittelbar und einfach. Komplette Vernichtung, ohne eine Spur zu hinterlassen.

In der Mitte meines Gesichtsfeldes erschienen in violetter Schrift die Anzahl der gewonnenen Erfahrungspunkte und eine Liste der vom Gegner fallen gelassenen Gegenstände. Ich warf einen flüchtigen Blick darauf, schwang mein Schwert nach links und rechts und schob es dann in die Scheide auf meinem Rücken. Dann ging ich ein paar Schritte rückwärts, bis ich mit dem Rücken an die Mauer des Labyrinths stieß, lehnte mich dagegen und rutschte langsam daran hinunter.

Laut stieß ich meinen angehaltenen Atem aus, und als ich ganz fest die Augen schloss, spürte ich einen stechenden Schmerz hinter meiner Schläfe, vielleicht aufgrund der Erschöpfung durch den langen Einzelkampf.

Die Zeitanzeige, die klein unten rechts in meinem Gesichtsfeld leuchtete, bewegte sich schon auf 15 Uhr zu. Wenn ich nicht bald aus diesem Labyrinth hinauskäme, würde ich es nicht vor Anbruch der Dunkelheit in die Stadt zurückschaffen.

»Dann machen wir uns mal auf den Rückweg ...«, murmelte ich und stand langsam auf.

Das Ende eines Tagewerks an »Eroberungen«. Auch heute war ich irgendwie dem Sensenmann entkommen und hatte überlebt. Aber auch wenn ich ins Nest zurückkehrte und kurz pausierte, würde der nächste Tag eine weitere endlose Reihe an Kämpfen bringen. Egal wie vorsichtig ich war: Wenn ich mich ständig in Kämpfe mit einer Gewinnchance von unter 100 Prozent stürzte, würde irgendwann der Zeitpunkt kommen, an dem mein Glück mich im Stich ließe.

Die Frage war, ob ich dieses Game durchspielen konnte, bevor ich die Arschkarte zog.

Wenn es einem nur ums Überleben ging, dann war es klüger, die Sicherheitszone der Stadt keinen Schritt weit zu verlassen und auf den Tag zu warten, da irgendjemand Verbissenes das Game für einen durchspielte. Aber ich gehörte nicht zu diesen Leuten. Ich kämpfte weiter jeden Tag allein an vorderster Front und sammelte unter größter Gefahr immer mehr Erfahrungspunkte. Entweder war ich mit Haut und Haaren dem VRMMORPG* verfallen oder ... ein riesiger Vollidiot, der sich einbildete, mit seinem Schwertarm die Welt befreien zu können.

*Virtual Reality Massively Multiplayer Online Role-Playing Game

Ein selbstironisches Lächeln spielte um meine Mundwinkel, und während ich in Richtung des Ausgangs des Dungeons loslief, erinnerte ich mich plötzlich an den einen Tag damals zurück, zwei Jahre zuvor, der alles verändert hatte.

Den Moment, als alles endete und alles begann.

2

»Uaah … Huah … Haaa!«

Zusammen mit einem seltsamen Schrei schnitt die Schwertspitze mit verzweifelten Hieben lediglich durch Luft.

Direkt darauf überfiel der blaue Eber, der mit einer für den riesigen Körper schnellen und wendigen Bewegung dem Schwert ausgewichen war, seinen Gegner mit einem rasenden Gegenangriff. Ich musste unwillkürlich lachen, als ich sah, wie er von der platten Schnauze von den Beinen geholt wurde und über die Wiese rollte.

»Ha ha ha … doch nicht so! Deine Anfangsbewegung ist das Wichtigste, Klein.«

»Au au au … Verdammt.«

Der Angreifer – mein Gruppenmitglied Klein – stand unter Flüchen auf, sah mich flüchtig an und begann, zu jammern.

»Was laberst du denn da, Kirito … Der da bewegt sich doch auch, verdammt noch mal.«

Diesen jungen Mann, dessen rötliches Haar dank eines Bandana um den Kopf bürstenartig abstand und dessen langer, magerer Körper in einen einfachen Lederharnisch gehüllt war, hatte ich gerade erst vor ein paar Stunden kennengelernt. Hätten wir uns unter unseren richtigen Namen getroffen, dann wäre es schwer vorstellbar gewesen, dass wir keine Höflichkeitsformen verwendet hätten. Aber weil sein Name Klein und mein Name Kirito die Charakternamen waren, die wir uns zu Beginn dieses Games gegeben hatten, wäre es eher komisch gewesen, ein »-san«* anzuhängen.

Ich sah, dass seine Beine zitterten, und dachte, ihm sei ein bisschen schwindlig. Mit der linken Hand nahm ich aus dem Dickicht zu meinen Füßen einen kleinen Stein und brachte ihn über meiner Schulter in Position. Das System identifizierte die Ausgangsposition eines Sword Skills und der Stein leuchtete in schwachem Grün auf.

Meine linke Hand bewegte sich fast automatisch und der Stein, der mit einem klaren Lichtbogen durch die Luft flog, traf zwischen die Brauen des blauen Ebers, der sich zu einem weiteren Angriff bereit gemacht hatte. Er ließ einen Wutschrei los und raste nun auf mich zu.

»Klar, dass er sich bewegt, das ist keine Strohpuppe wie im Training. Aber wenn du den Angriff richtig beginnst und den Sword Skill in Gang setzt, dann lässt das System den Skill für dich treffen.«

»Bewegung ... Bewegung ...«

Während er das wie eine Beschwörung immer wieder vor sich hin murmelte, schwang Klein das Entermesser in seiner rechten Hand.

Der blaue Eber, auch bekannt als »Frenzy Boar«, war ein unbedeutendes Level-1-Monster, aber da Kleins Hiebe trotzdem oft danebengegangen und mit zahlreichen Gegenangriffen beantwortet worden waren, war sein Hit Point Bar

*höfliche, geschlechtsunabhängige Anrede

fast um die Hälfte gesunken. Wenn er starb, würde er zwar lediglich in der nahen »Stadt der Anfänge« wiederauferstehen, aber noch einmal bis zu den jetzigen Jagdgründen zu laufen, wäre zeitraubend gewesen. Er hatte nur noch diese eine Chance.

Während ich mit dem Schwert in meiner Rechten den Angriff des Ebers abwehrte, legte ich meinen Kopf mit einem »Hmmm« schief.

»Wie erklär ich dir das am besten ... Es ist nicht so, dass du dich eins, zwei, drei positionierst, ausholst und zuschlägst, sondern am Beginn der Bewegung konzentrierst du dich nur ein kleines bisschen und lädst deine Attacke auf, und wenn du spürst, dass der Skill einsetzt, schlägst du zu, in etwa so, zack!«

»Zack, hm?«

Klein positionierte seine gebogene Klinge auf mittlerer Höhe, während sich sein gut aussehendes Gesicht unter dem Bandana zu einer erbärmlichen Grimasse verzog. Er atmete tief ein und aus und ging dann breitbeinig in die Knie. Sein Schwert hob er, als wolle er es auf der rechten Schulter tragen. Dieses Mal wurde die regelkonforme Haltung identifiziert, und als seine Klinge einen weichen Kreisbogen zeichnete, leuchtete sie in einem sanften Orange.

»Haaaarh!«

Mit einem tiefen Schrei machte er in einer im Vergleich zu vorher völlig veränderten glatten Bewegung mit dem linken Fuß einen Ausfallschritt nach vorne.

Ein metallischer Klangeffekt ertönte und die Klinge zeichnete eine flammenfarbene Spur in die Luft. Der Basis-Skill für einhändig geführte gebogene Klingen, »Reaver«, traf wunderschön den Kopf des Ebers, der kurz davor gewesen war, anzugreifen, und blies dessen Hit Points weg, die ich zuvor halbiert hatte.

Nach diesem erbärmlichen Todesmoment zersprang der riesige Körper wie Glas und vor meinen Augen erschien in violetter Schrift die Zahl der addierten Erfahrungspunkte.

»Hahaaa!«

Klein nahm eine stolze Siegerpose ein, sah sich mit einem Grinsen, das bis über beide Ohren reichte, um und reckte die linke Hand nach oben. Nachdem wir eingeschlagen hatten, lachte ich ihn an.

»Glückwunsch zum ersten Sieg ... Aber der Eber hätte in einem anderen Game einem absoluten Anfangsgegner entsprochen.«

»Ach so ist das! Und ich dachte, das wäre ein Zwischenboss.«

»Wohl kaum.«

Während sich mein Lachen zu einem gezwungenen Lächeln wandelte, schob ich mein Schwert in die Scheide auf meinem Rücken.

Ich machte mich zwar über ihn lustig, aber tatsächlich konnte ich Kleins Freude und Begeisterung gut verstehen. Da ich ihm in Erfahrung und Wissen zwei Monate voraus war, hatte in den bisherigen Kämpfen immer nur ich die Monster getötet. Jetzt hatte er endlich einmal selbst das erfrischende Gefühl erfahren, mit dem eigenen Schwert einen Feind zu vernichten.

Ich ließ Klein spielen, der, als wolle er üben, mit freudig schrillem Schrei immer wieder den gleichen Sword Skill in Gang setzte, und sah mich um.

Die Wiese, auf der wir standen, breitete sich in alle vier Richtungen aus und leuchtete wunderschön im Sonnenlicht, das sich allmählich leicht rot färbte. Weit im Norden lag die Silhouette eines Waldes, im Süden glitzerte ein See und im Osten konnte man schwach die Mauern der Stadt erkennen. Im Westen sah ich nur endlosen Himmel und eine Ansammlung golden leuchtender Wolken.

Wir standen auf dem Gebiet, das sich westlich der Stadt der Anfänge ausbreitete, dem Startpunkt am südlichen Rand der untersten Ebene des riesigen schwebenden Schlosses »Aincrad«. In der Umgebung hätten eigentlich wenigstens ein paar Spieler auf gleiche Weise mit Monstern kämpfen müssen, aber ich konnte niemanden entdecken, vielleicht wegen des enormen Ausmaßes der Wiese.

Als er endlich zufrieden war, kam Klein zu mir, während er sein Schwert in die Scheide an seiner Hüfte schob, und ließ wie ich seinen Blick umherwandern.

»Aber weißte ... Egal wie oft ich mich umsehe, ich kann's einfach nicht glauben. Dass wir uns hier mitten im Game befinden.«

»Wir sind zwar mittendrin, aber das heißt nicht, dass deine Seele in die Spielwelt hineingesaugt wurde. Anstelle unserer Augen und Ohren sehen und hören unsere Gehirne direkt das, was das ›NerveGear‹ mit elektromagnetischen Wellen schickt.« Ich zuckte mit den Schultern.

Klein machte ein Gesicht wie ein unzufriedenes Kind. »Da bist du also schon dran gewöhnt, was. Für mich ist das hier aber meine erste ›Full Dive‹-Erfahrung! Das ist wirklich abgefahren ... Wie krass, in was für einer Wahnsinnszeit wir leben!«

»Du übertreibst ja wohl total.«

Ich lachte, aber im Inneren fühlte ich genau das Gleiche.

NerveGear.

Das war der Name der Game-Hardware, die dieses VRMMORPG – *Sword Art Online* – in Gang setzte. Aber ihre Struktur war grundlegend anders als die der Wohnzimmer-Spielekonsolen der Vorgängergeneration.

Im Gegensatz zur früheren Hardware, die als Schnittstellen einen flachen Monitor und einen in der Hand gehaltenen Controller benötigt hatte, gab es beim NerveGear nur eine Schnittstelle: einen stromlinienförmigen Helm, der den Kopf komplett bedeckte.

In sein Innenteil waren unzählige Signalkomponenten eingebettet und das Gear war über die vielen elektrischen Felder, die diese erzeugten, direkt mit dem Gehirn des Users verbunden. Der User sah und hörte nicht mit seinen Augen und Ohren, sondern sah und hörte die Informationen, die direkt an das Seh- und Hörzentrum in seinem Gehirn gegeben wurden. Aber nicht nur das. Das NerveGear hatte auch Zugang zu Tast-, Geschmacks- und Geruchssinn, also insgesamt zu allen fünf Sinnen.

Nachdem die Kopfbedeckung angelegt und unter dem Kinn mit dem Fixierbügel verschlossen war, verschwand in dem Moment, da man das Kommando »Link Start« aussprach, jeglicher Umgebungslärm, und das Gesichtsfeld wurde in tiefes Schwarz gehüllt. Wenn man dann durch den regenbogenfarbenen Ring schritt, der sich aus dessen Mitte heraus ausbreitete, trat man in eine völlig andere Welt, die komplett aus digitalen Daten bestand.

Mit anderen Worten: Diese Maschine, die im Mai 2022 ihren Verkaufsstart gehabt hatte, ließ endlich eine komplette »virtuelle Realität« Wirklichkeit werden. Der große

Elektronikkonzern, der sie entwickelt hatte, beschrieb die Verbindung mit der virtuellen Realität durch das NerveGear als »Full Dive«, und sie wurde ihrem Namen gerecht, denn sie entsprach der kompletten Isolierung von der Außenwelt.

Dem User wurden nicht nur virtuelle Sinnesinformationen gegeben, sondern sogar die Befehle, die das Gehirn an den eigenen Körper erteilte, wurden unterbunden.

Man konnte sagen, dass dies eine notwendige Voraussetzung war, um sich in der virtuellen Realität frei zu bewegen. Wenn die Befehle an den realen Körper ihre Wirkung gezeigt hätten, wäre zum Beispiel ein User, wenn er im Full Dive in der virtuellen Realität seinem Gehirn den Befehl »Rennen« gegeben hätte, auch mit seinem realen Körper losgerannt und gegen die Wand seines Zimmers gekracht.

Doch weil das NerveGear im verlängerten Rückenmark die Befehlssignale an den Körper unterband und in digitale Signale umwandelte, um den Avatar zu bewegen, sprangen Klein und ich auf dem virtuellen Kampfplatz frei herum und konnten unsere Schwerter schwingen.

Wir »lebten« sozusagen in dem Game.

Die Andersartigkeit und Tiefe dieser Erfahrung hatte viele Gamer außerordentlich fasziniert, mich eingeschlossen. So sehr, dass ich der Überzeugung gewesen war, nie wieder zu Schnittstellen auf dem Niveau von Eingabestift oder Bewegungssensor zurückkehren zu wollen.

Ich wandte mich an Klein, der seinen Blick über das sich im Wind wiegende Gras und die Stadtmauern in der Ferne schweifen ließ und der tatsächlich Tränen in den Augen hatte.

»Also ist das dein erstes Mal sowohl mit einem NerveGear-Game als auch mit *SAO* hier?«

Klein drehte mir sein Gesicht zu, das kühn geschnitten war wie das eines Kriegers der Sengoku-Zeit*, und nickte. »Jo.«

Wenn er ein ernstes Gesicht gemacht hätte, hätte er ausgesehen, als könne er die Hauptrolle in einem Samurai-Drama übernehmen, aber dieses Aussehen entsprach natürlich nicht der Realität. Es war ein Avatar, das Resultat einer langen Liste verschiedenster aufeinander abgestimmter Parameter.

Natürlich war auch ich unverschämt gut aussehend und besaß Gesichtszüge wie der Held eines Fantasy-Anime.

Mit seiner starken und klaren Stimme, die sich vermutlich ebenfalls von seiner realen unterschied, fuhr Klein fort.

»Wobei, eigentlich war's eher so, als *SAO* in den Verkauf kam, hab ich mir Hals über Kopf auch die passende Hardware zugelegt. Tja, da beim ersten Mal nur 10.000 Stück verkauft wurden, hatte ich wohl ziemliches Glück, wenn ich das so sagen darf ... Na ja, eigentlich hattest du noch zehnmal mehr Glück, dass sie dich als *SAO*-Betatester ausgewählt haben. Das war doch auf grad mal 1.000 Leute beschränkt!«

»Hmm, wenn du meinst.«

Als er mich so durchdringend anstarrte, kratzte ich mich unvermittelt am Kopf.

Ich erinnerte mich noch, als wäre es gestern gewesen, an die Aufregung und Begeisterung, als in allen Medien groß der Game-Titel *Sword Art Online* verkündet worden war.

Aufgrund der Neuheit der Mechanik des NerveGear, das den Full Dive, die Game-Umgebung eines neuen Zeitalters, hatte Realität werden lassen, hatte es nur wenige attraktive Titel unter den wesentlichen Software-Veröffentlichungen gegeben. Weil das alles ausnahmslos anspruchslose Puzzles und Lernspiele sowie Titel aus dem Bereich Natur und

*»Zeit der kämpfenden Reiche«, ca. 1477–1573, Zeit vor der japanischen Reichseinigung

Umwelt gewesen waren, hatte sich bei Game-Junkies wie mir Unzufriedenheit breitgemacht.

Das NerveGear schaffte eine tatsächliche virtuelle Realität. Aber diese virtuelle Welt war so beengt, dass man gegen eine Wand stieß, wenn man hundert Meter weit lief. Somit war es wohl eine natürliche Entwicklung, dass ich und andere Hardcore-Gamer, die vom Verkaufsstart der Hardware an von der Idee begeistert gewesen waren, selbst in ein Game einsteigen zu können, sofort sehnsüchtig auf Titel eines bestimmten Genres gewartet hatten.

Nämlich ein MMORPG, ein Network-Game, bei dem in einer riesigen anderen Welt Tausende, Zehntausende Spieler gleichzeitig verbunden waren, dort lebten, kämpften und Abenteuer bestanden.

Als die Erwartungen und Sehnsüchte bis zum Äußersten gestiegen waren, war endlich das Game angekündigt worden, das das weltweit neue Genre VRMMO krönen sollte: *Sword Art Online*.

Das Game spielte in einem riesigen schwebenden Schloss, das hundert Ebenen umfasste.

Die Spieler in dieser Welt liefen durch diese Ebenen, auf denen es Wiesen, Wälder, Städte und Dörfer gab, fanden den Weg zu den höheren Ebenen, besiegten starke Wächter-Monster und arbeiteten sich verbissen in Richtung der Spitze des Schlosses vor.

Das Element »Magie«, das zuvor für Fantasy-MMOs als notwendig erachtet worden war, war mutig abgeschafft und stattdessen eine fast unendliche Zahl an sogenannten »Sword Skills«, also Schwertfertigkeiten, eingeführt worden. Das diente dazu, dass man die Full-Dive-Umgebung, in der man den eigenen Körper und das eigene Schwert tatsächlich bewegte und kämpfte, optimal erfahren konnte.

An Skills gab es außer denen für den Kampf viele verschiedene, Handwerkskünste wie Schmieden, Lederarbeiten und Sticken und Alltägliches wie Angeln, Kochen, Musizieren und so weiter. Und so erlebten die Spieler nicht nur Abenteuer auf dem weiten Feld, sondern konnten auch ganz wörtlich »leben«. Wenn man wollte und sich anstrengte, war es sogar möglich, sein eigenes Haus zu kaufen, Felder anzulegen und Schafe zu züchten.

Als diese Informationen nach und nach bekannt gegeben worden waren, war die Begeisterung der Gamer gestiegen, ob sie es gewollt hatten oder nicht.

Für die Plätze der Betatest-Spieler, also die Gruppe von Teilnehmern, die das Game vor dem Start des offiziellen Service testen durften und von denen gerade mal 1.000 rekrutiert worden waren, hatte es einen Ansturm von 100.000 Bewerbungen gegeben, was fast der Hälfte aller damals verkauften NerveGears entsprochen hatte. Dass ich als einer der wenigen ausgewählt worden war, war nichts weiter als Glück gewesen. Noch dazu war den Betatestern das Vorkaufsrecht für das spätere offizielle Paket gewährt worden.

Die zweimonatige Testphase war vergangen wie im Traum. Ich hatte auch in der Schule eifrig über Skill-Kombinationen und Ausrüstungsgegenstände nachgedacht und war nach dem Unterricht sofort nach Hause zurückgeeilt und fast bis zum Morgengrauen im Dive geblieben. Im Nu war der Betatest vorbei gewesen, und an dem Tag, als mein inzwischen ausgebildeter Charakter zurückgesetzt worden war, hatte ich ein Gefühl des Verlustes empfunden, als sei mir wirklich mein eigener Körper zur Hälfte geraubt worden.

Es war Sonntag, der 6. November 2022.

Der offizielle Service des sehnlich erwarteten *Sword Art Online* war um 13 Uhr gestartet worden.

Natürlich hatte ich mich schon 30 Minuten vorher bereitgehalten und mich mit keiner Sekunde Verspätung eingeloggt, und dem Serverstatus nach zu schließen, wo die Anzahl der Verbindungen sofort 9.500 überschritt, hatten es die anderen glücklichen Käufer genauso gemacht. Bei allen großen Onlinehändlern war wohl innerhalb von wenigen Sekunden die erste Lieferung ausverkauft gewesen, und vor dem gestrigen Verkaufsstart in den Geschäften hatten sich schon drei Tage vorher Schlangen von Spielern gebildet, die Tag und Nacht gewartet und es bis in die Nachrichten geschafft hatten. Mit anderen Worten: Ungefähr 100 Prozent der Menschen, die das Paket hatten kaufen können, waren schwere Game-Junkies.

Das wurde auch durch das totale Gamer-Verhalten Kleins anschaulich.

Nachdem ich mich bei *SAO* eingeloggt und wieder den wohlvertrauten Pflasterboden der Stadt der Anfänge betreten hatte, hatte ich zu dem preisgünstigen Waffenhändler in den verworrenen Seitengässchen rennen wollen. An diesem Losrennen hatte Klein wohl ohne Zweifel erkannt, dass ich jemand mit Beta-Erfahrung war. Er hatte mich angehalten und mich inständig gebeten: »Bitte gib mir 'ne Lektion!«

Ich hatte diese Unverschämtheit bei der ersten Begegnung unwillkürlich bewundert und wie ein durch die Stadt führender Nicht-Spieler-Charakter so etwas wie »Äh, ja. Also … Wollen wir zum Waffenhändler?« geantwortet. Wir waren schnell ein Team geworden, ich hatte sogar eine Kampfeinführung auf dem Feld gegeben, und so waren wir hierhergekommen.

Um ehrlich zu sein, ich war im Game, wie wohl auch in der realen Welt, nicht sonderlich gut im Umgang mit Menschen. Während des Betatests hatte ich eine Menge Bekannte gefunden, aber darunter war kein Einziger gewesen, den ich einen Freund hätte nennen können.

Dieser junge Mann namens Klein hatte jedoch etwas, das mir auf wundersame Weise ans Herz ging, und mir war das auch gar nicht unangenehm. Während ich dachte, dass ich mit ihm vielleicht lange Zeit zusammenbleiben könnte, machte ich wieder den Mund auf.

»Na dann ... Was machen wir jetzt? Jagen wir noch ein bisschen, bis du dein Geschick trainiert hast?«

»Na logo! Also ... gern, aber ...«

Kleins schöne Augen bewegten sich ein bisschen nach rechts. Er checkte die Uhrzeit, die am Rand seines Gesichtsfelds angezeigt wurde.

»... so langsam muss ich mal kurz aufhören und was essen. Ich hab mir für 17:30 Uhr 'ne Pizza nach Hause bestellt.«

Ich war erstaunt. »Du bist auf alles vorbereitet, was?«

Klein streckte stolz seine Brust heraus und fuhr fort, als sei es ihm gerade erst eingefallen. »Ah, also ich hab mit einigen Bekannten aus 'nem anderen Game ausgemacht, dass wir uns später in der Stadt der Anfänge treffen. Wie wär's, ich stell dich vor, dann kannst du sie auch zu deinen Freunden hinzufügen? Das ist praktisch, da kann man sich jederzeit Messages schicken.«

»Äh ... tjaaa ...« Ich stammelte unwillkürlich.

Mit diesem jungen Mann Klein war ich ganz unbefangen zusammen, aber das war keine Garantie dafür, dass ich mich auf gleiche Weise mit seinen Bekannten anfreunden würde.

Mir schien, dass es eher darauf hinauslaufen würde, dass, wenn ich mit ihnen nicht zurechtkäme, es auch mit Klein unangenehm werden würde.

»Na jaaa …«

Ich fragte mich, ob Klein wohl aus meiner unklaren Antwort auf deren Grund geschlossen hatte.

»Na, ich will dich natürlich nicht zwingen. Es wird bestimmt noch 'ne Gelegenheit geben, dich vorzustellen.«

»Hmmm. Tut mir leid. Aber danke.«

Klein schüttelte vehement den Kopf. »Hey, hey, bedanken muss hier ja wohl ich mich! Du hast mir echt voll geholfen, dafür werde ich dir eines Tages noch sehr dankbar sein.« Er lachte breit und sah wieder auf die Uhr.

»Hm, ja, also ich hör hier jetzt erst mal auf. Ein fettes Danke, Kirito. Ich freu mich drauf, dich wieder zu treffen.«

Ich schüttelte seine mit einem Ruck ausgestreckte Hand, während ich dachte, dass dieser junge Mann in »dem anderen Game« sicher ein guter Anführer gewesen war.

»Ja, ich freu mich auch. Wenn du wieder Fragen hast, kannst du mich jederzeit rufen.«

»Jo. Ich verlass mich drauf.«

Bis zu diesem Moment war Aincrad – oder die Welt namens *Sword Art Online* – ohne Zweifel für mich nur ein unterhaltsames »Game« gewesen.

Klein ging einen Schritt zurück, streckte den Zeige- und Mittelfinger seiner rechten Hand senkrecht nach oben und schwang sie gerade nach unten. Das war die Bewegung, mit der man das »Hauptmenü-Fenster« des Games aufrief.

Sofort erschien, begleitet von einem Klangeffekt, als würden Glocken läuten, ein violett leuchtendes, halb durchsichtiges Rechteck.

Ich ging ebenfalls ein paar Schritte zurück, setzte mich auf einen Felsen und öffnete ein Fenster. Ich begann, den Finger zu bewegen, um die Gegenstände zu ordnen, die bis zum jetzigen Kampf mit dem Eber fallen gelassen worden waren.

Kurz darauf erklang Kleins aufgeregter Ausruf.

»Hä? Was soll das denn ...? *Es gibt keinen Log-out-Button!*«

Jetzt wurde ich aufmerksam und hob den Kopf.

»Wie, es gibt keinen Button ...? Das kann nicht sein, schau noch mal genau hin.«

Der hochgewachsene Krummschwertträger mit dem Bandana mit dem geschmacklosen Muster bedachte mich mit einem bösen Blick und näherte sein Gesicht dem Menü vor seinen Händen.

In dem querformatigen rechteckigen Fenster waren im Startzustand links mehrere Menü-Tabs aneinandergereiht, und rechts wurde eine menschliche Silhouette dargestellt, die den eigenen Ausrüstungszustand mit Gegenständen anzeigte. Ganz unten unter diesem Menü musste »Log-out« stehen, also der Button, der den Ausstieg aus dieser Welt befahl.

Als ich meinen Blick wieder der Übersicht der Gegenstände widmen wollte, die ich in den vielstündigen Kämpfen erhalten hatte, schrie Klein mich mit einer ziemlichen Lautstärke an. »Es ist wirklich keiner da! Schau doch selbst, Kirito!«

»Oh Mann, ich sag doch, das ist unmöglich ...« Ich seufzte und drückte oben links in meinem Menü den Button, um ins Hauptmenü zurückzukehren.

Das Inventar, das sich rechts geöffnet hatte, schloss sich sanft und das Fenster kehrte in den Startzustand zurück. Eine Figur mit vielen offenen Ausrüstungsslots erschien und links reihten sich die Menü-Tabs eng aneinander.

Mit einer Bewegung, die ich inzwischen im Schlaf gekonnt hätte, ließ ich meinen Finger bis ganz nach unten gleiten – und erstarrte.

Er war nicht da.

Wie Klein gesagt hatte, der Log-out-Button, der während des Betatests – nein, auch direkt nachdem ich mich heute Mittag um 13 Uhr eingeloggt hatte, ganz sicher – da gewesen war, war jetzt verschwunden.

Ich starrte ein paar Sekunden auf die leere Stelle, sah noch einmal die Menü-Tabs eins nach dem anderen langsam durch, und nachdem ich mich überzeugt hatte, dass sich die Position des Buttons nicht einfach geändert hatte, blickte ich auf.

Klein hatte seinen Kopf geneigt, als wolle er »Na?« sagen. »Er ist weg, oder?«

»Ja, er ist weg.«

Der Krummschwertträger zog eine Grimasse und strich über sein kräftiges Kinn. »Na ja, heute ist der erste Tag des offiziellen Service dieses Games. Da kommen solche Bugs schon mal vor. Da wird's jetzt eine Flut von Game-Master-Rufen geben. Bestimmt sind die Admins fast schon am Heulen.«

Klein hatte das in einem sehr entspannten Tonfall gesagt, doch ich fuhr ihn an.

»Wie kannst du nur so gelassen sein? Hast du nicht gerade gesagt, du hättest dir für 17:30 Uhr den Pizza-Lieferservice bestellt?«

»Oh, Moment, ja!« Er riss erschrocken die Augen auf.

Ich beendete mein Ordnen, bei dem ich die unnötigen Dinge in der Gegenstandsübersicht, die durch das Überschreiten des Maximalgewichts schon rot geleuchtet hatte, gelöscht hatte, und näherte mich Klein, der etwas von einer Teriyaki-Mayo-Pizza und Gingerale jammerte.

»Du solltest auf jeden Fall auch einen Game-Master-Ruf absetzen. Vielleicht lassen sie dich aufseiten des Systems raus.«

»Hab ich versucht, aber es kam keine Antwort. Ahh, jetzt ist es schon 17:25 Uhr! Hey Kirito, gibt's denn keine andere Möglichkeit, sich auszuloggen?« Mit einem jämmerlichen Gesichtsausdruck warf Klein die Arme in die Luft.

Mein Lächeln gefror, und mir lief es plötzlich kalt den Rücken hinunter. »Ähm ... Um sich auszuloggen ...« Ich dachte murmelnd nach.

Um aus diesem Game auszusteigen und in sein eigenes Zimmer in der realen Welt zurückzukehren, reichte es, das Hauptfenster zu öffnen, den Log-out-Button zu berühren und im rechts erscheinenden Bestätigungsdialog auf »Ja« zu drücken. Es war wirklich einfach. Aber – gleichzeitig kannte ich keine andere Möglichkeit außer dieser.

Ich sah hoch in Kleins Gesicht, der mich um einiges überragte, und schüttelte langsam den Kopf.

»Nein ... da gibt's nichts. Um sich freiwillig auszuloggen, gibt es keinen anderen Weg, als das Menü zu benutzen.«

»So ein Dreck ... Es muss doch was geben!«, brüllte Klein, als könne seine Weigerung, die Wahrheit zu akzeptieren, das Problem lösen. Dann schrie er: »Zurück! Log-out! Abbruch!«

Aber natürlich passierte überhaupt nichts. In *SAO* waren derartige Stimmkommandos nicht implementiert.

Klein versuchte es trotzdem weiter, rief dies und das und fing schließlich sogar an, auf und ab zu hüpfen, bis ich ihn mit gedämpfter Stimme ansprach.

»Klein, das bringt nichts. Auch in der Anleitung waren keinerlei derartige Methoden für Notabschaltungen enthalten.«

»Aber ...! Die wollen uns doch verarschen! Egal was das für ein Bug ist ... Es kann doch keiner sein, bei dem ich nicht in mein Zimmer ... in meinen Körper zurückkehren kann!«

Klein drehte sich zu mir um. Seine Augen waren vor Entsetzen geweitet. Ich fühlte mich ganz genauso. Für dumm verkauft. Das war Wahnsinn. Aber dennoch war das jetzt nicht zu ändern.

»Oh Mann, oh Mann ... Das kann nicht sein, das kann ich nicht glauben. Wir können jetzt nicht aus diesem Game raus?« Klein stieß ein ziemlich angespannt klingendes Lachen aus und fuhr dann mit schneller Stimme fort. »Genau, ich könnte der Maschine den Strom abschalten. Das, oder ich reiße mir das Gear vom Kopf.«

Ich versuchte, Klein, der mit seinen Händen sein Gesicht berührte, als wolle er sich eine unsichtbare Kappe abziehen, zu beruhigen, während es mir erneut kalt den Rücken hinunterlief. »Das kannst du beides nicht. Wir können unsere echten Körper nicht bewegen. Das NerveGear unterbricht alle Signale, die von unserem Gehirn an unseren Körper ausgehen ...«, ich berührte mit den Fingern meinen Hinterkopf, »... und wandelt sie in Signale um, die den Avatar bewegen.«

Klein verstummte und ließ ganz langsam seine Hände sinken.

Wir hingen eine Weile schweigend unseren jeweiligen Gedanken nach.

Um die Full-Dive-Umgebung zu realisieren, unterbricht das NerveGear komplett alle Befehlssignale, die vom Gehirn an das Rückenmark gehen und den Körper bewegen, und wandelt sie stattdessen in Signale um, die den Körper in dieser Welt steuern. Egal wie auffällig ich hier mit meinen Händen herumwinkte, meine wirklichen Arme, die in der Realität in meinem Zimmer mit meinem restlichen Körper auf dem Bett lagen, zuckten kein bisschen, und daher holte ich mir auch keine Beule, wenn ich gegen den Tisch stieß. Aber genau wegen dieser Funktion konnten wir jetzt den Full Dive aus eigenem Willen nicht beenden.

»Tja, also dann können wir jetzt nur drauf warten, dass dieser Bug behoben wird oder bis uns auf der anderen Seite jemand das Gear vom Kopf nimmt«, murmelte Klein immer noch fassungslos.

Ich nickte schweigend.

»Aber ich lebe allein. Wie ist es bei dir?«

Ich war ein bisschen verlegen, aber antwortete ehrlich. »Zu dritt mit meiner Mutter und meiner jüngeren Schwester. Darum denke ich, dass mein Dive mit Gewalt beendet wird, wenn ich zum Abendessen nicht nach unten komme.«

»Oooh?! W… Wie alt ist deine jüngere Schwester, Kirito?« Plötzlich funkelten seine Augen und er lehnte sich in meine Richtung.

»Das bringt dich auf andere Gedanken, was? Meine Schwester ist im Sportverein und hasst Games, die hat überhaupt keine Berührungspunkte mit Menschen wie uns. Aber sag mal …« Um das Thema zu wechseln, streckte ich meinen rechten Arm aus und wies auf unsere Umgebung. »Findest du … das nicht irgendwie merkwürdig?«

»Klar ist das merkwürdig, ist ja auch ein Bug.«

»Das ist kein einfacher Bug. Dass man sich nicht ausloggen kann, wird massive Auswirkungen auf die Zukunft des Spiels haben. Während das hier passiert, wird deine bestellte Pizza ganz langsam kalt, und das ist ein finanzieller Schaden in der realen Welt, oder?«

»Kalte Pizza ist ja noch schlimmer als Natto, das nicht klebt* ...«

Ich überging Kleins Einwurf und fuhr fort.

»In dieser Situation wäre die natürliche Maßnahme, dass die Admins die Server einmal runterfahren und alle Spieler zwangsweise ausloggen. Aber ... es ist wirklich seltsam, dass, obwohl schon fünfzehn Minuten vergangen sind, seit wir beide diesen Bug entdeckt haben, kein Abbruch oder gar eine Durchsage der Admins kam.«

»Jetzt, da du's sagst ... stimmt.« Mit einem etwas ernsteren Gesichtsausdruck rieb Klein sich das Kinn. Im Schatten des bis in die Stirn geschobenen Bandana leuchteten seine fein geschnittenen Augen scharf.

Mich erfasste ein seltsames Gefühl des Unwohlseins dabei, mit jemandem über die reale Welt zu sprechen, mit dem ich keine direkte Beziehung hatte und den ich nie wieder treffen würde, sollte ich meinen Spiel-Account löschen.

»›Argus‹, die Firma, die *SAO* entwickelt hat und betreibt, hat sich einen Namen gemacht mit der Einstellung, den User ernst zu nehmen. Dass ihr erstes Online-Game so sehnlich erwartet wurde, ist doch ein Zeichen dafür, wie sehr die Community ihnen vertraut. Die können sich am ersten Tag nicht so 'nen riesigen Schnitzer erlauben.«

*Traditionelle japanische Speise aus klebrig vergorenen Sojabohnen, die lange Fäden ziehen

»Ich bin genau der gleichen Meinung. Außerdem ist *SAO* ein Wegbereiter des Genres VRMMO. Wenn hier ein Problem auftritt, könnte das ganze Genre verboten werden.«

Klein und ich wandten uns die virtuellen Gesichter zu und atmeten beide gleichzeitig tief aus.

Die vier Jahreszeiten von Aincrad stimmten mit der Wirklichkeit überein. Daher war es jetzt wie drüben auch Frühwinter.

Ich sog tief die virtuelle kalte trockene Luft ein, und während ich die virtuelle Kühle in meiner virtuellen Lunge spürte, wanderte mein Blick nach oben.

Hundert Meter weit in der Ferne war der Boden der zweiten Ebene in hellvioletten Dunst gehüllt. Als ich seiner groben Oberfläche mit den Augen folgte, erhob sich ganz in der Ferne ein riesiger Turm: der »Dungeon«, der die Verbindung mit der oberen Ebene darstellte. Weit jenseits davon konnte ich sogar ein Stück Himmel entdecken.

Die Uhr rückte vor auf 17:30 Uhr, und das Stück Himmel war in tiefes Abendrot getaucht. Die sinkende Sonne ließ die weite Wiese golden leuchten und ob der Schönheit der virtuellen Welt verschlug es mir trotz unserer ungeheuerlichen Situation die Sprache.

Direkt darauf ... veränderte sich diese Welt für immer.

3

Plötzlich ertönte ein sehr lauter Ton wie von einer Glocke – oder wie ein Alarmton –, und Klein und ich sprangen auf.

»Wa…?«

»Was ist das?!«

Wir hatten gleichzeitig geschrien, sahen uns gegenseitig an und rissen unsere Augen auf.

Kleins und meinen Körper umhüllte plötzlich eine Säule aus kräftigem blauem Licht. Auf der anderen Seite verblasste im Nu die Wiesenlandschaft.

Das Phänomen selbst hatte ich während des Betatests mehrmals erlebt. Das war ein »Teleport«, ausgelöst durch ein Item zum Ortswechsel. Aber ich hatte im Moment keinen Gegenstand in der Hand und auch kein entsprechendes Kommando gegeben. Wenn dies eine gewaltsame Ortsveränderung von Admin-Seite war, warum gab es dann keine Durchsage?

Während meine Gedanken rasten, pulsierte das meinen Körper umhüllende Licht stark und nahm mir die Sicht.

Gleichzeitig mit dem darauf folgenden Verblassen des blauen Lichts kam die Landschaft zurück. Aber dies war nicht mehr die Wiese im Abendrot. Grobes Steinpflaster, Bäume entlang der Straßen und elegante Häuser im mittelalterlichen Stil. Und in der Ferne ein riesiger dunkler Palast.

Ohne Zweifel, dies war der zentrale Platz der Stadt der Anfänge, dem Startpunkt des Games.

Ich tauschte Blicke mit Klein, der neben mir seinen Mund aufgerissen hatte. Und dann sahen wir beide gleichzeitig die um uns herum dicht gedrängte Menschenmenge.

Eine bunte Masse aus Rüstungen, Haarfarben, Männern und Frauen mit schönen Gesichtern. Ohne Zweifel, das waren *SAO*-Spieler, so wie ich. Allem Anschein nach waren hier fast 10.000 Menschen versammelt. Vermutlich waren gleichzeitig mit Klein und mir alle *SAO*-Spieler, die derzeit eingeloggt waren, gewaltsam auf diesen Platz teleportiert worden.

Wenige Sekunden lang schwiegen die Menschen und beäugten neugierig ihre Umgebung.

Doch bald entstand in allen Richtungen ein Flüstern und Murmeln, und die Stimmen wurden nach und nach lauter. Kommentare wie »Was soll das denn jetzt?«, »Kann ich mich jetzt ausloggen?«, »Jetzt macht schon voran!« erreichten bruchstückhaft meine Ohren.

In dem Aufruhr verstärkte sich allmählich der ärgerliche Tonfall und sporadisch kamen jetzt auch Rufe wie »Das soll wohl ein Witz sein!« und »Game Master, komm raus!«.

Und dann, plötzlich – schrie jemand und brachte diese Stimmen zum Schweigen. »Aaaah ... Schaut nach oben!«

Klein und ich hoben reflexartig den Blick. Und sahen dort etwas Sonderbares.

Hundert Meter über uns wurde der Boden der zweiten Ebene zu einem purpurroten Schachbrettmuster.

Wenn man ganz genau hinsah, erkannte man dort abwechselnd zwei Ausdrücke, die in tiefroter Farbe angezeigt wurden: »Warnung« und »Systemankündigung«.

Nach einem Moment des Schreckens dachte ich, jetzt käme endlich die Durchsage der Admins, und ließ die Anspannung aus meinen Schultern fahren. Der Aufruhr auf dem Platz erlosch, und alle spitzten gespannt die Ohren.

Aber was dann passierte, zerstörte all meine Hoffnungen.

Aus der Mitte des purpurroten Musters, das den Himmel vollständig bedeckte, sickerte etwas mit einer zähflüssigen Bewegung nach unten, ganz langsam, wie ein riesiger Tropfen Blut. Er fiel aber nicht herunter, sondern änderte plötzlich mitten in der Luft seine Form.

Was erschien, war eine riesige menschliche Gestalt, vielleicht 20 Meter hoch und verhüllt von einer purpurroten Robe mit Kapuze.

Nein, das stimmte nicht ganz. Da wir vom Boden aus nach oben sahen, konnten wir in die tief nach unten gezogene Kapuze hineinblicken, aber – dort war kein Gesicht. Da war einfach nur Leere, und man konnte das Futter und sogar die Stickarbeit am Rand der Kapuze ganz genau erkennen. Auch in den locker nach unten hängenden langen Ärmeln befand sich nur düsteres Nichts.

Die Robengestalt selbst hatte ich schon einmal gesehen. Das war die Kleidung, die während des Betatests ohne Ausnahme die Game Master getragen hatten, die für die Firma Argus arbeiteten. Aber damals hatte in der Kapuze immer ein Avatar gesteckt, bei männlichen Game Mastern ein alter Mann mit langem Bart wie ein Magier, bei weiblichen ein Mädchen mit Brille. Vielleicht konnten sie wegen irgendeines Problems keinen Avatar benutzen und hatten daher nur die Robe erscheinen lassen, aber die Leere unter der purpurroten Kapuze erfüllte mich mit unbeschreiblicher Sorge.

Den zahllosen Spielern um mich herum ging es wohl genauso. Von überallher stieg Geflüster auf: »Nanu, ein Game Master?« und: »Warum hat er denn kein Gesicht?«

Und als wolle er diese Stimmen unterdrücken, bewegte sich unerwartet der rechte Arm der riesigen Robe.

Plötzlich blickte aus dem weiten Ärmel ein blütenweißer Handschuh heraus. Aber der Ärmel und der Handschuh waren voneinander getrennt und es war absolut kein Fleisch zu sehen, das sie verbunden hätte.

Als Nächstes wurde auch der linke Ärmel locker hochgehalten. Über den Köpfen von 10.000 Spielern breiteten sich die zwei weißen Handschuhe ohne Inhalt nach links und rechts aus, und die Gestalt ohne Gesicht öffnete ihren unsichtbaren Mund – so kam es mir zumindest vor. Direkt darauf erklang aus der Höhe die tiefe, entspannte, gut hörbare Stimme eines Mannes.

»Werte Gamer, willkommen in meiner Welt.«

Ich brauchte einen Moment, um den Sinn dieser Worte zu erfassen.

»Meiner Welt«? Wenn diese rote Robe der Game Master auf der Admin-Seite war, dann war sie sicherlich ein Wesen wie ein Gott, das die Kompetenz zur Bedienung der Welt besaß, aber was sollte es, dies jetzt zu verkünden?

Klein und ich sahen uns verblüfft an, während das Wesen in der roten Robe beide Arme senkte und fortfuhr.

»Mein Name ist Akihiko Kayaba. Diese Welt steht derzeit unter meiner alleinigen Kontrolle.«

»Wa…«

Durch den großen Schock schnürte sich der Hals meines Avatars und vielleicht auch gleichzeitig der meines realen Körpers zu.

Akihiko Kayaba!

Ich kannte diesen Namen. Natürlich kannte ich ihn.

Der geniale junge Game-Designer und außerdem Quantenphysiker, der zur treibenden Kraft hinter Argus geworden war, die bis vor ein paar Jahren nur eine von vielen Firmen gewesen war, die bedeutungslose Games entwickelt hatte. Dank ihm war sie inzwischen so weit gewachsen, dass man sie den Branchenführer nennen konnte.

Er war der Entwicklungsdirektor von *SAO* und gleichzeitig der Entwickler des NerveGear selbst.

Als Hardcore-Gamer verehrte ich Kayaba aus tiefstem Herzen. Ich hatte ausnahmslos jede Zeitschrift gekauft, in der ein Artikel über ihn stand, und gerade die seltenen Interviews hatte ich alle so oft gelesen, dass ich sie auswendig konnte. So oft, dass jetzt, wo ich seine Stimme nur ganz kurz gehört hatte, in meinem Kopf ein Bild Kayabas erschien, der in seinem weißen Laborkittel immer furchtbar intelligent ausgesehen hatte.

Aber er, der sich bis jetzt der Arbeit hinter den Kulissen verschrieben, Enthüllungen in den Medien immer möglichst vermieden und natürlich auch Rollen wie die des Game Masters wohl kein einziges Mal übernommen hatte – warum verhielt er sich jetzt so?

Ich stand stocksteif und ließ meinen Gedanken, die nach der Enthüllung fast ausgesetzt hatten, freien Lauf, während ich verzweifelt versuchte, die Situation irgendwie zu begreifen. Aber die Worte, die als Nächstes aus der hohlen Kapuze hervorkamen, spotteten meiner Anstrengung, irgendetwas verstehen zu wollen.

»Ihr habt vermutlich schon bemerkt, dass der Log-out-Button aus dem Hauptmenü verschwunden ist. Doch dies ist kein Fehler des Spiels. Ich wiederhole: Dies ist kein Fehler des Spiels, sondern ein Feature von *Sword Art Online*.«

»Ein ... Feature?«, murmelte Klein mit brüchiger Stimme. Als wolle sie ihn nicht ausreden lassen, fuhr die Durchsage mit ihrer tiefen, sanften Stimme fort.

»Bis ihr die oberste Ebene dieser Welt erreicht und abgeschlossen habt, könnt ihr euch nicht mehr selbst aus dem Spiel ausloggen.«

Ich konnte den Sinn des Satzes nicht sofort verstehen. Die oberste Ebene dieser Welt? Meine Verwirrung wurde jedoch von den nächsten Worten Kayabas noch verstärkt.

»Außerdem kann außerhalb des Spiels niemand das NerveGear abschalten oder es euch abnehmen. Wird dies versucht ...«

Eine kurze Pause.

10.000 Menschen hielten den Atem an, und in die drückende Totenstille erklangen die folgenden Worte langsam und mit schrecklicher Endgültigkeit.

»... geben die Transmitter einen starken elektromagnetischen Impuls ab. Euer Gehirn würde dann zerstört und eure Vitalfunktionen gestoppt. Kurz gesagt, es würde zum Tod führen.«

Klein und ich sahen uns einige Sekunden lang mit entgeistertem Gesicht an. Es war, als würde unser Gehirn selbst sich weigern, den Sinn der Worte zu verstehen. Aber Kayabas extrem prägnante Bekanntgabe durchfuhr mich trotzdem mit einer fast schon brutalen Härte vom Scheitel bis in die Zehenspitzen.

Euer Gehirn würde dann zerstört ...

Wenn man das NerveGear ausschaltete, den Bügel löste und versuchte, es vom Kopf zu ziehen, würde man den User, der es trug, töten. Kayaba hatte das so verkündet.

Fassungsloses Gemurmel erhob sich in der Menge, aber niemand schrie oder tobte. Alle, mich eingeschlossen, konnten die Mitteilung noch nicht erfassen oder weigerten sich, sie zu verstehen.

Kleins rechte Hand hob sich langsam und versuchte, die Kopfbedeckung zu berühren, die in der realen Welt dort gewesen wäre. Mit einem trockenen Lachen sagte er: »Ha ha ha ... Was labert der da, ist der verrückt? Das geht doch gar nicht. Das NerveGear ... das ist doch nur eine bessere Spielkonsole. So was wie das Hirn zu zerstören ... so was kann das doch gar nicht. Oder, Kirito?!« Seine letzten Worte waren ein heiserer Schrei. Trotz seines flehenden Blicks brachte ich es nicht über mich, zustimmend zu nicken.

Das NerveGear sendete elektromagnetische Wellen von den zahllosen Signalkomponenten aus, die in das Innere des Helms eingebettet waren, und gab so den Gehirnzellen selbst Pseudo-Empfindungssignale. Das konnte man eine wirklich wegbereitende Hochtechnologie nennen, aber damit prinzipiell identische Haushaltselektrogeräte waren in Japans Familien schon seit 40 Jahren benutzt worden. Nämlich – Mikrowellen.

Wenn es nur genug Leistung brächte, würde das NerveGear die Wassermoleküle in unseren Gehirnzellen mit hoher Geschwindigkeit vibrieren lassen, und durch die Reibungshitze wäre es möglich, sie zu rösten. Aber ...

»Prinzipiell wäre es schon möglich ... Aber das muss ein Bluff sein. Denn wenn man plötzlich den Stecker aus dem NerveGear ziehen würde, sollten diese Hochleistungselektrowellen gar nicht mehr abgegeben werden. Wenn ... es nicht mit starken Batterien ausgestattet ist ...«

Klein verstand, weshalb ich stockte, und er ächzte schmerzvoll. »Es ist damit ausgestattet. Ich hab gehört, dass ein Drittel des Gewichts des Gears die Batteriezellen ausmachen. Aber ... das ist doch wirklich lächerlich! Was macht er denn, wenn es einen längeren Stromausfall gibt?«

Als hätte er Kleins verzweifelte Frage gehört, fuhr Kayaba vom Himmel herab mit seiner Durchsage fort.

»Konkreter gesagt, durch eine Trennung vom Stromkreis von mehr als zehn Minuten oder vom Netzwerk von mehr als zwei Stunden oder jeglichen Versuch, das NerveGear zu entriegeln, zu demontieren oder zu zerstören, wird die Gehirnzerstörungssequenz eingeleitet. Die Bedingungen wurden der Außenwelt bereits über Behörden und Massenmedien mitgeteilt. Übrigens haben bereits einige Familienangehörige oder Freunde die Warnungen ignoriert ... und versucht, NerveGears zu entfernen. Infolgedessen ...« Die blechern dröhnende Stimme holte hier einmal Luft: »... haben bedauerlicherweise 213 Spieler Aincrad und die reale Welt für immer verlassen.«

Von irgendwoher kam ein einziger spitzer Schrei. Aber die Mehrheit der umstehenden Spieler stand mit offenem Mund sprachlos da und lächelte einfach nur dünn, als könne oder wolle sie es nicht glauben.

Auch ich versuchte, Kayabas Worte zu ignorieren. Aber mein Körper hinterging mich, und plötzlich zitterten meine Beine. Ich wankte ein paar Schritte nach hinten und konnte mit knapper Not verhindern, dass ich hinfiel. Klein ließ sich mit lethargischem Gesicht auf den Boden plumpsen.

213 Spieler.

Wieder und wieder hallten diese Worte in meinen Ohren nach.

Entsprachen Kayabas Aussagen der Wahrheit? Waren über 200 Spieler, die sich vor wenigen Minuten noch im Game befunden hatten, jetzt tot?

Darunter waren sicher auch Betatester wie ich. Vielleicht waren auch welche dabei, von denen ich den Charakternamen und Avatar kannte, weil ich ihnen schon begegnet war. Und jetzt sagte Kayaba, dass das NerveGear ihnen das Gehirn gegrillt hatte?

»Ich glaub's nicht ... Ich glaub's einfach nicht«, murmelte Klein, der auf den Pflastersteinen saß, mit heiserer Stimme. »Das ist doch nur 'ne Drohung. So was kann er doch nicht machen. Erzähl doch nicht ständig so 'nen Unsinn, lass uns verdammt noch mal sofort hier raus. Ich hab nicht ewig Zeit, um diesem Event hier beizuwohnen. Genau ... Das ist alles ein Event. Das muss die Eröffnungsaufführung sein. Genau.«

Im Innersten wollte auch ich genau das glauben. Aber als wolle er die Hoffnungen aller Spieler, uns eingeschlossen, endgültig auslöschen, ging die äußerst praxisorientierte Durchsage Kayabas weiter.

»Es besteht kein Anlass, euch um eure Körper zu sorgen, die ihr auf der anderen Seite zurückgelassen habt. Gegenwärtig wird in den Medien über die Situation, einschließlich der vielen Toten, berichtet. Die Gefahr, dass euer NerveGear gewaltsam entfernt wird, ist also bereits gesunken. Eure Körper werden zusammen mit dem NerveGear innerhalb einer Frist von zwei Stunden in umliegende Krankenhäuser transportiert, wo sie medizinisch versorgt werden. Seid also unbesorgt ... Ich wünsche mir, dass ihr euch der Lösung des Spiels widmet.«

»Wa...« Da endlich stieß ich einen spitzen Schrei aus. »Was sagt er denn da! Wir sollen das Game erobern? Wir sollen hier fröhlich spielen, ohne uns ausloggen zu können?!«

Ich starrte die nahe dem Boden der oberen Ebene schwebende riesige purpurrote Robe an und brüllte weiter. »Das ist doch kein Spiel mehr!«

Und auch diesmal war es, als hätte er mich gehört. Akihiko Kayabas kaum betonte Stimme fuhr ruhig fort.

»Bitte geht vorsichtig vor und berücksichtigt, dass *Sword Art Online* für euch Spieler kein einfaches Game mehr ist, sondern sozusagen eine zweite Realität. Von jetzt an ist im Spiel jede Methode der Wiederbelebung deaktiviert. Sobald eure Hit Points auf null fallen, wird euer Avatar für immer gelöscht, und zeitgleich ...«

Die folgenden Worte konnte ich schon ahnen.

»... wird euer Gehirn durch das NerveGear zerstört.«

In diesem Moment fühlte ich irrsinniges Gelächter in mir aufsteigen, und nur mit verzweifelter Mühe konnte ich den Impuls unterdrücken. Jetzt leuchtete oben links in meinem Gesichtsfeld ein dünner grüner Balken auf. Als ich meinen Blick darauf richtete, erschienen neben ihr die Zahlen 342/342.

Meine Hit Points. Die verbleibende Menge meines Lebens.

In dem Moment, da sie auf null fielen, würde ich wirklich tot sein – mit Mikrowellen würde mein Gehirn gegrillt und ich würde augenblicklich sterben, das hatte Kayaba gesagt.

Das hier war ganz sicherlich ein Game. Ein Zeitvertreib, bei dem man sein echtes Leben aufs Spiel setzte. Ein Todesspiel.

Während meiner zwei Monate als Betatester war ich ungefähr einhundert Mal gestorben. Im Schloss, das man nördlich des Platzes sah, dem Gebäude genannt »Eiserner Palast«, war ich unter einem bösen Lachen wiederbelebt worden und in den Kampf zurückgekehrt.

So war das nun mal in RPGs. Es war eine Game-Art, in der man immer und immer wieder starb, lernte, seinen Level und seine Skills steigerte. Aber das konnte man nun nicht mehr? Wenn man einmal starb, verlor man sein richtiges Leben? Ohne die Möglichkeit, sich für einen Spielabbruch zu entscheiden?

Ich stöhnte leise. »So eine Scheiße.«

Wer würde sich denn unter solchen Voraussetzungen in Monstergebiete wagen? Es war doch klar, dass sich alle Spieler in die Stadt zurückziehen würden, wo es sicher war.

Aber als könne er weiter meine und die Gedanken aller anderen Spieler lesen, sprach Kayaba die folgende Herausforderung aus.

»Für euch gibt es nur einen einzigen Ausweg aus diesem Spiel. Ihr müsst die Ebene 100 an der Spitze von Aincrad erreichen und den Bossgegner besiegen, der dort auf euch wartet. Ich garantiere euch, dass alle Spieler, die dann noch am Leben sind, sicher ausgeloggt werden.«

10.000 Spieler verfielen in absolute Stille.

Ich verstand endlich den wahren Sinn der Worte »die oberste Ebene«, die Kayaba ganz zu Anfang gesprochen hatte.

Aincrad selbst war gemeint, das riesige schwebende Schloss, auf dessen unterster Ebene wir standen, mit weiteren 99 Ebenen über unseren Köpfen.

»Durchspielen … 100 Ebenen?! Das ist doch unmöglich!«, schrie Klein plötzlich. Er stand ruckartig auf und streckte seine rechte Faust gen Himmel.

»In der Beta-Phase sind die Leute doch kaum vorangekommen!«

Das war tatsächlich so. Im *SAO*-Betatest mit 1.000 Teilnehmern hatten wir innerhalb von zwei Monaten gerade mal sechs Ebenen durchspielen können. Jetzt nahmen zwar fast zehnmal so viele Spieler am Game teil, aber trotzdem: Wie lange würde es dauern, mit dieser Zahl an Menschen alle 100 Ebenen durchzuspielen?

Vermutlich dachten alle auf diesem Platz versammelten Spieler über diese Frage nach, ohne eine Antwort zu finden. Die gespannte Stille wurde bald von einer tiefen Unruhe abgelöst. Aber darin waren kaum Töne der Furcht oder Verzweiflung zu hören.

Vermutlich konnte die Mehrheit sich immer noch nicht entscheiden, ob diese Situation eine echte Gefahr war oder nur ein übertriebenes, geschmackloses Eröffnungsevent. Kayabas Worte waren so bizarr und schrecklich gewesen, dass sie wenig Glaubwürdigkeit besaßen.

Ich blickte zum Himmel auf, starrte die hohle Robengestalt an und versuchte verzweifelt, mein Gehirn auf die neue Situation einzustellen.

Ich konnte mich nicht wieder ausloggen. Ich konnte nicht mehr in mein Zimmer in der realen Welt zurückkehren, in mein eigenes Leben. Dies wäre erst möglich, wenn irgendjemand die oberste Ebene des Schlosses erreichte und den letzten Boss besiegte. Und wenn bis dahin meine Hit Points auch nur einmal null erreichen würden – dann würde ich sterben. Wirklich sterben. Ich würde aufhören, zu existieren.

Aber …

Diese Informationen als Realität anzuerkennen, schien mir nicht möglich zu sein, sosehr ich mich auch anstrengte. Ich hatte vor gerade einmal fünf, sechs Stunden das Mittagessen gegessen, das meine Mutter gekocht hatte, hatte mich kurz mit meiner jüngeren Schwester unterhalten und war dann die Treppe hoch in mein Zimmer gegangen. Und nun konnte ich nicht mehr an jenen Ort zurückkehren? Konnte das wirklich sein?

In diesem Moment bewegte die rote Robe, die meinen und den Gedanken der anderen Spieler weiterhin zuvorkam, den rechten weißen Handschuh und verkündete mit einer Stimme, die frei von jeglichen Emotionen war: »Dann will ich euch zuletzt einen Beweis dafür zeigen, dass diese Welt für euch jetzt die einzige Realität ist. In eurem Inventar findet ihr ein Geschenk von mir an euch. Bitte seht doch mal nach.«

Als ich das hörte, streckte ich fast automatisch zwei Finger meiner rechten Hand aus und schwang sie nach unten. Die umstehenden Spieler taten es mir gleich, und die Klangeffekte vieler elektronischer Glockensignale hallten über den Platz. Im Hauptmenü drückte ich auf den Tab für die Gegenstandsübersicht, und ganz oben auf der angezeigten Liste der Gegenstände fand ich es.

Der Name des Gegenstands lautete »Handspiegel«. Neugierig tippte ich darauf und wählte in dem erscheinenden kleinen Fenster den Button für »Materialisierung«. Sofort erschien mit einem klingelnden Klangeffekt ein kleiner Spiegel.

Widerstrebend nahm ich ihn in die Hand, aber nichts passierte. Im Spiegel war nur mein Avatar mit dem Heldengesicht zu sehen, das ich unter großer Mühe erschaffen hatte.

Ich legte den Kopf schief und sah Klein neben mir an. Auch sein Krieger mit der heldenhaften Gestalt starrte in seinen Spiegel.

Dann ...

Plötzlich wurden Klein und mehrere umstehende Avatare von einem weißen Licht eingehüllt. Dann leerte sich kurz mein Gesichtsfeld, als mir dasselbe passierte. Nach nur zwei, drei Sekunden erlosch das Licht wieder und die gewohnte Umgebung erschien.

Allerdings ...

Klein war nicht wiederzuerkennen. Die zusammengewürfelte Rüstung, das geschmacklose Bandana und die roten Bürstenhaare waren alle noch genauso wie vorher. Nur das Gesicht war ein vollkommen anderes. Die mandelförmigen Augen waren zu runden Glupschaugen geworden, der feine Nasenrücken zu einer großen Hakennase. Wangen und Kinn waren von einem schlampigen Dreitagebart bedeckt. Wenn der bisherige Avatar ein ruhiger junger Krieger gewesen war, dann war dieser hier ein herrenloser Samurai – oder ein Wegelagerer.

Ich vergaß die momentane Situation und murmelte verständnislos: »Wer ... bist du?«

Doch der Mann vor mir gab die Frage zurück. »Ich? Wer bist *du*?«

In diesem Moment wurde mir der Sinn von Kayabas »Geschenk« schlagartig klar. Ich hob meinen Spiegel erneut und blickte mein Spiegelbild an.

Schwarze Haare mit dezentem Schnitt. Unter dem langen Pony zwei dunkle Augen. Ein rundes Gesicht mit weichen Zügen, die immer wieder dafür sorgten, dass ich für ein

Mädchen gehalten wurde, wenn ich mit meiner kleinen Schwester zusammen war.

Kiritos heldenhaftes Aussehen war verschwunden. Das Gesicht im Spiegel ... war das echte Gesicht, dem ich hatte entfliehen wollen.

»Oha ... Das bin ja ich ...«, murmelte Klein neben mir entgeistert.

Wir sahen uns an und riefen gleichzeitig aus:

»*Du* bist Klein?!«

»*Du* bist Kirito?!«

Unsere Stimmen klangen auch anders, so als hätten die Stimmeffekte aufgehört, zu funktionieren, aber das war unsere geringste Sorge.

Die Spiegel glitten uns aus den Händen und fielen mit einem leisen Klirren auf den Boden.

Als ich mich von Neuem umsah, war dort nicht mehr die Ansammlung schöner Männer und Frauen von vor wenigen Augenblicken, wie sie für die Charaktere von Fantasy-Games zu erwarten war. Mich umgab eine Masse echter Jugendlicher, die so aussah, als hätte man die Teilnehmer einer Game-Convention zusammengeschart und sie in Rüstungen und Helme gesteckt. Erstaunlich war, dass sich sogar das Verhältnis von Männern und Frauen deutlich verändert hatte.

Wie hatte das nur geschehen können? Klein und ich, und vermutlich auch alle Spieler um uns herum, hatten uns von unserem von Grund auf selbst erschaffenen Avatar zu unserer echten Gestalt verändert. Sicher, das Material fühlte sich wie Polygone an und bei den Details blieb ein gewisses Gefühl der Fremdheit zurück, aber dennoch war ein erstaunlich

hoher Reproduktionsgrad vorhanden. So als hätte man einen Ganzkörper-Scanner verwendet.

Einen Scanner ...

»Natürlich!« Ich sah Klein an. »Das NerveGear bedeckt den kompletten Kopf mit einer hohen Dichte an Signalkomponenten. Also kann es nicht nur das Gehirn, sondern auch die Form des Gesichtes detailliert erkennen ...«

»A... Aber ... Was ist mit der Körpergröße oder ... der Statur?« Kleins Stimme war uncharakteristisch leise und er sah sich um.

Die durchschnittliche Körpergröße der Spieler um uns herum, die immer noch fassungslos umherstarrten, war offensichtlich gesunken. Ich und wohl auch Klein hatten die Körpergröße des Avatars gleich eingestellt wie die Größe unseres echten Körpers, um zu verhindern, dass unsere Bewegungen durch die ungewohnte Augenhöhe behindert würden, aber die Mehrheit der Spieler hatte sich wohl etwa fünfzehn Zentimeter größer gemacht als in der Realität.

Aber nicht nur das. Auch beim Körperbau war der Durchschnittswert der Breite jetzt ziemlich gestiegen. Das hätte man mit einem NerveGear, das man nur auf dem Kopf trug, gar nicht scannen können.

Klein fiel etwas ein. »Oh ... Wart mal. Ich erinner mich, weil ich das NerveGear selbst grad erst gestern gekauft hab. In der Set-up-Phase, als ich es das erste Mal aufgesetzt hab, wie hieß das gleich ... Kalibrierung? Oder so, da musste man doch selbst seinen Körper überall berühren. Vielleicht war das ...?«

»Oh ...! Ja, so war das ...«

Bei der Kalibrierung wurde – um die Sinneswahrnehmung der Körperoberfläche des Trägers zu reproduzieren – gemessen, wie weit man sich bewegen musste, um seinen Körper überall zu berühren. Der User half sozusagen dabei mit, die Daten seines eigenen realen Körperbaus in das NerveGear zu übertragen.

Offensichtlich hatte es funktioniert. Jeder Avatar in *SAO* war nun durch ein nahezu perfektes polygonales Abbild des realen Körpers des jeweiligen Spielers ersetzt worden. Die Absicht dahinter war klar.

»Es ist wahr.« Ich seufzte. »Das hat er vorhin gesagt. Dieser Polygon-Avatar und ... die digitalisierten HP sind unser echter Körper, unser Leben. So zwingt Kayaba uns, das anzuerkennen ...«

»Aber ... aber Kirito.« Klein kratzte sich am Kopf. Seine Glotzaugen traten unter dem Bandana hervor. »Warum?! Warum sollte er so was tun?!«

Ich antwortete nicht darauf, sondern deutete direkt nach oben. »Warte noch kurz. Er wird es uns sicher gleich sagen.«

Kayaba enttäuschte meine Vorahnung nicht. Nach ein paar Sekunden erklang seine fast schon Ehrfurcht gebietende Stimme wieder aus dem blutrot gefärbten Himmel.

»Ihr fragt euch jetzt sicher, warum. Warum sollte ich – Akihiko Kayaba, der Entwickler von *SAO* und des NerveGear – so etwas tun? Dies ist weder ein Terroranschlag noch eine Entführung.«

Jetzt nahm Kayabas Stimme, in der man bis dahin keine einzige Emotion hatte hören können, erstmals einen bestimmten Tonfall an. Mir kam plötzlich, auch wenn es abwegig war, das Wort »Sehnsucht« in den Sinn. Aber das konnte doch gar nicht sein.

»Mein Ziel ist keines von beidem. Im Gegenteil, ich habe nun keine weiteren Ziele mehr. Denn ... diese Situation zu erreichen, war für mich das ultimative Ziel. Nur um diese Welt zu erschaffen und zu bewundern, habe ich das NerveGear und *SAO* entwickelt. Und jetzt habe ich alles erreicht.«

Nach einer kurzen Pause klang Kayabas Stimme wieder gewohnt monoton.

»Hiermit ist das Tutorial zum offiziellen Start von *Sword Art Online* beendet. Ich wünsche euch viel Erfolg.«

Seinen letzten Worten folgte ein kurzes Echo, und dann verstummte er.

Die riesige purpurrote Robengestalt stieg geräuschlos empor, und die Spitze der Kapuze begann, mit den den Himmel füllenden Systembenachrichtigungen zu verschmelzen.

Die Schultern, die Brust und schließlich die beiden Hände und Beine folgten, stiegen in die blutrote Fläche auf, und zuletzt kräuselte sich der Himmel wie Wasser, in das man einen Stein geworfen hatte. Direkt darauf verschwanden genauso plötzlich, wie sie aufgetaucht waren, auch die Nachrichten, die sich auf der Himmelsfläche aneinandergereiht hatten.

Das Rauschen des Windes, der über den Platz blies, und die sich aus der Ferne nähernde Hintergrundmusik des Stadtgebiets, die von einem Orchester von Nicht-Spieler-Charakteren gespielt wurde, drangen an mein Ohr.

Das Game war wieder in seinen vorherigen Zustand zurückgekehrt. Nur ein paar Regeln waren jetzt ganz anders als vorher.

Und endlich zeigte die Masse von Spielern die passende Reaktion. Plötzlich war der Platz von 10.000 Stimmen erfüllt.

»Das kann nicht sein … Was soll das, das kann nicht sein!«

»Das soll wohl ein Witz sein! Lasst mich raus! Lasst mich hier raus!«

»Das ist jetzt aber schlecht! Ich bin später noch verabredet!«

»Neeeeein! Lass mich heim! Lass mich heeeeim!«

Hilfeschreie. Zorngeschrei. Beschimpfungen. Flehen. Und Gebrüll.

Die Menschen, die innerhalb von nur zehn Minuten von Game-Spielern zu Gefangenen geworden waren, standen komplett ratlos da, warfen die Hände in die Luft, umarmten sich oder beschimpften sich gegenseitig.

Während ich die zahllosen Rufe hörte, beruhigten sich seltsamerweise meine eigenen Gedanken allmählich.

Das hier war die Realität. Akihiko Kayabas Bekanntmachungen waren alle wahr. Wenn jemand zu so etwas in der Lage wäre, dann er. Das zerstörerische Genie, das ihn so denken ließ, machte auch Kayabas Reiz aus.

Ich konnte vorläufig – für ein paar Monate, oder noch länger – nicht in die reale Welt zurückkehren. Ich konnte die Gesichter meiner Mutter und meiner kleinen Schwester nicht mehr sehen und mich nicht mehr mit ihnen unterhalten. Vielleicht würde ich das nie wieder können. Wenn ich in dieser Welt starb ...

Dann starb ich wirklich.

Das NerveGear, das sowohl eine Spielkonsole als auch der Schlüssel zu einem Gefängnis als auch ein Hinrichtungswerkzeug war, würde mein Gehirn rösten und ich würde sterben.

Ich atmete langsam ein und wieder aus. »Komm mit, Klein.«

Ich nahm den Arm des Krummschwertträgers, der auch in der realen Welt größer zu sein schien als ich, und lief mit schnellen Schritten los.

Als wir uns irgendwie an den äußeren Rand der Menge gedrängt hatten, trat ich in eine der vielen strahlenförmig vom Platz abgehenden Straßen und sprang in den Schatten einer Kutsche, die dort stand.

»Klein«, sagte ich im nüchternsten Tonfall, den ich aufbringen konnte. »Hör mir jetzt gut zu. Ich werde gleich die Stadt verlassen und mich auf den Weg zum nächsten Dorf begeben. Du solltest mitkommen.«

Mit gedämpfter Stimme fuhr ich fort, während Klein mich unter dem geschmacklosen Bandana anstarrte. »Wenn Kayabas Worte der Wahrheit entsprechen, müssen wir trainieren, um in dieser Welt zu überleben. Du weißt bestimmt, dass in einem MMORPG die Gamer um die begrenzten Ressourcen kämpfen. Nur wer mehr Geld, Items und Erfahrungspunkte als die anderen erringt, kann stärker werden. Alle werden das wissen, deswegen werden die Gebiete um die Stadt der Anfänge herum von Leuten überrannt werden und sehr bald abgegrast sein. Überall werden sie nach Monstern suchen. Wir sollten daher das nächste Dorf zu unserer Basis machen. Ich kenne den Weg dorthin und die gefährlichen Stellen. Auch mit unserem momentanen Level 1 kann man sicher dort ankommen.«

Klein hörte sich den für meine Verhältnisse ziemlich langen Vortrag bis zum Ende an, ohne sich auch nur einmal zu bewegen. Nach einigen Sekunden verzog er das Gesicht ein bisschen.

»Aber … aber! Ich hab's dir doch vorhin erzählt. Ich hab mit einigen Freunden, die ich in 'nem anderen Game kennengelernt habe, die ganze Nacht gemeinsam angestanden, um die Software zu kaufen. Sie müssten auch hier auf dem Platz sein. Ich kann sie nicht zurücklassen.«

Ich hielt den Atem an und biss mir auf die Lippen. Ich wusste genau, was Klein mir mit seinem angespannten Blick sagen wollte. Dieser Mann, der fröhlich und liebenswürdig war und vermutlich auch gut darin, sich um andere zu kümmern – dieser Mann wollte alle seine Freunde mitnehmen.

Und darauf konnte ich mich einfach nicht einlassen.

Ich war mir sicher, dass ich, auch auf meinem jetzigen Level 1, bis in das nächste Dorf kommen konnte, wenn ich lediglich Klein vor den aktiven Monstern beschützen müsste. Aber mit nur zwei weiteren – nein, mit nur einer zusätzlichen Person wäre es schon gefährlich. Wenn auf dem Weg jemand starb und als Resultat dessen, wie Kayaba es gesagt hatte, das Gehirn dieses Spielers geröstet und er auch in der Realität sterben würde, dann läge die Verantwortung dafür bei mir, weil ich die Flucht aus der Stadt der Anfänge vorgeschlagen hatte und dabei meine Freunde nicht hatte beschützen können.

Ich konnte diese enorme Last nicht schultern. Auf gar keinen Fall.

Klein hatte mein kurzes Zögern richtig verstanden. In die Wangen mit dem Dreitagebart grub sich ein steifes, aber breites Lächeln, und er schüttelte langsam seinen Kopf.

»Nee ... Ich kann dich nicht wieder um Hilfe bitten. Ich war schließlich im vorherigen Game der Kopf einer Gilde. Es ist okay, ich werde mit den Techniken, die du mir bisher beigebracht hast, schon irgendwas anstellen. Außerdem ... gibt's da ja noch die Möglichkeit, dass das alles nur ein schlechter Scherz war und wir uns gleich wieder ausloggen können. Also mach dir um mich keine Sorgen und geh in das nächste Dorf.«

Einige Sekunden lang schwieg ich. In mir tobte ein Konflikt von einer bislang ungekannten Schärfe.

Und dann sagte ich das Wort, das mich danach zwei Jahre lang quälen würde.

»Okay.«

Ich nickte, und als ich einen Schritt zurücktrat, fügte ich mit heiserer Stimme hinzu: »Dann trennen wir uns hier. Wenn was sein sollte, schick mir 'ne Nachricht ... Tja, bis dann, Klein.«

Ich senkte den Blick und wollte mich wegdrehen, doch Klein rief mir hinterher: »Kirito!«

Ich hielt inne und blickte ihn fragend an. Er wirkte, als wolle er noch etwas sagen, aber außer dass es in seiner Wange zuckte, kam nichts weiter. Ich winkte noch einmal kurz und wandte mich dann nach Nordwesten – in Richtung des Dorfes, das ich als Nächstes aufsuchen wollte.

Als ich etwa fünf Schritte weit gelaufen war, rief er mir doch noch etwas hinterher. »Hey, Kirito! Du siehst in Wirklichkeit echt niedlich aus! Genau mein Fall!«

Ich lachte säuerlich und rief über meine Schulter: »Dir steht dieser Banditenlook auch zehnmal besser!«

Und dann ging ich zügig geradeaus weiter, während ich dem ersten Freund, den ich in dieser Welt gewonnen hatte, den Rücken zukehrte.

Einmal drehte ich mich noch um, nachdem ich einige Minuten lang die schmale, kurvige Straße entlangmarschiert war, aber natürlich war dort niemand mehr zu sehen.

Ich biss die Zähne zusammen, schluckte das seltsame Gefühl hinunter, das sich eng um meine Brust gelegt hatte, und rannte los.

Ich rannte verzweifelt durch das nordwestliche Tor der Stadt der Anfänge, über weite Wiesen und durch tiefe Wälder, in Richtung des kleinen Dorfes, das dahinter lag – Hals über Kopf hinein in eine endlose, einsame Schlacht ums Überleben.

4

Innerhalb des ersten Monats nach Beginn des Games starben 2.000 Menschen.

Die Welt außerhalb des Spiels schien uns tatsächlich nicht helfen zu können. Im Gegenteil, es war noch nicht mal eine wie auch immer geartete Nachricht durchgekommen.

Ich hatte es selbst nicht mehr gesehen, aber in der Stadt war wohl bald darauf die nackte Panik ausgebrochen, als die Spieler endlich verstanden hatten, dass sie aus dieser Welt wirklich nicht mehr herauskamen. Was dann passiert war, konnte nur mit dem Wort Wahnsinn beschrieben werden. Da hatte es schreiende und weinende Menschen gegeben und sogar Menschen, die versuchten, die Pflastersteine in der Stadt auszugraben, um die Welt des Games zu zerstören. Natürlich waren sämtliche Gebäude unzerstörbar und es war ein vergeblicher Versuch gewesen. Ich hörte, dass es einige Tage gedauert hatte, bis alle die gegenwärtige Situation irgendwie geschluckt und angefangen hatten, sich über ihre nächsten Schritte Gedanken zu machen.

Die Spieler ließen sich zu Anfang grob in vier Gruppen aufteilen.

Zunächst waren da diejenigen, in etwa die Hälfte, die Akihiko Kayabas Bedingungen für die Befreiung nicht glaubten und darauf warteten, von außen gerettet zu werden.

Ich verstand sie schmerzhaft gut. Ihr eigener Körper lag in der Realität bequem auf einem Stuhl oder Bett und atmete. Diese Situation hier war »falsch«, und es musste also möglich sein, irgendwie, durch irgendeine Veränderung der Umstände, auf die andere Seite zurückzukehren. Sicherlich, man konnte sich nicht im Menü ausloggen, aber wenn man hier drinnen etwas fände, das man übersehen hatte ...

Oder aber in der Außenwelt arbeiteten jetzt die Admins der Firma Argus und die Regierung zusammen, um die Spieler zu retten. Wenn man geduldig abwarten würde, würde man irgendwann gefahrlos im eigenen Zimmer aufwachen, mit der Familie ein bewegendes Wiedersehen feiern und in der Schule und am Arbeitsplatz für einige Zeit das einzige Gesprächsthema sein.

Es war wirklich nicht unvernünftig, so zu denken. Ein Stück weit hatte auch ich diese Hoffnung. Das Verhalten, das diese Menschen zeigten, war im Grunde genommen, dass sie abwarteten. Sie setzten keinen Fuß aus der Stadt, benutzten nur ganz wenig von der anfangs ausgegebenen Spielwährung – in dieser Welt wurde sie »Cor« genannt –, um ihre tägliche Nahrung zu kaufen und in einer günstigen Herberge zu übernachten, und gründeten Gruppen aus mehreren Personen, die den Tag vertrödelten.

Zum Glück umfasste die Stadt der Anfänge ungefähr 20 Prozent der Oberfläche der Basisebene, und da sie damit etwa so groß war wie ein kleiner Bezirk von Tokyo, bot sie ausreichende Kapazitäten, dass 5.000 Spieler bequem dort leben konnten, ohne sich eingeengt zu fühlen.

Aber Rettung kam nicht, wie lange man auch wartete. Egal wie oft man auch die Augen öffnete, der Anblick, der sich vor dem Fenster ausbreitete, war nie blauer Himmel, sondern ein trübe verhangenes Faksimile. Das Startkapital reichte auch nicht ewig, und bald mussten auch diese Menschen anfangen, irgendetwas zu tun.

Die zweite Gruppe machte etwa 30 Prozent der Spieler aus. Ungefähr 3.000 Menschen gehörten dieser Gruppe an, die konstruktiv zusammenarbeitete, um zu überleben. Zu ihrem Leiter war der Mann geworden, der die größte Net-Game-Informationswebseite Japans verwaltete.

Unter seiner Führung wurden die Spieler in mehrere Gruppen aufgeteilt, die erhaltenen Items und so weiter wurden gemeinschaftlich verwaltet, Informationen wurden gesammelt und es wurde sich darangemacht, die Dungeons zu erobern, in denen sich die Treppen zu den höheren Ebenen befanden. Die Gruppe des Leiters besetzte den »Eisernen Palast«, der dem zentralen Platz in der Stadt der Anfänge gegenüberlag, häufte Waren an und gab diese und jene Befehle an untergebene Kleingruppen.

Diese riesige Gruppe hatte eine Zeit lang keinen Namen, aber seit allen eine einheitliche Uniform gewährt worden war, war die Bezeichnung »Armee« plötzlich viel mehr als nur ein lustiger Spitzname geworden, wer auch immer ihn zuerst benutzt hatte.

Als Drittes, schätzungsweise waren das 1.000 Menschen, gab es die bettelarm Gewordenen, die am Anfang mit planloser Verschwendung ihre Cor ausgegeben hatten, aber keine Lust verspürten, mit Monstern zu kämpfen, um sie sich ehrlich wieder zu verdienen.

Nebenbei gesagt, auch in der virtuellen Realität von *SAO* gab es unbestreitbar wahrnehmbare körperliche Bedürfnisse. Das waren die Bedürfnisse nach Schlaf und Essen.

Ich verstand, dass das Bedürfnis nach Schlaf existierte. Denn die Gehirne der Spieler waren sich nicht bewusst, ob die erhaltenen Sinnesinformationen aus der realen oder der virtuellen Welt stammten. Wenn ein Spieler müde wurde, ging er zu einer Herberge in der Stadt, nahm sich ein Zimmer, das er sich leisten konnte, und legte sich schlafen. Wenn man ungeheuer viele Cor verdient hatte, konnte man auch in der Stadt seiner Wahl ein Zimmer kaufen, aber das war kein Betrag, den man ohne Weiteres ansparen konnte.

Das Bedürfnis nach Essen hingegen war für viele Spieler äußerst mysteriös. Man wollte sich gar nicht die Situation vorstellen, in der sich der reale Körper befand, aber vermutlich wurde er mit irgendeiner Methode zwangsernährt. Denn auch wenn man hier etwas aß, weil man den leeren Magen spürte, war es ja nicht so, dass Essen in den Magen des realen Körpers kam.

Aber tatsächlich verschwand das Hungergefühl, wenn man im Game virtuelles Brot oder Fleisch in sich hineinstopfte, und es breitete sich ein Sättigungsgefühl aus. Zu diesem Mechanismus hätte man wohl einen Gehirnspezialisten befragen müssen.

Umgekehrt galt, wenn man nichts aß, verschwand auch das einmal gefühlte Hungergefühl nicht. Ich glaubte nicht, dass Fasten zum Hungertod führen würde. Aber das änderte nichts daran, dass dies ein wirklich schwer zu ertragendes Bedürfnis war, und die Spieler stürmten jeden Tag die von Nicht-Spieler-Charakteren geführten Restaurants und stopften aus Daten bestehendes Essen in ihre Mägen. Wie man sich wohl denken kann, waren im Game Ausscheidungen natürlich nicht nötig. Wie das beim eigenen Körper in der realen Welt aussah, darüber wollte man noch viel weniger nachdenken als darüber, wie er ernährt wurde.

Nun, um zu unserer Geschichte zurückzukehren ...

Der größte Teil derjenigen, die ihr Startgeld ausgegeben und Probleme mit dem Schlafen wie auch mit dem Essen hatten, trat irgendwann zwangsläufig der bereits erwähnten Gruppe der Eroberer, also der Armee bei. Denn wenn man den Anweisungen von oben folgte, bekam man wenigstens etwas zu essen.

Aber in jeder Welt gab es Menschen, die so etwas wie Zusammenarbeit nicht einmal dann wollten, wenn es gut für sie war. Diejenigen, die einfach nicht zu einer Gruppe gehören wollten oder die ein Problem verursacht hatten und verbannt worden waren, machten die Slums der Stadt der Anfänge zu ihrem Stützpunkt und lebten als Kriminelle.

Das Innere der Stadt wurde vom System geschützt und die Spieler konnten anderen Spielern keinerlei Schaden zufügen. Aber außerhalb der Stadt galt dies nicht. Einzelgänger schlossen sich mit anderen Einzelgängern zusammen, und da es in gewissem Sinne mehr Profit als bei Monstern versprach, lauerten sie in den Feldern außerhalb der Stadt und in den Dungeons der wenig gefährlichen Beute »Spieler« auf und überfielen sie.

Trotzdem begingen noch nicht einmal sie »Morde« – zumindest nicht im ersten Jahr. Diese Gruppe wuchs stetig an, und wie bereits erwähnt wurde geschätzt, dass sie bald die Größe von 1.000 Menschen erreicht hatte.

Die vierte Gruppe schließlich, das waren einfach gesprochen alle anderen. Es gab etwa 50 kleine Gruppierungen, die von Spielern gegründet worden waren, die zwar die Eroberung zum Ziel hatten, aber nicht zu der riesigen Armee gehörten, und das waren insgesamt etwa 500 Menschen. Die Gruppierungen wurden »Gilden« genannt. Anders als die Armee waren sie hochmobil und da sie dies ausnutzten, machten sie stetige Fortschritte und stärkten dabei ihre Kampfkraft.

Schließlich gab es noch die sehr kleine Menge an Leuten, die die Klassen Handwerker und Händler gewählt hatten. Es waren höchstens 200 oder 300 Leute, aber auch sie gründeten ihre eigenen Gilden und begannen, ihre Skills zu trainieren, um die für das derzeitige Leben nötigen Cor zu verdienen.

Es blieben weniger als 100 Menschen, und zu diesen gehörte auch ich – das waren die sogenannten »Solospieler«.

Egoisten, die zu keiner Gruppe gehörten und der Meinung waren, dass Einzelaktionen am effektivsten waren, wenn man stärker werden und überleben wollte. Die meisten davon waren Menschen mit Betatest-Erfahrung. Wir hatten mit einem Startsprint, der das Beste aus unserem Wissen machte, in kurzer Zeit unseren Level gesteigert, und nachdem wir die Kraft erhalten hatten, Monstern und Räubern alleine entgegenzutreten, hatte es ehrlich gesagt kaum einen Wert mehr gehabt, mit anderen Spielern gemeinsam zu kämpfen.

Außerdem existierte im Game *SAO* keine »Magie«, also »sicher treffende Fernangriffe«. Das bedeutete, dass man es auch im Alleingang mit Monstern aufnehmen konnte, selbst wenn sie in Gruppen auftauchten. Wenn man dann noch über solide Techniken verfügte, dann toppte das Solospiel in Bezug auf die Effizienz der Erfahrungspunkte das Spiel in der Gruppe.

Natürlich gab es Risiken. Wenn man zum Beispiel gelähmt worden war, was im Gruppenspiel einfach von jemandem geheilt werden konnte, war man als Einzelner direkt der Gefahr des Todes ausgesetzt. Tatsächlich war in der Anfangszeit unter allen Spielerkategorien bei den Solospielern die Todesrate am höchsten.

Aber wenn man nur genügend Wissen und Erfahrung erlangt hatte, um die Gefahren vermeiden zu können, dann waren die Gewinnchancen höher als die Risiken. Und die Betatester, mich eingeschlossen, verfügten bereits über beides.

Zwischen den Solospielern, die ein Monopol auf wertvolles Wissen hatten und in einem rasenden Tempo ihren Level steigerten, und den anderen Menschen entstand eine tiefe Feindschaft. Nachdem sich das Game bis zu einem gewissen Grad beruhigt hatte, verließen die Solospieler alle die erste Ebene und machten die Städte weiter oben zu ihrem Hauptquartier.

Im Eisernen Palast befand sich ein Raum, der früher der »Raum der Wiederbelebten« gewesen war. Dort war ein riesiger Gedenkstein aus Metall erschienen, den es im Betatest nicht gegeben hatte, auf dessen Oberfläche die Namen aller 10.000 Spieler eingraviert waren. Starb ein Spieler, wurde sein Name mit einer waagerechten Linie durchgestrichen und mit dem Zeitpunkt und der Ursache seines Todes versehen.

Der erste Name wurde nur drei Stunden nach Spielstart durchgestrichen.

Die Todesursache war kein Kampf mit Monstern. Es war Selbstmord.

Dieser Mann, der die fixe Idee entwickelt hatte, dass aufgrund der Konstruktion des NerveGear diejenigen, die vom Spielsystem getrennt wurden, automatisch wieder zu Bewusstsein kommen würden, war auf den hohen Zaun auf der Aussichtsterrasse am südlichen Ende der Stadt der Anfänge, also über den äußersten Rand von Aincrad selbst, geklettert und dann gesprungen.

Unter dem schwebenden Schloss Aincrad konnte man, sosehr man auch die Augen anstrengte, kein Festland oder Ähnliches entdecken, dort existierten nur ein endloser Himmel und Schicht über Schicht weißer Wolken. Viele Schaulustige hatten zugesehen, wie er sich von der Terrasse abgestoßen hatte, dann war die Gestalt des Mannes zusehends kleiner geworden, während sein Schrei immer leiser geworden war, und schließlich war er zwischen den Wolken verschwunden.

Nur zwei Minuten danach war über den Namen des Mannes eine einfache und unbarmherzige Linie graviert worden. Die Todesursache war »Sturz aus großer Höhe«. Man wollte sich nicht vorstellen, was für eine Erfahrung er innerhalb der zwei Minuten gemacht hatte. Es gab keinen Weg, aus dem Game heraus zu erfahren, ob der Mann wirklich in die reale Welt hatte zurückkehren können oder ob er die von Kayaba verkündete Röstung seines Gehirns heraufbeschworen hatte.

Aber fast alle Spieler waren der Ansicht, dass, wenn man mit einer so einfachen Methode hier herauskäme, dann schon alle durch eine Trennung der Leitung von außen gerettet worden wären.

Trotzdem tauchten, auch nachdem der Mann aus der Game-Welt verschwunden war, vereinzelt weitere Menschen auf, die sich der Verlockung dieser einfachen Entscheidung hingaben. Fast alle Spieler, mich eingeschlossen, konnten die Konsequenzen des »Sterbens« in *SAO* nicht verstehen.

Das hatte sich auch später nicht geändert. Wir hatten uns zu sehr an den Mechanismus gewöhnt, dass wenn die Hit Points null erreicht hatten, die Polygone, die den Körper gebildet hatten, verschwanden. Es ähnelte zu sehr dem sogenannten »Game Over«. Um die Bedeutung des Todes in *SAO* wirklich zu verstehen, gab es vielleicht keinen anderen Weg, als ihn tatsächlich zu erleben. Es gab keinen Zweifel, dass diese mentale Distanz zu unserem angeblichen Tod ein Grund dafür war, dass die Spielerbevölkerung nach und nach abnahm.

Als dann die Armee, die Gildenspieler und die, die zur abwartenden Gruppe gehört hatten, wenn auch verspätet damit anfingen, das Game zu erobern, verloren wir die Ersten im Kampf gegen die Monster.

Für die Kämpfe in *SAO* waren etwas Geschick und Übung erforderlich. Der Trick war, auf die Unterstützung des Systems »aufzuspringen« und sich selbst nicht unnötig zu bewegen.

Nehmen wir als Beispiel den einfachen Schlag von oben mit dem Einhandschwert. Wenn man den »Skill des einhändig geführten geraden Schwertes« erlangt hatte und in der

Sword-Skill-Liste über den »Abwärtsschlag« verfügte, dann bewegte das System den eigenen Körper mehr oder weniger automatisch, wenn man die Anfangsbewegung ausführte, während man sich diesen Skill vorstellte. Hatte man diesen Skill nicht und versuchte trotzdem krampfhaft, die Bewegung nachzuahmen, fiel der Angriff so viel langsamer und schwächer aus, dass man ihn im Kampf nicht gebrauchen konnte. In gewissem Sinne ähnelte es dem Verwenden von Combos in Beat-'em-up-Games.

Aber da die Leute, die daran nicht gewöhnt waren, nur ihr Schwert unüberlegt hin und her schwangen, konnten sie es nicht mit einem Eber oder einem Wolf aufnehmen, die man hätte schlagen können, wenn man die grundlegenden einfachen Angriffstechniken eingesetzt hätte, die man zu Beginn des Spiels hätte erlernen können. Trotzdem konnte man dem Tod entkommen, wenn man auf den Kampf verzichtete und sich zurückzog, sobald die eigenen Hit Points unter einen gewissen Wert gefallen waren.

Anders als wenn man auf einem zweidimensionalen Monitor einen Feind angriff, lösten die Kämpfe in *SAO* wegen ihres überwältigenden Realismus eine primitive Furcht aus. Monster, die man einfach nur als echt bezeichnen konnte, griffen mit ihren grässlichen gebleckten Fangzähnen an und versuchten, einen zu töten.

Obwohl es bereits in der Betaphase Menschen gegeben hatte, die im Kampf in Panik geraten waren, war das nun umso mehr der Fall, da der reale Tod wartete. Die in Panik verfallenen Spieler vergaßen sowohl, ihre Fertigkeiten einzusetzen, als auch, zu fliehen, und so schwanden ihre Hit Points mit rasender Geschwindigkeit und sie gingen für immer aus dieser Welt.

Selbstmord. Niederlage im Kampf gegen Monster. Beides nahm mit entsetzlichem Tempo zu, und die Zahl der Namen, über die eine unbarmherzige Linie graviert war, wuchs immer weiter.

Als sie einen Monat nach dem Beginn des Games auf die schreckliche Menge von 2.000 Menschen gestiegen war, erfasste die verbleibenden Spieler ein Gefühl dunkler Verzweiflung. Wenn die Zahl der Toten in diesem Tempo weiter stieg, wären nach weniger als einem halben Jahr alle Spieler gestorben. Der Durchbruch zur 100. Ebene war ein Traum, der in immer weitere Ferne rückte.

Aber – der Mensch passt sich an.

Nach einem guten Monat war der Dungeon auf der ersten Ebene endlich bewältigt, und nur zehn Tage später war auch die zweite Ebene überwunden. Von da an nahm die Zahl der Tode merklich ab. Die zum Überleben notwendigen vielfältigen Informationen verbreiteten sich und es entstand ein Bewusstsein dafür, dass die Monster keine so grässlichen Wesen mehr waren, wenn man ordentlich Erfahrungspunkte ansammelte und seinen Level steigerte.

Vielleicht konnte man dieses Game wirklich durchspielen und in die reale Welt zurückkehren. Die Zahl der Spieler, die so dachten, stieg langsam, aber stetig.

Die oberste Ebene war weit entfernt, aber die Hoffnung auf den Sieg setzte die Spieler in Bewegung.

Zwei Jahre später waren noch 26 Ebenen und 6.000 Spieler übrig. Das war die aktuelle Lage in Aincrad.

5

Ich hatte den Einzelkampf gegen den im Dungeon auf der 74. Ebene hausenden, mächtigen Lizardman Lord beendet und gab mich alten Erinnerungen hin, während ich mich zurückzog. Schließlich entdeckte ich das Licht des Ausgangs und atmete erleichtert auf.

Ich schüttelte meine Nachdenklichkeit ab, und als ich mit schnellem Schritt aus dem Gang herauskam, sog ich tief die frische Luft ein.

Vor mir erstreckte sich ein einzelner Weg, der über eine Wiese in einen dichten dunklen Wald führte. Hinter mir ragte der Dungeon, aus dem ich gerade eben gekommen war, hoch in den ins Abendrot getauchten Himmel hinauf – oder korrekterweise bis zum Boden der nächsten Ebene.

Weil es im Game darum ging, die Spitze des Schlosses zu erreichen, waren die Dungeons in dieser Welt keine unterirdischen Labyrinthe, sondern hatten die Form riesiger Türme. Aber die Struktur der Dungeons, nämlich dass darin noch viel stärkere Monsterhorden als in der umgebenden Landschaft herumlungerten und dass ganz im Innersten ein grässliches Bossmonster wartete, war dieselbe, wie man sie aus anderen Games kannte.

Gegenwärtig waren von diesem Dungeon auf der 74. Ebene etwa 80 Prozent erobert und kartografiert. In vermutlich nur wenigen Tagen würde der große Saal, in dem der Boss wartete, entdeckt und eine große Angriffstruppe gebildet werden. An dem Kampf würde auch ich, der Solospieler, teilnehmen.

Ich verzog das Gesicht über meine Mischung aus Angst und Vorfreude und machte mich auf den Weg.

Meine derzeitige Heimat war die auf der 50. Ebene befindliche größte Stadt Aincrads, »Algade«. Von den Dimensionen her war die Stadt der Anfänge zwar größer, aber da diese inzwischen komplett zur Basis der Armee geworden war, war es schwer und nicht ratsam, dort hineinzukommen.

Als ich die im Abendrot dunkel gewordene Wiese überquert hatte, breitete sich der Wald vor mir aus, in dem knotige alte Bäume eng beieinander standen. Wenn man gut dreißig Minuten dort hindurchlief, kam man in die »Hauptstadt« der 74. Ebene und konnte durch das dort befindliche Teleportgate binnen eines Moments nach Algade auf der 50. Ebene wechseln.

Ich konnte zwar von überall aus nach Algade zurückkehren, wenn ich ein Teleport-Item verwendete, aber weil solche Items teuer waren, war es besser, sie nur in Notsituationen zu benutzen. Da auch noch ein bisschen Zeit bis zum Sonnenuntergang blieb, schüttelte ich die verlockende Vorstellung ab, mich so schnell wie möglich in meinem Quartier zum Schlafen einzurollen, und trat in den Wald hinein.

Die äußersten Ränder jeder Ebene von Aincrad waren so konstruiert, dass sie sich, abgesehen von Stützpfeilern hier und dort, einfach in den Himmel öffneten. Das schräg hereinströmende Abendsonnenlicht ließ die Bäume des Waldes rot aufleuchten. Der dichte Nebel, der zwischen den Stämmen waberte, reflektierte das Restlicht und glitzerte unheimlich. Auch die während des Tages lärmenden Vogelstimmen wurden leiser und das Heulen des Windes, der die Baumwipfel wiegte, schien plötzlich lauter als zuvor.

Auch wenn ich wusste, dass die in diesem Wald heimischen Monster einen so niedrigen Level hatten, dass sie es mit mir nicht einmal im Schlaf hätten aufnehmen können, konnte ich die Unruhe, die mich in dieser tiefer werdenden abendlichen Dunkelheit erfasste, nicht unterdrücken. Sie ähnelte dem Gefühl, das man als Kind hat, wenn man sich auf dem Heimweg verlaufen hat und vor Angst zittert.

Aber ich begrüßte dieses Gefühl. In der echten Welt hatte ich solche grundlegenden Empfindungen schon vergessen. Und das Gefühl der Einsamkeit, wenn man allein ödes Land durchstreift, ohne auf eine andere Menschenseele zu treffen, machte doch den wahren Reiz eines RPG aus.

An mein Ohr drang plötzlich undeutlich das Brüllen eines Ungeheuers, das ich noch nie gehört hatte, und riss mich aus meiner Nostalgie. Ein einzelner Ton, hoch und klar wie von einer Rohrflöte. Ich hielt an und suchte vorsichtig nach der Quelle des Geräuschs. Das Auftreten von etwas, das man noch nie gehört oder gesehen hatte, bedeutete in dieser Welt immer etwas Bemerkenswertes – gut oder schlecht.

Ich als Solospieler hatte meinen »Aufspür-Skill« trainiert. Dieser Skill gab einem unter anderem die Fähigkeit, Überraschungsangriffen aus dem Weg zu gehen. Wenn man den Geschicklichkeitsgrad dieses Skills steigerte, konnte man außerdem lernen, getarnte Monster oder Spieler aufzudecken. Schließlich entdeckte ich im Schatten eines etwa zehn Meter entfernten Baumes ein Monster.

Es war nicht besonders groß. Graugrünes Fell, das leicht mit den Blättern des Baums verwechselt werden konnte, und Ohren, die länger waren als sein Körper. Als ich meinen Blick auf es fokussierte, nahm das Game das Monster automatisch für mich ins Ziel und in meinem Gesichtsfeld wurden ein gelber Cursor und der Name des Monsters angezeigt.

Ich hielt den Atem an. Ein »Ragout Rabbit«, ein extrem seltenes Monster. In echt hatte ich es noch nie gesehen. Dieser auf Bäumen lebende flauschige Hase war nicht besonders stark und gab auch nicht viele Erfahrungspunkte, wenn man ihn erlegte. Sein Wert bestand in etwas anderem.

Ich nahm aus meinem Hüftgürtel vorsichtig eine dünne Wurfnadel. Da mein »Messerwerfen-Skill« im Skill-Slot lediglich als Lückenfüller ausgewählt war, war mein Geschicklichkeitsgrad nicht sehr hoch. Doch ich wusste, dass von den bekannten Monstern die Fluchtgeschwindigkeit des Ragout Rabbit mit am höchsten war, und ich traute mir nicht zu, mich ihm zu nähern und es auf einen Kampf mit dem Schwert ankommen zu lassen.

Jetzt, da mich mein Gegner noch nicht bemerkt hatte, gab es die Chance für eine einzige First Attack. Ich zielte mit der Wurfnadel in meiner rechten Hand, sandte ein Stoßgebet in den virtuellen Himmel und machte die Anfangsbewegung für den Basis-Wurf-Skill »Single Shot«.

Obwohl mein Trainingswert des Skills niedrig war, leuchtete meine rechte Hand, die durch die gründlich trainierten Schnelligkeits-Parameter verbessert worden war, auf wie ein Blitz, und die Wurfnadel wurde in den Schatten der Baumwipfel gesogen. Dabei zog sie eine Leuchtspur hinter sich her. Kaum dass ich den Angriff begonnen hatte, änderte der Cursor, der den Standort des Rabbit anzeigte, seine Farbe zum Rot des Kampfes und darunter wurde der Hit Point Bar des Monsters angezeigt.

Während ich noch die Spur der Wurfnadel verfolgte, drang ein gellender Schrei an mein Ohr und der HP Bar zeigte plötzlich null an. Dann folgte der gewohnte harte Klangeffekt zerbrechender Polygone. Triumphierend ballte ich meine linke Hand zur Faust.

Sofort setzte ich meine rechte Hand in Bewegung und rief den Menübildschirm auf. Als ich ungeduldig das Inventar öffnete, stand dort ganz oben in der Liste der neu erhaltenen Waren »Fleisch des Ragout Rabbit«, eine Ware, deren Wert im Handel der Spieler untereinander nicht unter 100.000 Cor sank. Wenn man eine maßgefertigte Waffe der höchsten Klasse anfertigen ließ und damit bezahlte, bekam man sogar noch Wechselgeld.

Es gab einen extrem einfachen Grund dafür, dass das Fleisch einen solchen Wert hatte. Denn unter den in dieser Welt existierenden unendlich vielen essbaren Items hatte es den allerköstlichsten Geschmack.

In *SAO*, wo man Essen fast schon das einzige Vergnügen nennen konnte, war das, was man normalerweise zu essen bekam, wohl im Stil des ländlichen Europas gehalten – einfaches Brot und Suppe. Nur in äußersten Ausnahmefällen war es Essen, das sich ein Handwerker-Spieler mit Koch-Skill ausgedacht und gekocht hatte, der versuchte, die Bandbreite an angebotener Nahrung zu vergrößern. Aber da die Zahl der Handwerker extrem klein und es unerwartet schwer war, hochwertige Zutaten-Items zu erhalten, sehnten sich fast alle Spieler chronisch nach einem leckeren Essen.

Das galt auch für mich. Ich fand das Essen aus Suppe und Schwarzbrot, das ich in den Restaurants der Nicht-Spieler-Charaktere aß, an denen ich vorbeikam, schon in Ordnung, aber manchmal wurde das Verlangen, einmal nach Herzenslust in weiches, saftiges Fleisch zu beißen, nahezu übermächtig. Ich leckte mir über die Lippen, während ich den Namen des Items in meinem Inventar anstarrte.

Die Wahrscheinlichkeit, dass mir in Zukunft so ein Leckerbissen ein weiteres Mal unterkommen würde, war äußerst gering. Am allerliebsten hätte ich ihn in diesem Moment alleine gegessen, aber je höher der Rang des Zutaten-Items, desto höher war der zum Kochen nötige Skill-Level. Für dieses Stück Fleisch hätte ich einen Koch-Handwerker-Spieler der Meisterklasse fragen müssen.

Natürlich kannte ich so jemanden, aber es würde mühsam sein, ihn aufzustöbern, und da ich bald eine neue Rüstung brauchen würde, beschloss ich schweren Herzens, dieses Item gegen Geld einzutauschen.

Unter großer Willensanstrengung schloss ich das Menü. Dann suchte ich meine Umgebung noch einmal mit dem Aufspür-Skill ab. Ich glaubte zwar nicht, dass hier in diesem Grenzland Räuber-Spieler umgingen, aber wenn man in den Besitz eines seltenen Items der S-Klasse kam, konnte man gar nicht vorsichtig genug sein.

Wenn ich es gegen Geld eingetauscht hatte, würde ich wohl so viele Teleport-Items und Ähnliches kaufen können, wie ich wollte, und ich beschloss, mich aus der Gefahrenzone direkt nach Algade zu teleportieren.

Aus der kleinen Tasche an meiner Hüfte nahm ich einen achtseitigen länglichen Kristall, der dunkelblau leuchtete. In dieser Welt, in der »magische« Elemente so gut wie abgeschafft waren, hatten die wenigen existierenden magischen Items alle eine solche Edelsteinform. Blaue waren für

Teleports, pinke für Hit-Point-Heilung, grüne für die Heilung von Vergiftungen. Alle waren praktische Items, die sofort wirkten, aber da sie teuer waren, war die übliche Methode zum Beispiel beim Heilen, sich vom Feind zu entfernen und sich mit einem günstigeren Heiltrank zu behelfen.

Ich redete mir ein, dass man dies ja wohl einen Notfall nennen konnte, hielt den blauen Kristall in die Luft und rief: »Teleport! Algade!«

Mit einem Klang wie von lauter kleinen Glöckchen zerbrach der Kristall in meiner Hand. Ein blaues Licht umhüllte meinen Körper, und der Wald um mich herum verschwand. Das Licht wurde erst immer heller und erlosch dann, der Teleport war abgeschlossen. Statt des Rauschens der Blätter hörte ich nun die hohen Töne eines Hammers beim Schmieden und lebhaftes Getöse.

Ich war am Teleportgate, das sich im Zentrum von Algade befand.

In der Mitte eines runden Platzes erhob sich ein riesiges metallenes Tor, das wohl um die fünf Meter hoch sein musste. Die Luft im Inneren des Tores schimmerte wie eine Luftspiegelung, und ein stetiger Strom von Menschen teleportierte sich in andere Städte oder von dort hierher.

Vom Platz aus erstreckten sich in alle vier Himmelsrichtungen große breite Straßen, die auf beiden Seiten von unzähligen kleinen, dicht gedrängten Läden gesäumt wurden. Die Spieler, die ihre Abenteuer für heute beendet hatten und die es nach einer kurzen Rast verlangte, waren vor den Essensständen und Kneipen in lebhafte Gespräche vertieft.

Wenn man die Stadt Algade mit einem Wort beschreiben wollte, dann müsste es »Chaos« sein.

Es gab kein einziges großes Bauwerk wie in der Stadt der Anfänge, sondern nur eine ausgedehnte Fläche voller enger, sich vielfach kreuzender Gassen, verdächtiger Werkstätten, von denen man nicht wusste, was sie wirklich herstellten, und zweifelhafter Kaschemmen, in die man wohl hinein-, aber aus denen man möglicherweise nie wieder herauskäme.

Das Areal hatte ein solches Ausmaß, dass es unzählige Geschichten über Spieler gab, die sich tatsächlich in Algades Seitengassen verlaufen und mehrere Tage nicht zurückgefunden hatten. Es war zwar schon fast ein Jahr her, dass ich hier mein Quartier aufgeschlagen hatte, aber auch ich kannte gerade einmal die Hälfte der Straßen. Bei den Nicht-Spieler-Charakteren, die diese Stadt bewohnten, wusste man nicht, zu welcher Klasse sie gehörten. Ich hatte sogar das Gefühl, dass die Spieler, die in letzter Zeit hier ihr Quartier aufschlugen, alle etwas eigen waren.

Dennoch gefiel mir die Atmosphäre in dieser Stadt. Man konnte sogar sagen, dass die Zeit, die ich damit verbrachte, in irgendwelchen Läden in den tiefsten Tiefen der Seitengassen herumzulungern und dort seltsam riechenden Tee zu schlürfen, die einzige Zeit des Tages war, zu der ich wirklich Ruhe verspürte. Vielleicht war es auch die spürbare Ähnlichkeit Algades mit dem Elektronikviertel, in dem ich in der echten Welt immer gerne Zeit verbracht hatte, die mich nostalgisch werden ließ.

Ich beschloss, vor der Rückkehr in meinen Unterschlupf die Sache mit dem Item zu klären, und wandte mich in Richtung eines mir gut bekannten Händlers.

Wenn man sich vom zentralen Platz mit dem Teleportgate aus nach Westen durch die Menschenmenge kämpfte und der Hauptstraße ein paar Minuten lang folgte, kam man zu seinem Laden. Im Inneren, das voll war, wenn sich nur fünf Menschen gleichzeitig darin aufhielten, waren Vitrinen aufgereiht, vollgestopft mit allem Möglichen, von Waffen über Werkzeuge bis hin zu Essen. Alles war in einem chaotischen Zustand, wie er für von Spielern geführte Shops typisch war. Der Besitzer des Ladens selbst befand sich gerade vor seinem Geschäft mitten in einer Verhandlung.

Grob gesagt gab es zwei Wege, Items zu verkaufen. Der erste war, an Nicht-Spieler-Charaktere, also an vom System gesteuerte Charaktere zu verkaufen. Im Austausch dafür, dass es kein Betrugsrisiko gab, war der Ankaufspreis standardmäßig festgelegt. Um die Inflation des Cor zu verhindern, waren diese Preise niedriger als der tatsächliche Marktwert des Items.

Die andere Methode war der Handel unter zwei Spielern. Dabei kam es häufig vor, dass man je nach Verlauf der Geschäftsverhandlung zu einem ziemlich hohen Preis verkaufen konnte, aber es erforderte eine ziemliche Anstrengung, einen Käufer zu finden, und man konnte auch nicht behaupten, dass es keine Probleme mit Spielern gab, die im Nachhinein sagten: »Oh nein, ich habe zu viel gezahlt«, oder: »Ich hab's mir doch anders überlegt.« Hier kamen dann die Händler ins Spiel, die sich auf Hehlerei spezialisiert hatten.

Allerdings war das nicht der einzige Lebensinhalt der Spieler der Händler-Klasse.

Wie Spieler der Handwerker-Klasse mussten sie mehr als die Hälfte ihrer Skill-Slots mit Nicht-Kampf-Skills füllen. Aber das hieß nicht, dass sie deshalb überhaupt nicht ins Feld hinausmussten. Die Händler mussten für Items, die Handwerker für Material mit Monstern kämpfen, und natürlich waren solche Kämpfe anstrengender für sie als für die echte Schwertkämpfer-Klasse. Als Händler zu kämpfen, hatte nichts Glamouröses oder Unterhaltsames.

Also wurzelte ihre Identität vor allem in dem edlen Motiv, den Schwertkämpfern zu helfen, die sich heldenhaft an die Front begaben, um das Game durchzuspielen. In diesem Punkt verehrte ich die Händler und Handwerker heimlich zutiefst.

Aber der Händler-Spieler, der jetzt vor mir stand, konnte von diesem Leitbild der Aufopferung kaum weiter entfernt sein.

»Gut, abgemacht! Fünfhundert Cor für zwanzig Dusk-Lizard-Lederhäute!«

Der mir gut bekannte Händler namens Agil schwang seinen grobschlächtigen rechten Arm und klopfte fest auf die Schulter des zaghaften Speerträgers, mit dem er verhandelt hatte. Dann öffnete er ein Handelsfenster in seinem Menü, und mit einer Energie, die keinen Widerspruch duldete, trug er den Geldbetrag in seine Seite des Fensters ein.

Der Verkäufer wirkte, als könne er sich mit dem Ergebnis des Handels noch nicht so recht anfreunden, aber ein vielsagender Blick Agils, der nicht nur Händler, sondern auch ein erstklassiger Axtkämpfer war, bewegte ihn dazu, das Item aus seinem eigenen Menü in das Handelsfenster zu schieben und den Handel mit einem Button zu bestätigen.

»Danke! Jederzeit wieder, Junge!«

Als er dem Speerträger abschließend noch einmal kräftig auf den Rücken geschlagen hatte, lachte Agil großherzig. Das Leder des Dusk Lizard war ein hocheffektives Material für Rüstungen. Egal wie ich es drehte und wendete, fünfhundert erschien mir viel zu günstig, aber ich schwieg und sah dem sich entfernenden Speerträger hinterher. Das war wohl das Lehrgeld, sagte ich mir, dass er für die Lektion gezahlt hatte, dass man beim Umgang mit einem Hehler unheimlich auf der Hut sein musste.

»Hi, Agil. Derselbe Halsabschneider wie immer, was?«

Als ich Agil von hinten ansprach, drehte sich der glatzköpfige Riese um und lächelte selbstzufrieden.

»Ah, Kirito. Mein Motto ist eben, günstig einkaufen und günstig anbieten«, log er, ohne sich auch nur ansatzweise zu genieren.

»Letzteres finde ich fragwürdig ... Na ja, egal, ich möchte auch etwas verkaufen.«

»Kirito, du bist ein guter Kunde. Bei dir versuch ich keine Tricks. Lass mal sehen ...« Agil streckte seinen Stiernacken und schaute in das Handelsfenster, das ich präsentierte.

Es war zwar so, dass die Avatare der *SAO*-Spieler durch die Scan-Funktion des NerveGear und die anfängliche Kalibrierung der Körperform die reale Gestalt exakt reproduzierten, doch mir war bislang niemand begegnet, dessen Äußeres der Rolle, die er spielte, so sehr entsprach wie Agils.

Sein etwa 180 cm großer Körper war fest von Muskeln und Fett umhüllt und der darauf sitzende Kopf hatte Gesichtszüge, die aussahen wie gemeißelt, wie bei einem Wrestler in der Schurkenrolle. Weil er außerdem seinen Kopf völlig kahl geschoren hatte – unsere einzige individualisierbare Option war die Frisur –, stand er im Aussehen dem imposantesten Barbaren-Gegner in nichts nach.

Aber obwohl das so war, strahlte sein Gesicht eine ungeheure Liebenswürdigkeit aus, wenn er lachte. Obwohl er bestimmt schon Ende zwanzig war, konnte ich mir nicht vorstellen, was dieser Mann in der realen Welt gemacht hatte. In der virtuellen Welt war es ein ungeschriebenes Gesetz, dass man nicht nach den Dingen »drüben« fragte.

Seine Augen unter den wulstigen Brauenknochen wurden rund vor Erstaunen, als er mein Handelsfenster betrachtete.

»Oh, das ist ja ein seltenes Item der S-Klasse. ›Fleisch des Ragout Rabbit‹, das hab ich ja noch nie gesehen ... Kirito, du hast aber doch eigentlich keine Geldsorgen, oder? Willst du das nicht lieber selbst essen?«

»Hab ich auch überlegt. Ich meine, ich werde es wohl kaum noch mal in die Finger bekommen ... Allerdings gibt es nicht so viele Typen, deren Koch-Skill so hoch ist, dass sie dieses Item zubereiten könnten ...«

In diesem Moment tippte mir jemand von hinten auf die Schulter.

»Kirito.«

Eine weibliche Stimme. Es gab nicht viele weibliche Spieler, die mich beim Namen kannten. Oder besser gesagt, in dieser Situation konnte es nur eine sein. Ich erkannte sie, bevor ich ihr Gesicht sah. Schnell ergriff ich ihre Hand und sprach, während ich mich umdrehte. »Köchin wurde gefangen!«

»Wa... Was soll das?« Mit verwundertem Ausdruck trat sie zurück, während ich ihre Hand weiter festhielt.

Ihr Gesicht, an dem an beiden Seiten kastanienbraunes langes, glattes Haar herabhing, war oval und ihre großen haselnussbraunen Augen leuchteten fast. Unterhalb der kleinen, geraden Nase befanden sich zierliche kirschfarbene Lippen. Den schlanken Körper umhüllte ein Kampfanzug nach Art eines Ritters mit den Hauptfarben Weiß und Rot, und im Schwertgürtel aus weißem Leder hing ein elegantes silbernes Rapier.

Ihr Name war Asuna. Sie war so berühmt, dass es in *SAO* wohl fast niemanden gab, der ihren Namen nicht kannte.

Es gab mehrere Gründe dafür, vor allem lag es aber daran, dass sie in einem Game mit einem erschreckend niedrigen Anteil an weiblichen Spielern auch noch unheimlich gut aussah.

In *SAO*, wo die realen Körper der Spieler, besonders die Gesichtszüge, fast komplett reproduziert wurden, waren, auch wenn ich das nur ungern sage, schöne weibliche Spieler etwas so Seltenes, dass man sie der Über-S-Klasse zurechnen musste. Vermutlich konnte ich die Menge derer, die so hübsch waren wie Asuna, an den Fingern einer Hand abzählen.

Ein weiterer Grund für ihre Berühmtheit war ihr rein weiß und purpurrot gefärbter Kampfanzug – die Uniform der Gilde »Ritter des Blutschwurs«. Sie waren unter den zahlreichen Spielergilden auf Aincrad die stärkste.

Mit etwa 30 Mitgliedern war sie von mittlerer Größe, aber alle davon waren starke Schwertkämpfer auf hohem Level und außerdem war der Anführer, der stärkste Mann in *SAO*, geradezu eine Legende. Anders als es ihr anmutiges mädchenhaftes Äußeres vermuten ließ, war Asuna in dieser Gilde die Vizekommandantin. Ihr Können und ihre Schnelligkeit mit dem Rapier hatten ihr den Spitznamen »Blitz« eingebracht.

Mit dieser Kombination aus Geschick und gutem Aussehen nahm sie also eine Spitzenposition unter den 6.000 Spielern ein, und es wäre seltsam gewesen, wenn sie damit nicht berühmt geworden wäre. Natürlich gab es unter den Spielern unendlich viele Fans, aber da darunter auch solche waren, die ihre Verehrung Asunas ein wenig zu ernst nahmen oder sich gar wie Stalker verhielten, und da es andererseits auch extrem viele Leute gab, die sie extrem hassten, hatte sie es wohl wirklich nicht leicht.

Zwar waren nur wenige Spieler dumm genug, eine der stärksten Schwertkämpferinnen des Games anzubaggern, aber der Gilde war daran gelegen, für die Sicherheit ihrer Mitglieder zu sorgen, und so begleiteten Asuna in der Regel mehrere Spieler als Eskorte. Auch jetzt standen wenige Schritte hinter ihr zwei Männer, die nach Gildenmitgliedern aussahen und weiße Umhänge und dicke Metallrüstungen trugen. Besonders der dünne Mann auf der rechten Seite, der sein langes Haar hinten zusammengebunden hatte, warf mir, als ich Asunas Hand umfasste, einen blutdurstigen Blick zu.

Ich ließ ihre Hand los, bedachte den Mann mit einer spöttischen Begrüßungsgeste und sagte: »Das ist aber ungewöhnlich, Asuna, dass du dich auf so einer Müllhalde blicken lässt.«

Der Mann mit den langen Haaren, der gehört hatte, dass ich Asuna einfach so vertraulich ansprach, und der Geschäftsinhaber, dessen Laden als »Müllhalde« beleidigt worden war, zuckten beide gleichzeitig zusammen. Aber als Letzterer von Asuna freundlich begrüßt wurde, entspannte sich sein Gesicht merklich.

Als Asuna sich wieder zu mir umdrehte, spitzte sie ihre Lippen, als sei sie mit etwas unzufrieden.

»Was soll das? Ich bin wegen *dir* gekommen. Um mich zu vergewissern, dass du noch am Leben bist, schließlich nehmen wir uns schon bald den nächsten Bossgegner vor.«

»Ich stehe auf deiner Freundesliste, das könntest du auch dort erfahren. Du konntest mich sowieso nur finden, weil du meine Bewegungen auf deiner Karte verfolgt hast.«

Beleidigt wandte sie sich ab.

Als Vizekommandantin war Asuna in ihrer Gilde verantwortlich für die Eroberung des Games. Diese Aufgabe beinhaltete zwar auch, selbstsüchtige Solospieler wie mich anzuführen und Teams gegen Monster zu bilden, aber mir extra einen persönlichen Besuch abzustatten, um sicherzustellen, dass es mir gut ging, war dann doch etwas zu viel des Guten.

Asuna, die meinen halb verwunderten, halb gerührten Blick wahrgenommen hatte, stemmte beide Hände in die Hüften und streckte ihr Kinn arrogant nach oben.

»Wenn du lebst, dann ist es ja gut. Aber … was meintest du eben mit ›der Köchin‹?«

»Ah, genau. Bei welchem Geschicklichkeitsgrad liegt gerade dein Koch-Skill?«

Ich erinnerte mich, dass Asuna aus einer Laune heraus in den Pausen zwischen dem Training ihrer Kampf-Skills ihre Handwerkskünste des Kochens gesteigert hatte. Sie schenkte mir ein nahezu arrogantes Lächeln.

»Höre und staune, ich hab ihn letzte Woche ›komplett erlernt‹.«

»Was?!«

W… Willst du mich verarschen?

Das dachte ich, aber natürlich sagte ich das nicht.

Der Geschicklichkeitsgrad eines Skills steigt jedes Mal, wenn man ihn verwendet, nur ein kleines bisschen, und er ist komplett erlernt, wenn man schließlich den Geschicklichkeitsgrad 1.000 erreicht hat. Übrigens war der Level, der durch Erfahrungspunkte stieg, davon entkoppelt, und daher stiegen beim Hochleveln nur die Hit Points und die physische Kraft, der Status der Schnelligkeit und außerdem die maximale Zahl der »Skill-Slots«, also der Skills, die man lernen konnte.

Ich besaß derzeit zwölf Skill-Slots, aber komplett erlernt hatte ich bisher nur drei, nämlich den Skill »Einhandschwert«, den Skill »Aufspüren« und den Skill »Parieren«. Diese Frau hatte also fast schon absurd viel Zeit und Leidenschaft in einen Skill investiert, der im Kampf unnütz war.

»Dann habe ich eine Bitte.«

Ich winkte sie heran, stellte mein Item-Fenster so ein, dass auch andere Menschen es sehen konnten, und zeigte es ihr. Zunächst schaute Asuna skeptisch darauf, dann erkannte sie den Namen des angezeigten Items und machte große Augen.

»Wow! Ist ... Ist das eine S-Klasse-Zutat?!«

»Wir machen einen Deal. Wenn du mir das kochst, darfst du einen Bissen abhaben.«

Ich hatte das kaum ausgesprochen, da hatte die rechte Hand des »Blitzes« Asuna mich fest am Kragen gepackt. Sie hielt ihr Gesicht wenige Zentimeter entfernt von meinem und forderte:

»*Die* ***Hälfte***!«

Weil ich durch den unerwarteten Überfall verwirrt war, nickte ich, ohne es zu wollen. Als ich wieder zur Besinnung kam, war es schon zu spät und Asuna stieß triumphierend ihre linke Faust in die Luft. Ich redete mir ein, dass die Gelegenheit, ihr liebliches Gesicht aus nächster Nähe betrachten zu können, den hohen Preis wert war.

Ich schloss das Fenster, drehte mich um und blickte zu Agil auf. »Sorry, Mann, damit ist unser Handel geplatzt.«

»Ach, das ist schon okay ... Außerdem, wir sind doch Freunde, oder? Oder? Wenn du mich auch ein bisschen probieren ...«

KIRITO
ASUNA

»Ich schreib dir einen ausführlichen Erfahrungsbericht.«

»Das ist jetzt aber gemein, Mann!« Agil jammerte, als ginge die Welt unter.

Ich drehte ihm den Rücken zu und Asuna zupfte am Ärmel meines Mantels.

»Also, ich kann das schon für dich kochen, aber wo sollen wir das machen?«

»Ähm ...«

Um den Koch-Skill zu verwenden, waren außer den Zutaten mindestens noch Kochgeschirr und so etwas wie eine Kochstelle oder ein Ofen nötig. Auch in meinem Zimmer befand sich so etwas in sehr einfacher Form, aber es war absolut ausgeschlossen, die Vizekommandantin der Ritter des Blutschwurs in diese elendige Höhle einzuladen.

Ich stammelte etwas, und sie sah mich entnervt an. Dann machte sie ein geradezu unglaubliches Angebot.

»In deinem Zimmer gibt's ja wohl sowieso keine vernünftigen Kochutensilien. Als Ausgleich für die Zutat werde ich dieses eine Mal mein Zimmer zur Verfügung stellen.«

Asuna nahm keine Notiz von mir, während ich erstarrte, bis mein Gehirn den Inhalt ihrer Worte begriffen hatte. Sie drehte sich zu den zwei Mitgliedern ihrer Eskorte um und sprach sie an. »Ich werde mich direkt nach Selmburg teleportieren. Für heute brauche ich keine Eskorte mehr. Ihr könnt gehen.«

Der langhaarige Mann explodierte, als hätte der Zorn schon länger in ihm geschwelt. Er warf mir einen Blick zu, der so wütend war, dass auf seiner Stirn sicher zwei oder drei blaue Adern hervorgestanden hätten, wenn es in *SAO* eine größere Genauigkeit bei der Reproduktion von Gesichtsausdrücken gegeben hätte.

»Fr… Fräulein Asuna! Nicht genug, dass du in die Slums gekommen bist … jetzt willst du auch noch diesen Kerl mit nach Hause nehmen?«

Bei diesen übertriebenen Worten zuckte ich innerlich zusammen. Viel fehlte bei ihm wohl nicht mehr zum obsessiven Verehrer. Asuna reagierte ähnlich unwillig wie ich.

»Na und? Seine Fähigkeiten stehen außer Frage. Wahrscheinlich ist er zehn Level höher als du, Kuradeel.«

»So ein Unsinn! Willst du behaupten, ich sei einem solchen Kerl unterlegen?«

Die aufgebrachte Stimme des Mannes hallte durch die Straße. Er starrte mich bösartig an, dann schien es plötzlich, als hätte er etwas verstanden.

»So ist das also … Du bist wohl einer dieser ›Beater‹, oder?«

Beater war in *SAO* eine abschätzige Bezeichnung, eine Kombination aus »Beta-Tester« und »Cheater«. Ich war es zwar gewohnt, diese Beschimpfung zu hören, aber egal wie oft ich auch so genannt wurde, es tat immer weh. Das Gesicht des Typen, der mich als Erster so genannt hatte und der früher mal mein Freund gewesen war, ging mir kurz durch den Kopf.

»Ja, genau.«

Als ich ausdruckslos zustimmte, wurde der Mann lebhaft und sein Ton gereizter. »Fräulein Asuna, Typen wie er kümmern sich nur um sich selbst! Wenn du mit diesem Kerl Umgang hast, dann beschwörst du Ärger herauf!«

Asuna, die bis jetzt ihre Haltung bewahrt hatte, runzelte die Stirn, als sei ihr etwas unangenehm. Unbemerkt hatte sich um uns herum eine Menschenmenge von Schaulustigen gebildet und die Worte »Ritter des Blutschwurs« und »Asuna« stachen aus dem Gemurmel hervor.

Als Asuna sich flüchtig umsah, erwiderte sie dem Mann namens Kuradeel, der jetzt noch aufgeregter war, kühl: »Für heute könnt ihr nach Hause gehen. Ich befehle es euch als eure Vizekommandantin«, und hielt mit der linken Hand den Gürtel hinten an meinem Mantel fest. Sie lief los in Richtung des Platzes mit dem Tor und zog mich dabei hinter sich her.

»He... Hey, bist du dir wirklich sicher?«

»Schon okay!«

Na gut, ich konnte nichts dagegen einwenden. Wir ließen die zwei Leibwachen und Agil, der immer noch ein unglückliches Gesicht machte, zurück und liefen los, um in der Menschenmenge unterzutauchen. Als ich mich zum Schluss flüchtig umsah, brannte sich mir der boshafte Gesichtsausdruck des Mannes Kuradeel, der immer noch steif dastand und mich anstarrte, in mein Gedächtnis.

6

Selmburg war eine schöne Festungsstadt auf der 61. Ebene.

Sie war nicht sonderlich groß, aber in ihrer Mitte stand ein altes Schloss mit schlanken Spitztürmen, das aus kreideweißem Granit gebaut war und zusammen mit den zahlreichen Grünflächen der Stadt einen prächtigen Anblick bot. Auf dem Markt gab es unzählige Stände und Geschäfte, und viele Gamer hätten hier gerne gewohnt. Aber die Zimmer kosteten unglaublich viel – vielleicht dreimal so viel wie in Algade –, und wenn man nicht einen ziemlich hohen Level erreicht hatte, war es so gut wie unmöglich, eines zu bekommen.

Als Asuna und ich aus dem Teleportgate in Selmburg traten, war die Sonne fast komplett untergegangen und ihr restliches Licht tauchte die Straßen in ein tiefes Violett.

Die Oberfläche der 61. Ebene wurde fast komplett von einem See bedeckt, und Selmburg lag auf einer kleinen Insel in dessen Mitte. Wie auf einem liebevoll gemalten Bild ließ die von außerhalb Aincrads hereinscheinende Abendsonne die Wasseroberfläche glitzern. Ich war einen Moment lang hingerissen von der Schönheit der vor dem Hintergrund des weiten Sees dunkelblau und zinnoberrot schimmernden Straßen. Obwohl für die CPU des NerveGear mit den Diamanthalbleitern der neuesten Generation die Verarbeitung der Beleuchtung wohl kaum eine Herausforderung war.

Das Teleportgate stand auf dem Platz vor dem alten Schloss, und von dort erstreckten sich durch die Stadt nach Süden die Hauptstraßen, die links und rechts von Alleebäumen gesäumt waren. Auf beiden Seiten waren Läden, die hochwertige Waren anboten, und Wohnhäuser aufgereiht, und die Bevölkerung aus Nicht-Spieler-Charakteren und Spielern, die hier unterwegs waren, wirkte eleganter als anderswo. Ich hatte das Gefühl, dass sogar die Luft anders schmeckte als in Algade, und atmete unwillkürlich tief ein, während ich mich streckte.

»Ahhh, so viel Platz und so wenig Leute, wie befreiend.«

»Dann zieh doch auch hierher.«

»So viel Geld hab ich nicht.« Ich zuckte betrübt mit den Schultern. Dann fragte ich Asuna besorgt: »Übrigens, war das wirklich in Ordnung? Das eben ... Wird es jetzt Ärger mit deinen Leuten geben?«

Asuna verstand, was ich meinte, sie blickte missmutig zu Boden und trat nach einem Steinchen. »Ach ... Mir sind zwar einige unangenehme Dinge passiert, als ich noch allein war, aber eine Eskorte ist zu viel des Guten. Ich hatte zwar gesagt, dass ich keine brauche, wurde aber überstimmt, weil es ein Grundsatz der Gilde ist ...«

Als sie fortfuhr, klang sie niedergeschlagen.

»Früher war es eine kleine Gilde, und unser Kommandant hat die Leute persönlich eingeladen. Aber die Gilde wuchs schnell, Mitglieder wurden ausgetauscht ... Seit wir als die stärkste Gilde bekannt sind, ist es irgendwie komisch geworden.«

Asuna brach ab und drehte sich zu mir um. Ein flehentlicher Ausdruck lag in ihren Augen, und mir verschlug es kurz den Atem. *Ich muss etwas sagen*, dachte ich, aber was konnte ein egoistischer Solospieler wie ich denn sagen? Wir sahen uns schweigend einige Sekunden lang an.

Asuna war die Erste, die den Blick abwandte. Sie schaute hinaus auf die dunkelblau schimmernde Seeoberfläche. Als sie wieder sprach, klang ihre Stimme lebhaft und höher, als wolle sie die Atmosphäre des Gesprächs aufhellen.

»Na ja, es war ja nichts Schlimmes, darum musst du es dir nicht zu Herzen nehmen! Wenn wir uns nicht beeilen, ist der Tag gleich vorbei.«

Asuna lief los und ich folgte ihr. Wir begegneten vielen Spielern, aber es war keiner dabei, der Asuna anstarrte.

Da ich vor etwa einem halben Jahr, als dies die Front gewesen war, nur ein paar Tage in Selmburg verbracht hatte, konnte ich mich nicht entsinnen, mir die Sehenswürdigkeiten in Ruhe angeschaut zu haben. Während ich die schönen Skulpturen betrachtete, die das Stadtbild zierten, kam in mir plötzlich erneut der Wunsch auf, hier zu wohnen, aber dann dachte ich, dass es wohl besser wäre, wenn ich ab und zu als Tourist herkäme.

Das Zimmer, in dem Asuna wohnte, lag oben in einem kleinen, aber schön eingerichteten zweistöckigen Haus, gerade östlich der Hauptstraße. Natürlich war es das erste Mal, dass ich sie besuchte. Wenn man es genau bedachte, hatte ich mit dieser Frau bisher nur während Besprechungen für die Bosskämpfe geredet. Wir hatten noch nicht einmal gemeinsam ein Restaurant besucht. Als ich mir dessen bewusst wurde, überlegte ich, jetzt doch noch einen Rückzieher zu machen, und zögerte vor dem Eingang des Gebäudes.

»Aber … Ist das okay? Also …«

»Was denn? Du hast mich doch angesprochen. Was bleibt uns denn anderes übrig? Du hast ja sonst keinen Ort, wo man kochen könnte.«

Verstimmt wandte Asuna sich ab und stieg die Treppe nach oben. Ich holte tief Luft und folgte ihr.

»H… Hier wohnst du also.«

Doch als ich schüchtern durch die Tür getreten war, verschlug es mir die Sprache und ich blieb stehen.

Noch nie hatte ich ein so schönes und ordentliches Heim eines Spielers gesehen. Das große Wohn- und Esszimmer und die angrenzende Küche waren mit hellen Holzmöbeln eingerichtet und mit moosgrünen Akzenten versehen. Das waren wohl alles von Spielern angefertigte Möbel der Spitzenklasse.

Dennoch war es nicht übermäßig dekoriert und ließ dadurch eine wirklich gemütliche Atmosphäre entstehen. Dies war nicht mal ansatzweise mit meinem Unterschlupf zu vergleichen, und ich war froh, dass Asuna ihn nicht zu Gesicht bekommen hatte.

»Waa… Wie viel hat das hier denn gekostet …?«

Asuna antwortete trocken: »Hm, die Wohnung und die Möbel zusammen ungefähr 4 M …? Ich zieh mich um, mach's dir bequem«, und verschwand hinter einer Tür hinten im Wohnzimmer. Da »M« eine Abkürzung für eine Million war, entsprachen 4 M 4.000.000 Cor. Ich hatte einen solchen Geldbetrag insgesamt bestimmt schon verdient, weil ich jeden Tag an der Front kämpfte, aber da ich ununterbrochen Geld verschwendete, mal für ein Schwert, das mir gefiel, mal für interessante Ausrüstungs-Items, die mir ins Auge sprangen, hatte ich keinen Spielraum zum Sparen. Während ich mich diesem seltenen Moment der Selbstreflexion hingab, ließ ich mich auf das weiche Sofa plumpsen.

Bald erschien Asuna wieder aus dem hinteren Zimmer. Sie hatte sich eine einfache weiße Tunika und einen über dem Knie endenden Rock angezogen. Man sagte »anziehen«, aber es war nicht so, dass es tatsächlich Aktionen gab, bei denen man sich aus- und wieder anzog, sondern man bearbeitete nur die Ausrüstungsfigur im Statusfenster. Aber da man während der wenigen Sekunden des Kleidungswechsels in Unterwäsche angezeigt wurde, führten Frauen ihre Umziehaktionen nicht vor anderen aus, es sei denn, sie waren äußerst unerschrocken. Auch wenn unsere Körper nur aus Polygonen bestanden, hatte das Bewusstsein dafür inzwischen angefangen, nachzulassen, und auch jetzt wanderte mein Blick wie von selbst über Asunas entblößte Hände und Füße.

Asuna, die von meinen Gedanken zum Glück nichts wusste, warf mir einen Blick zu.

»Willst du dich nicht auch mal umziehen?«

»Oh! Okay.« Ich rief eilig den Menübildschirm auf und entfernte meine Rüstung sowie den ledernen Kampfmantel und den Schwertgürtel. Dann wechselte ich ins Item-Fenster, ließ das »Fleisch des Ragout Rabbit« als Objekt in einem Keramiktopf erscheinen und stellte diesen auf den Tisch.

Asuna nahm ihn mit einem fast ehrfürchtigen Gesichtsausdruck in die Hand und sah hinein.

»Das ist also die legendäre Zutat der S-Klasse ... Und, was koche ich jetzt?«

»I... Ich nehme die Empfehlung der Küche.«

»Tja ... Also dann mache ich einen Eintopf. Schließlich heißt es ja ›Ragout Rabbit‹.«

Ich folgte Asuna, die in das benachbarte Zimmer ging.

Die Küche war sehr groß und auf der Seite, auf der der riesige Holzofen stand, waren viele Kochutensilien aufgereiht, die auf den ersten Blick sehr hochwertig aussahen. Asuna öffnete auf der Oberfläche des Ofens mit einem Doppelklick ein Pop-up-Menü, und nachdem sie die Kochzeit eingestellt hatte, nahm sie aus dem Regal einen metallenen Topf. Sie legte das rohe Fleisch in den Topf und nachdem sie allerlei aromatische Kräuter und Wasser hineingefüllt hatte, setzte sie den Deckel darauf.

»In der Wirklichkeit gäbe es mehrere Arbeitsschritte, aber in *SAO* ist das Kochen so vereinfacht, dass es schon langweilig ist.«

Während sie sich so beschwerte, stellte sie den Topf in den Ofen und drückte im Menü den Button für den Kochbeginn. Trotz der angezeigten Wartezeit von 300 Sekunden bewegte sie sich flink, und nachdem sie ein Essens-Item nach dem anderen, von denen sie unendlich viele auf Lager zu haben schien, hatte erscheinen lassen, stellte sie mit flüssigen Bewegungsabläufen eine Beilage her. Ohne es zu wollen, war ich fasziniert von ihren Handgriffen, bei denen sie weder bei der tatsächlichen Arbeit noch bei der Bedienung des Menüs auch nur einen Fehler machte.

Nach nur fünf Minuten war der Tisch prächtig gedeckt und Asuna und ich setzten uns einander gegenüber. Auf dem Teller vor mir war eine große Portion dampfenden braunen Eintopfes, der wunderbar köstlich duftete. Das große, mit glänzender sämiger Soße bedeckte Stück Fleisch darin und das Marmormuster, das die weißen Spuren der Sahne darauf bildeten, waren wirklich verführerisch.

Wir wünschten uns guten Appetit, aber als wir ungeduldig die Löffel nahmen, stopften wir uns den Mund hungrig und viel zu schnell voll mit diesem Essen, das das hochwertigste sein sollte, das in *SAO* existierte. Wir genossen die Wärme und das Aroma und den Saft, der hervorspritzte, als wir in das weiche Fleisch bissen.

Beim Essen in *SAO* war es nicht so, dass mit einzelnen Rechenoperationen der Eindruck simuliert wurde, dass die Zähne das Objekt zerbissen, sondern man benutzte eine »Geschmackssinn-Reproduktions-Engine«, die von Argus in Kooperation mit einer Firma für das Design von Umweltprogrammen entwickelt worden war.

Dies diente dazu, dass die Nutzer die gleiche Erfahrung machen konnten wie bei einem realen Essen, indem verschiedenste sensorische Eindrücke des »Essens« mittels vordefinierter Variablen an das Gehirn geschickt wurden. Ursprünglich war diese Engine wohl entwickelt worden für Leute, die eine Diät oder Ernährungsbeschränkungen nötig hatten; kurz gesagt, sie täuschte unsere Sinne, indem sie falsche Signale an alle Hirnareale schickte, die daraufhin Geschmack, Duft, Hitze etc. wahrnahmen. Unsere realen fleischlichen Körper aßen in diesem Moment natürlich nichts, das System regte nur die Sinneszentren unserer Gehirne auf komplexe Weise an.

Aber es war dumm, in diesem Moment über so etwas nachzudenken. Der köstlichste Geschmack seit meinem Log-in vor zwei Jahren, den ich gerade wahrnahm, war ohne Zweifel echt. Asuna und ich sprachen kein Wort und genossen es einfach, einen Löffel dieser Köstlichkeit nach dem anderen zu verspeisen.

Endlich seufzte Asuna tief und lang. Der Teller vor ihr und der Topf waren leer, es fehlte buchstäblich jede Spur, dass der Eintopf jemals existiert hatte.

»Aaah ... Gut, dass ich bis hierhin durchgehalten und überlebt habe.«

Mir ging es ganz genauso. Während ich mich dem befriedigenden Gefühl hingab, mir nach langer Zeit einen primitiven, wenn auch sehnlichen Herzenswunsch erfüllt zu haben, schlürfte ich einen Tee, der sonderbar roch. Reproduzierten das Fleisch, das ich eben gegessen hatte, und dieser Tee wohl den Geschmack von Zutaten, die in der realen Welt existierten? Oder war es ein virtueller Geschmack, der durch die Veränderung irgendwelcher Parameter produziert worden war? Über solche Dinge dachte ich zerstreut nach.

Die minutenlange Stille, die sich an das Festessen anschloss, wurde durch Asunas Seufzen beendet. Sie hielt eine Teetasse in beiden Händen. »Seltsam, oder …? Irgendwie fühlt es sich an, als hätte ich schon von Geburt an in dieser Welt gelebt.«

»Ich hab manchmal auch Tage, an denen ich mich überhaupt nicht mehr an die Welt draußen erinnere. Vermutlich geht es nicht nur mir so … Mittlerweile versuchen auch immer weniger Leute, das Spiel abzuschließen oder einen Ausweg zu finden.«

»Das Tempo der Eroberung selbst wird langsamer. An vorderster Front kämpfen wahrscheinlich keine 500 Spieler mehr. Das liegt nicht mal an den Gefahren dort … sondern daran, dass sich alle hier an diese Welt gewöhnt haben.«

Ich blickte verstohlen in Asunas schönes, von einer orangen Lampe beschienenes Gesicht, während sie in Gedanken versunken war. Sicher war dieses Gesicht nicht das eines organischen Menschen. Die glatte Haut und die bezaubernden Haare waren viel zu schön für ein echtes Lebewesen. Aber dieses Gesicht sah für mich schon nicht mehr aus wie etwas, das aus Polygonen geschaffen war. Ich konnte sie ehrlich als lebendes Wesen erkennen. Wenn ich jetzt in die frühere Welt zurückkehren und den wahren Menschen sehen würde, würde ich vielleicht ein starkes Gefühl der Fremdheit empfinden.

Will ich überhaupt zurück ... in die Welt dort ...?

Ich war verwirrt ob dieses plötzlich aufgetauchten Gedankens. Ich stand jeden Tag früh auf, um mich durch die gefährlichen Dungeons zu schlagen und Erfahrungspunkte zu sammeln, während ich die noch unentdeckten Bereiche kartografierte. Aber tat ich das wirklich, weil ich aus diesem Game entkommen wollte?

Früher war es wohl sicher so gewesen. Ich hatte schnell fliehen wollen aus dem Todesspiel, bei dem man nicht wusste, wann man starb. Aber jetzt, da ich mich an das Leben in dieser Welt gewöhnt hatte ...

»Aber ich will zurück.« Als hätte Asuna die Zweifel in meinem Innersten erkannt, sprach sie diese Worte deutlich aus. Verblüfft hob ich den Kopf.

Asuna zeigte mir ein ungewohntes Grinsen. »Schließlich gibt es drüben noch so viel für mich zu tun.«

Ich nickte zustimmend. »Du hast recht. Jetzt aufzugeben, wäre unverzeihlich gegenüber den Handwerkern, die uns unterstützen ...«

Als wollte ich meine verbleibenden Zweifel ertränken, leerte ich die Teetasse in einem Zug. Die oberste Ebene war noch weit entfernt. Im Moment waren das eh alles ungelegte Eier.

Ich wollte meinem ehrlichen Gefühl der Dankbarkeit Ausdruck verleihen, da runzelte Asuna plötzlich die Stirn und wedelte abwehrend mit ihrer Hand.

»Ach ... Lass es sein!«

»Wa... Was?«

»Mir haben schon etliche Typen, die so ein Gesicht gemacht haben, einen Antrag gemacht.«

»Wa...?!«

Es war frustrierend. Meine Kampf-Skills hatte ich gemeistert, aber mit sensiblen Themen wie diesem hatte ich keine Erfahrung. Ich konnte nichts antworten und ließ meinen Mund hilflos auf- und zuklappen. Sicherlich sah ich gerade aus wie ein Dummkopf.

Asuna lächelte selbstzufrieden.

»Aus deinem Verhalten schließe ich, dass du sonst nicht viele gute Freunde hast, oder?«

»Ich mag es so ... Ich bin eben ein Solospieler.«

»Wenn du schon ein MMORPG spielst, solltest du mehr Freundschaften schließen.«

Ihr Lächeln verschwand, und im Tonfall eines Lehrers oder einer älteren Schwester fragte sie: »Willst du nicht einer Gilde beitreten?«

»Hä?!«

»Ich verstehe schon, dass du dich als Betatester nicht an Gruppen gewöhnen kannst. Aber weißt du ...«, ihr Ausdruck wurde ernster, »... ich hab das Gefühl, dass die Unregelmäßigkeiten im Algorithmus der Monster seit der 70. Ebene zunehmen.«

Dieses Gefühl hatte ich auch. Es war schwerer geworden, die Taktik der CPU zu erkennen, und es war nicht klar, ob das von Anfang an zum Game gehört hatte oder bedeutete, dass das System selbst lernfähig war. Falls Letzteres stimmte, würde das wohl zukünftig zum Problem werden.

»Als Solospieler tut man sich dann schwerer. Du kannst nicht jedes Mal einen Notausstieg machen. In einer Gruppe wärst du viel sicherer.«

»Ich achte auf genug Sicherheitsspielraum. Danke für deinen Ratschlag, aber ... Gilden sind nichts für mich.

Außerdem ...« Obwohl ich es besser hätte bleiben lassen sollen, spielte ich den starken Mann und sagte etwas Unnötiges: »... wären mir Gruppenmitglieder meist eher ein Klotz am Bein als eine Hilfe.«

»Ach.«

Vor meinen Augen durchfuhr ein silberner Blitz die Luft, und Asunas Rechte hielt mir ihr Messer unter die Nase.

Das war der Basis-Skill »Linear« für Rapiere. Trotz des Zusatzes »Basis« konnte er durch Verbesserung der Geschicklichkeitsparameter eine erstaunliche Geschwindigkeit erreichen. Asuna war so schnell gewesen, dass ich die übliche Leuchtspur der Waffe in der Luft gar nicht gesehen hatte.

Mit einem steifen Lachen hob ich meine Hände in einer Pose der Kapitulation. »Schon verstanden. Du bist die Ausnahme.«

»Genau.« Asuna war nicht amüsiert. Sie zog das Messer zurück, und während sie es um ihre Finger kreisen ließ, sagte sie etwas völlig Unerwartetes.

»Also bilde erst mal mit mir eine Gruppe. Da ich für die Organisation der Bosskampf-Gruppen zuständig bin, wollte ich mich sowieso überzeugen, ob du so stark bist, wie alle sagen. Und ich möchte dir auch meine Fähigkeiten zeigen. Außerdem ist Schwarz diese Woche meine Glücksfarbe.«

»Wa... Was für ein Grund ist das denn!« Aufgrund der unvernünftigen Worte ruckte mein Kopf unwillkürlich nach oben und ich suchte verzweifelt nach Einwänden oder Ausflüchten. »Was ist denn mit deiner Gilde?«

»Vor der muss ich mich nicht rechtfertigen.«

»U... Und deine Eskorte?«

»Die entlasse ich.«

Um Zeit zu gewinnen, wollte ich von meinem Tee trinken, doch meine Tasse war leer. Asuna nahm sie mir mit gleichgültiger Miene weg und goss neue heiße Flüssigkeit hinein.

Um ehrlich zu sein – es war eine verlockende Einladung. Es gab keinen Mann, der nicht mit der schönsten Frau in Aincrad eine Gruppe bilden wollte. Aber je mehr mir das bewusst wurde, umso mehr kam meine Unsicherheit hervor. Warum wählte eine Berühmtheit wie Asuna gerade mich?

Ob sie wohl einfach Mitleid hatte mit einem von Geburt an düster veranlagten Solospieler? Während ich von pessimistischen Gedanken gequält wurde, sagte ich gedankenlos einen fatalen Satz.

»Die Front ist gefährlich.«

Asunas rechte Hand erhob von Neuem das Messer, und als ich sah, dass es anfing, einen stärkeren Lichteffekt als zuvor zu verursachen, nickte ich hastig. Während ich mich erneut fragte, warum sie mit mir eine Gruppe bilden wollte, obwohl ich in der Menge der Spieler, die die Front eroberten, der »Eroberungsgruppe«, nicht sonderlich auffiel, entschied ich mich. »Scho... Schon gut. Also ... Ich warte dann morgen früh um neun Uhr am Gate der 74. Ebene.«

Asuna ließ die Hand sinken und antwortete mit einem selbstsicheren Lächeln.

Weil ich nicht mal ansatzweise wusste, bis wie viel Uhr man im Zimmer einer alleine lebenden Frau stören durfte, nahm ich, kaum dass das Essen beendet war, schnell meinen Abschied. Asuna, die mich begleitete, bis ich die Treppe hinuntergestiegen war, sagte: »Jedenfalls ... danke für das leckere Essen heute.«

»E… Ebenso. Wir sollten das wiederholen … Wobei, ich werde wohl nicht noch einmal so ein Zutaten-Item erhalten.«

»Ach, mit meinen Fähigkeiten kann ich auch aus normalen Zutaten etwas zaubern.«

Dann sah Asuna nach oben. Allerdings war der Himmel über uns völlig schwarz. Keine Sterne leuchteten, nur die Decke aus Stein und Eisen hing trostlos 100 Meter über uns. Während ich ebenfalls nach oben sah, murmelte ich vor mich hin. »Ob diese Situation jetzt, diese Welt, wirklich das ist, was Akihiko Kayaba hatte schaffen wollen …?«

Keiner von uns konnte das beantworten.

Kayaba, der wohl irgendwo versteckt diese Welt betrachtete – was mochte ihm jetzt wohl durch den Kopf gehen? Die gegenwärtige Situation, die nach der anfänglichen blutgetränkten Zeit des Aufruhrs ein gewisses Maß an Frieden und Ordnung erlangt hatte – hatte sie Kayaba Enttäuschung oder Zufriedenheit gebracht? Ich wusste es wirklich nicht.

Asuna kam mir wortlos einen Schritt näher. An meinem Arm spürte ich eine leichte Wärme. Das war wohl eine Sinnestäuschung – oder das Ergebnis einer hervorragenden Simulation von Wärme.

Dieses Todesspiel hatte am 6.11.2022 begonnen. Inzwischen waren wir im letzten Drittel des Oktobers 2024. Auch jetzt, nachdem fast zwei Jahre vergangen waren, war keine Rettung in Sicht und kein Kontakt von außen war aufgenommen worden. Alles, was wir tun konnten, war, Tag für Tag zu überleben und uns schrittweise weiter nach oben durchzukämpfen.

So endete ein weiterer Tag auf Aincrad. Auch jetzt waren wir voller Fragen: Wohin bewegten wir uns und was wartete am Ende dieses Games auf uns? Die Entfernung war sehr groß und die Hoffnung sehr dünn. Trotzdem – wir durften nicht aufgeben.

Ich sah zu der eisernen Decke über uns auf und ließ meine Gedanken zu der noch nicht erforschten unbekannten Welt fliegen.

7

Neun Uhr morgens.

Die heutige Wetterkonfiguration war leicht bewölkt. Der Morgendunst, der die Stadt völlig umschlossen hatte, war noch immer nicht verschwunden, und das von außen hereinscheinende Sonnenlicht reflektierte auf den winzigen Partikeln und färbte die Umgebung in ein Zitronengelb.

Im Kalender von Aincrad war jetzt der »Monat der japanischen Esche«, in dem sich der Herbst intensivierte. Die Temperatur lag auf einem Niveau, das einen ziemlich frösteln ließ, und obwohl es die erfrischendste Jahreszeit war, hatte ich ein ziemlich flaues Gefühl.

Ich wartete am Teleportgate auf dem Platz der Hauptstadt der 74. Ebene auf Asuna. Nachdem ich in meine Unterkunft in Algade zurückgekommen und in mein schlichtes Bett gekrochen war, hatte ich mich schlaflos hin und her gewälzt. Es musste wohl gegen drei Uhr morgens gewesen sein, als ich endlich in einen unruhigen Schlaf gefallen war. In *SAO* gab es verschiedene praktische Funktionen, die den Spieler unterstützten, aber leider gab es keinen Button, der einen direkt in einen ruhigen Schlaf versetzte.

Übrigens gab es aus irgendeinem Grund das Gegenteil davon. Unter den Optionen für die Uhrzeit im Hauptmenü gab es »Weck-Alarm«, und wenn die eingestellte Zeit gekommen war, wurde der Spieler mit der gewünschten Musik zwangsweise aufgeweckt. Natürlich stand es einem frei, wieder einzuschlafen, aber nachdem mich das System um 8:50 Uhr aus dem Bett geworfen hatte, hatte ich es mit reiner Willenskraft geschafft, aus den Federn zu kriechen.

Die gute Nachricht für die große Mehrheit der faulen Spieler im Game war, dass es nicht nötig war, zu baden oder sich umzuziehen. Diejenigen, die es mochten, badeten zwar jeden Abend, aber weil die Bildung einer flüssigen Umgebung selbst für das NerveGear eine große Herausforderung darstellte, war es kein Vergleich mit einem echten Bad. Also hatte ich, nachdem ich kurz vor knapp aufgestanden war, innerhalb von 20 Sekunden meine Ausrüstung angelegt und war dann schwankend zum Teleportgate von Algade gegangen. Während ich unter dem unangenehmen Gefühl des Schlafmangels litt, kamen mir Zweifel.

»Sie kommt nicht …«

Die Uhr zeigte bereits 9:10 Uhr. Unverdrossene Eroberungsgruppen erschienen eine nach der anderen aus dem Gate und gingen in Richtung Dungeon los.

Ich rief ziellos mein Menü auf und schlug die Zeit tot, indem ich die Karte des Dungeons, die ich bereits restlos auswendig gelernt hatte, oder den Stand der Skill-Anstiege checkte. Ich war ein wenig von mir selbst genervt, als ich merkte, dass ich Dinge wie *Ach, hätte ich doch eine tragbare Spielekonsole* dachte.

Es war typisch für mich, einem hoffnungslosen Fall, in einem Game ein Game spielen zu wollen. *Gehen wir wieder zurück nach Hause und schlafen noch ein bisschen ...* Gerade als meine Gedanken so pessimistisch geworden waren, entstand im Inneren des Gates das nächste blaue Teleport-Licht. Ich wandte meinen Blick ohne besondere Erwartung dorthin. Und in diesem Moment – »Aaaaah! Aus dem Weg!«

»Waaa...?!«

Normalerweise sollten Reisende auf dem Boden im Inneren des Gates erscheinen, aber eine Menschengestalt materialisierte sich in der Luft etwa einen Meter über dem Boden – und flog auf mich zu.

»Wa... Wa...?!«

Ich hatte keine Zeit, aus dem Weg zu gehen oder sie aufzufangen, und so prallte die Person mit voller Wucht gegen mich und wir beide purzelten über den Boden. Auf dem Steinpflaster schlug ich mir kräftig den Kopf an. Wäre ich nicht in der Stadt gewesen, wären von meinem Hit Point Bar wohl mehrere Punkte abgezogen worden.

Dieser dumme Spieler war also wohl mit einem großen Satz in das Ausgangsgate gesprungen und auf diese Weise bis hierher teleportiert worden. Mit vernebeltem Bewusstsein streckte ich meine rechte Hand aus, um den Körper des Idioten von mir hinunterzuschieben, da wurde sie mit einem Ruck festgehalten.

Und dann berührte meine Hand etwas, das sich weich und irgendwie ... angenehm anfühlte. Ich wusste nicht, was es war, also tastete ich noch ein paarmal danach.

»Kyaaaaah!«

Plötzlich gellte in meinen Ohren ein lauter Schrei und mein Hinterkopf wurde erneut heftig auf das Pflaster geschlagen. Gleichzeitig verschwand das Gewicht von meinem Körper. Durch den erneuten Schlag war ich irgendwie zu Sinnen gekommen und saß schlagartig aufrecht.

Vor mir kauerte eine Spielerin. Ein Rittergewand aus weißem Stoff mit roter Stickerei und ein Minirock. An dem Schwertgürtel hing ein silbernes Rapier. Sie starrte mich mordlustig an, auch wenn ich nicht wusste, warum. Ein hochklassiger Gefühlseffekt färbte ihr Gesicht bis über beide Ohren tiefrot, und ihre beiden Arme waren fest vor der Brust verschränkt ... Brust ...?

Plötzlich wusste ich intuitiv, was es gewesen war, das ich eben mit meiner rechten Hand betastet hatte. Gleichzeitig nahm ich zu spät Notiz von der gefährlichen Situation, in die ich geraten war. Ich vergaß komplett meine überdurchschnittlich gut trainierten Reaktionsmuster für Flucht vor Gefahr, und während ich meine rechte Hand müßig schloss und öffnete, brachte ich ein steifes Lächeln zustande. »A... Ach, guten Morgen, Asuna.«

Die Mordlust in Asunas Augen verstärkte sich beträchtlich – so schien es mir. Vielleicht dachte sie darüber nach, ob sie ihre Waffe ziehen sollte.

Als ich anfangen wollte, die Möglichkeit der Option »Flucht«, die plötzlich aufgetaucht war, zu überprüfen, leuchtete das Teleportgate wieder blau auf. Asuna drehte sich mit einem überraschten Ausdruck nach hinten um, stand eilig auf und trat hinter mich.

»Wa...?«

Auch ich stand auf, ohne den Grund für ihr Verhalten zu kennen. Das Tor verstärkte zusehends sein Leuchten und aus dem Innersten erschien eine weitere Gestalt. Dieser Reisende stand mit beiden Beinen fest auf dem Boden.

Als das Licht verschwunden war, erkannte ich dort ein Gesicht, das ich schon einmal gesehen hatte. Auf dem auffallenden reinweißen Umhang prangte ein rotes Wappen. Dieser Mann, der die Uniform der Gilde der Ritter des Blutschwurs trug und eine metallene Rüstung mit zu viel Dekoration sowie ein Zweihandschwert, war die langhaarige Leibwache, die gestern Asuna begleitet hatte. Sein Name war ganz sicher Kuradeel gewesen.

Kuradeel, der aus dem Tor getreten war, ließ seinen Blick auf mir und Asuna hinter meinem Rücken ruhen, und die Falten, die sich zwischen seinen Augenbrauen in seine Stirn gegraben hatten, vertieften sich. Er war eigentlich noch jung, vielleicht Anfang zwanzig, aber wegen dieser Falten sah er seltsam alt aus. Nachdem er die Zähne so fest zusammengebissen hatte, dass ich es bis zu uns gehört hatte, sagte er mit kaum unterdrücktem Ärger: »F… Fräulein Asuna, bitte sei doch nicht so eigensinnig …! Ein solches Verhalten schickt sich nicht.«

Ich hörte die gellende Stimme, die etwas Hysterisches hatte, und zog den Kopf ein, denn diese Situation konnte problematisch werden. Kuradeel ließ seine eingesunkenen Augen, bei denen das Weiß unterhalb der Iris sichtbar war, zornig glitzern, und sein Ton wurde noch gereizter. »Nun komm bitte, wir müssen zurück zur Gildenbasis.«

»Ich will nicht. Die Gilde ist heute doch nicht aktiv … Und warum schleichst du überhaupt seit heute Morgen um mein Haus herum?!«, gab Asuna von hinter meinem Rücken mit einer ebenfalls beträchtlichen Schärfe zurück.

»Ha ha, ich hatte erwartet, dass so etwas passiert. Ich bin schon seit einem Monat frühmorgens in Selmburg auf Patrouille.«

Kuradeels arrogante Antwort machte mich sprachlos. Auch Asuna erstarrte. Sie schwieg kurz und fragte dann mit harter Stimme zurück: »Geschieht das auf Befehl des Kommandanten oder ...?«

»Mein Auftrag ist es, dich zu beschützen, Fräulein Asuna! Die Bewachung deines Hauses ist dabei natürlich ...«

»N... Nicht inbegriffen, du Idiot!«

Jetzt wurde Kuradeel noch zorniger. Er kam ohne zu zögern zu uns herüber, drückte mich gewaltsam weg und ergriff Asunas Arm.

»Jetzt sei doch nicht so unvernünftig ... Los, zurück zur Basis!«

In seinem Tonfall lag eine kaum kontrollierte Wut, und Asuna schreckte einen Moment lang zurück und warf mir einen flehenden Seitenblick zu.

Um ehrlich zu sein, bis zu diesem Moment hatte ich in meinem üblichen Egoismus daran gedacht, zu fliehen. Aber kaum dass ich Asunas Blick auffing, schnellte meine rechte Hand hervor, und ich ergriff Kuradeels Handgelenk, der Asuna festhielt. Ich drückte genau so fest zu, dass das Anti-Kriminalitäts-Protokoll, das innerhalb der Stadtgrenzen galt, nicht aktiviert wurde.

»Tut mir leid. Ich leih mir deine Vizekommandantin für heute aus.«

Obwohl es meine eigenen Worte waren, war ich darüber verblüfft, aber ich konnte keinen Rückzieher mehr machen. Kuradeel, der bisher meine Anwesenheit einfach ignoriert hatte, verzog das Gesicht und riss sich los.

»Duuu …!«, kreischte er mich an. In seinen Augen war etwas, das einen befürchten ließ, dass er nicht ganz bei Sinnen war, selbst wenn man die übertriebene Darstellung von Gesichtsausdrücken durch das System berücksichtigte.

»Ich übernehme die Verantwortung für ihre Sicherheit. Es ist ja nicht so, dass wir heute in einen Bosskampf ziehen werden. Geh zu eurer Basis zurück.«

»Jetzt reicht's aber! Als ob ein Knilch wie du Asuna beschützen könnte! Ich bin ein Ritter des Blutschwurs …«

»Ich bin dem deutlich besser gewachsen als du.« Diese letzten Worte hätte ich wohl besser nicht gesagt.

»Du Rotznase … Wenn du so das Maul aufreißt … bist du wohl auch bereit, es zu beweisen?«

Kuradeel, dessen Gesicht bleich geworden war, rief mit zitternder rechter Hand ein Fenster auf und ließ die Finger darüberhuschen. Sofort erschien in meinem Gesichtsfeld eine halb durchsichtige Systemnachricht. Den Inhalt ahnte ich, bevor ich ihn gesehen hatte.

»Herausforderung zum 1-vs.-1-Duell von Kuradeel. Annehmen?«

Unter den ausdruckslos aufleuchtenden Worten wurden ein Ja/Nein-Button und mehrere Optionen angezeigt. Ich blickte kurz Asuna neben mir an. Sie konnte die Nachricht nicht sehen, aber sie erkannte wohl die Situation. Ich erwartete natürlich, dass sie mich aufhalten würde, aber zu meinem Erstaunen nickte sie knapp und steif.

»Ist das okay? Gibt das keine Probleme mit deiner Gilde …?«

Meine Stimme war leise gewesen, und sie antwortete mir ebenso leise, aber entschieden: »Keine Sorge. Ich berichte unserem Kommandanten davon.«

Ich nickte, drückte den Ja-Button und wählte unter den Optionen »Sieg beim ersten erfolgreichen Treffer« aus.

Dieser Modus hieß, dass derjenige gewann, der als Erstes einen starken Treffer landen oder die HP des Gegners halbieren konnte. Die Nachricht änderte sich zu »1-vs.-1-Duell gegen Kuradeel angenommen«, und darunter wurde ein 60-sekündiger Countdown gestartet. In dem Moment, da er null erreichte, würde im Stadtgebiet zwischen Kuradeel und mir der HP-Schutz erlöschen und wir würden mit unseren Schwertern gegeneinander kämpfen, bis der Sieger feststünde.

Kuradeel hatte Asunas Zustimmung wohl auf seine eigene Weise interpretiert, denn er rief: »Schau her, Asuna! Ich beweise dir, dass niemand außer mir als deine Eskorte geeignet ist!«

Mit unterdrückter Schadenfreude und einer Haltung, als würde er ein Theaterstück aufführen, zog er den übergroßen Zweihänder von der Hüfte und brachte ihn in Position.

Ich vergewisserte mich, dass Asuna ein paar Schritte zurückgetreten war, und zog ebenfalls mein Einhandschwert von meinem Rücken. Wie es sich für ein Mitglied einer berühmten Gilde gehörte, war Kuradeels Waffe bei Weitem schöner. Es war nicht nur der Größenunterschied zwischen seinem Zweihänder und meinem Einhänder. Im Gegensatz zu meinem geliebten Schwert, das für den praktischen Gebrauch gedacht war, war seines versehen mit hübschen Dekorationen, die die kunstvolle Arbeit eines Handwerkers vermuten ließen.

Wir stellten uns etwa fünf Meter entfernt voneinander auf und wandten uns einander zu, und während wir den Countdown abwarteten, versammelten sich um uns herum immer mehr Schaulustige. Das war kein Wunder, denn zusätzlich dazu, dass hier der Standort des Gates mitten in der Stadt war, waren sowohl er als auch ich bekannte Spieler.

»Der Solospieler Kirito und ein Ritter des Blutschwurs duellieren sich!«, rief einer der Schaulustigen laut und es erhob sich Geschrei. Da Duelle normalerweise zwischen Freunden für einen Kräftevergleich durchgeführt wurden, gab es einen fürchterlichen Aufruhr, und die Zuschauer, die den gefährlichen Hergang, der zu dieser Situation geführt hatte, nicht kannten, pfiffen und buhten.

Aber je weiter der Countdown fortschritt, umso mehr blendete ich diese Stimmen aus. Genau wie wenn ich Monstern gegenüberstand, fühlte ich, wie ein kalter Luftzug meinen Verstand schärfte und meinen ganzen Körper durchzog. Ich konzentrierte mich, um Kuradeels gesamte Haltung, die Position seines Schwertes und die Spannung seiner Beine, also die »Zeichen« zu lesen, während er die Buhrufe bemerkte und wiederholt die Menge mit einem irritierten Blick anstarrte.

Bei menschlichen Gegnern war es noch viel wichtiger als bei Monstern, die Hinweise deuten zu können, mit denen jemand preisgab, welchen Skill er plante einzusetzen. Ob es ein Sturmangriff oder ein passiver Angriff war, ob von oben oder unten, dem Gegner diese Informationen zur Verfügung zu stellen, war im Kampf gegen einen Menschen ein tödlicher Fehler.

Kuradeel positionierte sein Schwert fast mittig und ging mit nach vorne gebeugter Haltung breitbeinig ein wenig in die Knie. Offensichtlich war das ein Anzeichen für einen Sturmangriff von oben. Natürlich war es möglich, dass das nur eine Finte war. Ich selbst stand locker da und mein Schwert zeigte nach unten, was andeutete, dass ich anfänglich niedrig und schnell schlagen würde. Nur Erfahrung und Instinkt konnten einem helfen, ein solches Spiel voller Bluffs zu gewinnen.

Der Countdown wurde einstellig und ich schloss das Fenster. Den Lärm um mich herum hörte ich schon nicht mehr.

Kuradeel, der bis zuletzt seinen Blick zwischen mir und dem Fenster hatte hin und her wandern lassen, gefror und sein ganzer Körper spannte sich an. In der Luft zwischen uns beiden erschien von einem violetten Licht begleitet das Wort »Duell!«, und gleichzeitig rannte ich los. Von den Sohlen meiner Stiefel flogen Funken und die Luft, die ich durchschnitt, fauchte.

Nur einen winzigen Moment später begann auch Kuradeel, sich zu bewegen. Aber auf seinem Gesicht lag ein erstaunter Ausdruck. Denn statt ihn niedrig und lauernd anzugreifen, stürmte ich mit voller Geschwindigkeit auf ihn zu.

Kuradeels erste Bewegung war, wie ich es vermutet hatte, »Avalanche«, ein Zweihandschwert-Überkopf-Angriff. Es war ein ausgezeichneter Sword Skill auf hohem Level, der dem Anwender den Freiraum gab, sich kurz zu erholen, denn selbst wenn man es schaffte, ihn zu parieren, war die Wucht des Hiebs so groß, dass man keinen Gegenschlag mehr ausführen konnte, und wenn man auswich, gab die gewonnene Distanz dem Anwender Zeit, sich auf den Gegner vorzubereiten. Jedenfalls wenn der Gegner ein Monster war.

Ich hatte diesen Skill vorausgeahnt und einen Angriff nach oben für ein Einhandschwert, »Sonic Leap«, gewählt. Auf seiner Bahn kreuzten sich die beiden Skills.

Kuradeels Angriff war stärker. Erschwert wurde der Kampf für mich noch dadurch, dass bei zwei sich kreuzenden

Angriffen der Vorteil demjenigen zugeschrieben wurde, der die größere Wucht hatte. Eigentlich hätte also mein Schwert zur Seite geschlagen werden müssen, und obwohl meine Parade in der Lage war, seinen Angriff abzuschwächen, hätte mein Körper genug Schaden davontragen müssen, um den Kampf zu entscheiden. Aber mein Ziel war gar nicht Kuradeel selbst gewesen.

Der Abstand zwischen uns verkürzte sich mit einer halsbrecherischen Geschwindigkeit. Aber gleichzeitig beschleunigte sich auch meine Wahrnehmung und ich hatte das Gefühl, dass die Zeit langsamer floss. Ich wusste nicht, ob das das Ergebnis der Assistenz des *SAO*-Systems war oder eine menschliche Fähigkeit. Aber ich konnte mit meinen Augen ganz genau die Bewegungen Kuradeels gesamten Körpers sehen, als er angriff.

Das große Schwert, mit dem er weit nach hinten ausgeholt hatte, kam mit einem orangen Effektlicht auf mich zugeflogen. Wie es sich für ein Mitglied der stärksten Gilde gehörte, hatte sein Skill einen ziemlich hohen Level und die Geschwindigkeit war noch höher, als ich es mir vorgestellt hatte. Die leuchtende Schwertklinge näherte sich. Wenn mich die tödliche Kraft, die sie enthielt, frontal träfe, würde ich, obwohl es ein Duell war, das nach einem Schlag enden würde, zweifellos erheblichen Schaden erleiden. Auf Kuradeels Gesicht erschien ein siegessicherer Ausdruck. Aber …

Ich kam ihm zuvor. Mein Schwert, das sich einen Moment früher in Bewegung gesetzt hatte, zeichnete eine gebogene Spur aus gelbgrünem Licht in die Luft … und traf die Seite von Kuradeels großem Schwert, das kurz davor gewesen war, mich zu treffen. Funken sprühten.

Dies war das andere mögliche Ergebnis für den Fall, dass sich die Angriffe zweier Waffen trafen: die »Waffenzerstörung«.

Natürlich passierte so etwas nur selten. Nur wenn in dem Moment, da der Skill einsetzte oder zu einem Ende kam, noch keine Trefferentscheidung bestand und wenn dem Schwachpunkt einer Waffe ein starker Schlag versetzt wurde.

Und ich wusste, dass sein Schwert brechen würde. Dekorierte Prachtwaffen wiesen im Allgemeinen keine außerordentliche Haltbarkeit auf.

Tatsächlich – mit einem ohrenbetäubenden metallischen Geräusch brach Kuradeels Zweihänder durch, begleitet von einer beeindruckenden Lichtexplosion.

Wir flogen in der Luft aneinander vorbei und landeten auf dem Boden. Die Hälfte seines Schwerts, die durch die Luft flog und sich dabei um sich selbst drehte, reflektierte hoch oben funkelnd das Sonnenlicht und bohrte sich dann zwischen uns in das Steinpflaster. Direkt danach wandelten sich diese Schwertspitze und die in Kuradeels Hand verbliebene untere Hälfte zu unendlich vielen Polygonsplittern und zerbrachen.

Eine kurze Zeit lang herrschte Stille auf dem Platz. Die Zuschauer standen starr und mit aufgerissenem Mund da. Aber als ich mich nach der Landung aufrichtete und in meiner üblichen Gewohnheit das Schwert nach links und rechts schwang, brachen Freudenrufe aus.

Ich schluckte ein Seufzen herunter, als ich hörte, wie sie begannen, Angriff und Verteidigung zu diskutieren. Sie fragten sich, ob ich diesen Angriff von Anfang an geplant hatte, und es fühlte sich nicht gut an, einen solchen Trick in aller Öffentlichkeit zu zeigen.

Mit meinem gesenkten Schwert in der Hand näherte ich mich langsam Kuradeel, der am Boden kauerte und mir den Rücken zugewandt hatte. Sein von dem weißen Umhang bedeckter Rücken zitterte. Ich schob mein Schwert betont geräuschvoll in die Scheide auf meinem Rücken, um seine Aufmerksamkeit zu bekommen, dann sagte ich leise: »Von mir aus kannst du es noch mal mit einer neuen Waffe versuchen. Aber ich denke, es ist genug.«

Kuradeel sah mich nicht an, grub die Nägel seiner beiden Hände in das Steinpflaster und zitterte wie im Zorn, aber schließlich sagte er mit kratzender Stimme: »Ich gebe auf.« Das bedeutete das Ende des Kampfes.

Direkt darauf blitzten an der gleichen Stelle wie zu Beginn des Kampfes violette Buchstaben in der Luft auf, die das Ende des Duells und dessen Gewinner verkündeten. Wieder ertönten Freudenschreie. Als Kuradeel schwankend aufstand, wandte er sich in Richtung der Schaulustigen und schrie: »Ich bin kein Ausstellungsstück! Verzieht euch! Hier gibt's nichts zu sehen!«

Dann drehte er sich langsam zu mir um. »Ich … bring dich um … Ich werde dich töten.«

In seinem Blick lag etwas, das mich schaudern ließ. Die emotionalen Gesichtsausdrücke in *SAO* waren ziemlich übertrieben, aber auch wenn man das berücksichtigte, war der Hass, der in Kuradeels Augen schwelte, bei denen das Weiß unterhalb der Iris sichtbar war, stärker als bei einem Monster.

Ich wusste nichts zu sagen, aber plötzlich trat jemand neben mich.

»Kuradeel, als Vizekommandantin der Ritter des Blutschwurs enthebe ich dich mit dem heutigen Tag deines Amtes als Eskorte. Halte dich in der Basis bereit, bis du weitere Befehle erhältst. Das ist alles.«

Asunas Stimme wirkte noch frostiger als ihre Miene. Aber ich spürte den darin versteckten Kummer und legte unwillkürlich meine Hand auf ihre Schulter. Asunas Körper, der stark angespannt gewesen war, lockerte sich ein wenig und sie neigte sich zu mir, als wolle sie sich auf mich stützen.

»Wa... Was soll ... das ...? Du mieser kleiner ...«, murmelte Kuradeel gerade noch hörbar und fuhr dann mit vermutlich hundert verschiedenen, aber nur erahnbaren leisen Flüchen fort, während er uns anstarrte. Vermutlich dachte er in diesem Moment darüber nach, seine Zweitwaffe zu ziehen und uns anzugreifen, Anti-Kriminalitäts-Protokoll hin oder her.

Aber er beherrschte sich mit knapper Not und nahm aus einer Innentasche seines Umhangs einen Teleport-Kristall. Er hielt ihn hoch, während er fast unter dem Druck seiner Finger zerbrach, und murmelte: »Teleport ... Grandzam.« Als das blaue Licht ihn einhüllte, warf uns Kuradeel noch einen letzten hasserfüllten Blick zu.

Nachdem das Teleport-Licht verschwunden war, war der Platz in eine unangenehme Stille getaucht. Die Zuschauer machten alle ein Gesicht, als seien sie von Kuradeels giftigem Blick getroffen worden, aber schließlich zerstreuten sie sich und gingen in Grüppchen davon. Asuna und ich waren zum Schluss alleine übrig und blieben noch eine Weile stehen.

Ich fragte mich, was ich sagen konnte. Aber nachdem ich zwei Jahre lang nur über mein eigenes Weiterkommen nachgedacht hatte, fielen mir keine hilfreichen Worte ein. Im Grunde genommen konnte ich mir noch nicht einmal sicher sein, dass es gut war, dass ich wie angeordnet das Duell angenommen und gewonnen hatte.

Schließlich entfernte sich Asuna einen Schritt von mir und murmelte mit einer Stimme, die ihren üblichen Elan vermissen ließ: »Entschuldige, dass ich dich in so was Hässliches mit reingezogen habe.«

»Schon gut ... Aber bist du okay?«

Sie wiegte langsam den Kopf hin und her. Dann brachte die Vizekommandantin der stärksten Gilde im Game ein mutiges, aber kraftloses Lächeln zustande.

»Ja ... Ich bin auch nicht ganz unschuldig an der jetzigen Stimmung in der Gilde, weil ich alle zum Abschluss des Games dränge und den Mitgliedern meine Regeln aufgedrückt habe ...«

»Das ... muss eben einfach sein. Ohne Leute wie dich wären wir im Spiel längst nicht so weit gekommen. Das ist zumindest meine unbedeutende Meinung. Also, was ich meine ... Selbst wenn du mal mit Typen wie mir eine Gruppe bildest und dir eine Pause gönnst ... hat keiner das Recht, sich darüber zu beschweren.«

Als ich das gesagt hatte, blinzelte Asuna mehrmals mit verblüfftem Gesicht und begann schließlich, zu lächeln, wenn auch gequält. »Mag sein ... Danke jedenfalls. Dann nehme ich dein Angebot an und lasse es heute ruhig angehen. Du übernimmst die Vorhut.«

Daraufhin drehte sie sich mit Schwung um und lief schnell die Straße entlang, die aus der Stadt führte.

»Also, eigentlich wechselt man sich dabei ab!«

Ich beschwerte mich zwar, atmete aber innerlich erleichtert auf und lief dem wogenden kastanienbraunen Haar nach.

8

Der Waldweg, der zum Dungeon führte, war von einer dämmrigen, lauen Luft erfüllt, die die Unheimlichkeit des gestrigen Abends wie Einbildung erscheinen ließ. Das Morgenlicht, das durch die Lücken zwischen den Baumwipfeln hereinschien, malte die Baumstämme golden an, und zwischen ihnen tanzten schöne Schmetterlinge. Leider war das ein visueller Effekt ohne Realitätsbezug und man konnte sie nicht fangen, auch wenn man ihnen hinterherlief.

Während wir das weiche, dichte Unterholz knackend durchquerten, sagte Asuna, als wolle sie mich necken: »Ach übrigens, du ziehst wirklich immer dasselbe an, oder?«

»Ähm ...« Während ich nach einer passenden Antwort suchte, sah ich an meinem Körper hinunter. Ein abgegriffener schwarzer Ledermantel, dazu ein T-Shirt und eine Hose in der gleichen Farbe. Fast gar keine metallene Rüstung.

»D... Das passt schon. Wenn ich Geld für Kleidung hätte, würde ich vielleicht bessere Sachen ...«

»Gibt es einen rationalen Grund, warum du komplett schwarz angezogen bist? Oder willst du irgendwas darstellen?«

»Wo wir grade davon sprechen, du hast doch auch immer diese Glück verheißende weiß-rote ...«

Während ich antwortete, führte ich aus Gewohnheit einen Aufspür-Scan der Umgebung durch. Es gab keine Anzeichen für Monster. Aber ...

»Ich habe keine andere Wahl, das ist eben die Gildenuniform ... Hm? Was ist los?«

»Warte …«

Ich hob schnell die rechte Hand und unterbrach Asunas Worte. Gerade noch so in dem Bereich, in dem ich aufspüren konnte, gab es eine Spielerpräsenz. Als ich den Wald hinter uns absuchte, blinkten nacheinander mehrere grüne Cursor, die die Anwesenheit menschlicher Spieler anzeigten.

Ich glaubte nicht, dass dies eine Gruppe von Verbrecher-Spielern war. Da diese Typen auf Opfer abzielten, deren Level niedriger war als ihr eigener, kam es nur sehr selten vor, dass sie sich an der Front zeigten, wo sich die Spieler der stärksten Klassen versammelten. Außerdem wechselte die Farbe des Cursors eines Spielers, der auch nur einmal ein Verbrechen begangen hatte, für lange Zeit die Farbe von Grün zu Orange. Was mir aber auffiel, war die Größe der Gruppe und ihre Aufstellung.

Ich rief aus dem Hauptmenü die Karte auf und stellte sie auf den sichtbaren Modus, sodass auch Asuna sie sehen konnte. Auf der Karte, die den umliegenden Wald zeigte, sprangen durch die Kopplung mit meinem Aufspür-Skill die grünen Leuchtpunkte hoch, die die Spieler anzeigten. Es waren zwölf.

»Das sind viele …«

Ich nickte auf Asunas Worte hin. Wenn die Zahl der Mitglieder einer Gruppe zu groß wurde, wurde die Zusammenarbeit schwierig, daher tat man sich normalerweise zu fünft oder sechst zusammen.

»Und sieh mal, diese Aufstellung.«

Die Ansammlung von Leuchtpunkten, die sich uns mit ziemlicher Geschwindigkeit näherte, marschierte wohlgeordnet in einer zweireihigen Kolonne nahe am Rand der Karte.

Anders als in gefährlichen Dungeons bildete man in einer Umgebung, in der sich keine wichtigen Monster befanden, nur selten eine solch akkurate Formation.

Wenn wir den Level der Menschen, die die Gruppe bildeten, gewusst hätten, dann hätten wir in etwa schlussfolgern können, wer sie waren und was sie wollten, aber unter Spielern, die sich vollkommen fremd waren, wurde beim Cursor nicht der Level, geschweige denn der Name angezeigt. Es war eine bequeme Default-Einstellung, um den »PK«, den Player Kill zu verhindern, aber in diesem Fall bedeutete es, dass wir sie direkt in Augenschein nehmen mussten, um von ihrer Ausrüstung auf den Level zu schließen.

Ich schloss die Karte und sah Asuna kurz an. »Ich möchte mir das mal ansehen. Verstecken wir uns hier und lassen sie vorüberziehen.«

»Gut.« Asuna nickte mit einem angespannten Gesichtsausdruck. Wir gingen vom Weg ab, krabbelten auf einen Erdwall, entdeckten ein dichtes Dickicht von Sträuchern, die etwa so hoch waren wie wir, und kauerten uns in ihren Schatten. Es war ein günstiger Platz, von dem man auf den Weg hinunterblicken konnte.

»Oh …«

Asuna sah plötzlich an sich hinunter. Die rote und weiße Uniform leuchtete geradezu zwischen dem dichten Grün.

»Was mach ich denn jetzt, ich hab nichts zum Umziehen dabei …«

Die Gruppe von Lichtpunkten auf der Karte war schon ziemlich nah herangerückt. Gleich würden sie in den für uns sichtbaren Bereich eintreten.

»Entschuldigung«, sagte ich, als ich die Vorderseite meines Ledermantels öffnete. Ich umhüllte damit Asunas Körper, die rechts neben mir kauerte. Asuna blickte mich einen Moment lang scharf an, bewegte sich dann aber so, dass ihr gesamter Körper unter dem Mantel versteckt war. Der tiefschwarze Mantel war nicht hübsch, aber sein Verstecken-Bonus hoch. Bei so vielen Tarn-Attributen, wie wir sie hatten, würde es schwer werden, uns zu finden, solange man uns nicht mit einem Aufspür-Skill mit sehr hohem Level suchte.

»Na, manchmal ist meine eintönige Kleidung doch ganz nützlich.«

»Mann! Psst, sie kommen!«, flüsterte Asuna und hielt einen Finger an ihre Lippen. Wir duckten uns noch mehr, und nun hörten wir das undeutliche Geräusch perfekt gleichmäßiger Marschschritte.

Endlich entdeckten wir sie am Ende des sich windenden Weges.

Alle gehörten zur Schwertkämpfer-Klasse. Sie trugen einheitlich graue metallene Rüstungen und dunkelgrüne Kampfanzüge. Alle hatten ein praktisches Design und die Oberseite der großen Schilde, die die vorderen sechs Leute trugen, war mit dem charakteristischen Siegel einer Burg versehen.

Die sechs Mitglieder der Vorhut waren außerdem mit Einhandschwertern ausgerüstet. Die hinteren sechs trugen riesige Hellebarden. Da alle die Visiere ihrer Helme tief nach unten gezogen hatten, konnte ich ihre Gesichter nicht erkennen. Wie sie so in perfekter Ordnung voranmarschierten, wirkte es wirklich so, als würden zwölf exakt gleiche Nicht-Spieler-Charaktere vom System bewegt.

Es gab keinen Zweifel mehr. Sie waren Mitglieder der riesigen Gilde, die die Basisebene zu ihrem Stützpunkt gemacht hatte, der Armee. Asuna neben mir hatte das wohl auch erkannt, und ich merkte, dass sich ihr Körper versteifte und sie den Atem anhielt.

Die Armee war normalen Spielern keinesfalls feindlich gesonnen. Im Gegenteil, sie waren sogar die Gruppe, die am eifrigsten für die Verhinderung von Verbrechen arbeitete. Da aber ihre Methoden ein bisschen radikal waren, griffen sie, sobald sie einen Spieler entdeckt hatten, der den Verbrecher-Marker trug – nach der Farbe des Cursors wurden sie kurz »Orange Player« genannt –, diesen ohne Diskussion an. Wer kapitulierte, dem nahmen sie die Rüstung ab und sperrten ihn in den Kerker des Eisernen Palastes, der ihr Hauptquartier war. Und über das Schicksal derjenigen, die nicht kapituliert hatten und es auch nicht geschafft hatten, wegzulaufen, gab es schreckliche Gerüchte.

Da sie sich immer in Gruppen mit vielen Mitgliedern bewegten und die Jagdgründe für lange Zeit besetzten, war unter den normalen Spielern die Ansicht aufgekommen, dass man sich der Armee besser nicht näherte. Da die Kerle allerdings vor allem unterhalb der 50. Ebene die öffentliche Sicherheit aufrechterhielten und ihren Einfluss auszuweiten suchten, erblickte man sie nur selten an der Front, aber …

Während wir sie angespannt beobachteten, passierten die zwölf schwer bewaffneten Krieger in geordnetem Marsch den Weg unter uns und verschwanden zwischen den Bäumen. Das Scheppern ihrer Rüstungen und die Tritte ihrer schweren Stiefel hallten noch ein wenig länger durch den tiefen Wald.

Die mehreren Tausend Spieler, die derzeit in *SAO* gefangen waren, konnte man als waschechte Game-Freaks bezeichnen, wenn man sich nur mal vor Augen führte, dass sie das Game am Erscheinungstag gekauft hatten. Und Game-Freaks waren ohne Zweifel die Sorte Mensch, die mit »Disziplin« am wenigsten anfangen konnte. Es mochten zwei Jahre vergangen sein, aber es war trotzdem nicht normal, dass sie sich dermaßen gleichgeschaltet bewegten. Vermutlich war dies auch innerhalb der Armee die elitärste Einheit.

Als ich mich anhand der Karte vergewissert hatte, dass die Typen aus dem Aufspür-Bereich verschwunden waren, atmeten Asuna und ich tief aus.

»Dieses Gerücht, es ist wahr ...«

»Gerücht?«

»Ja. Ich habe es bei einer Versammlung der Gilde gehört, dass die Armee ihren Kurs geändert hat und auf den höheren Ebenen auftaucht. Ursprünglich wollten sie ja auch mal die Eroberung vorantreiben. Aber seit sie beim Kampf auf der 25. Ebene großen Schaden erlitten haben, haben sie sich weniger für die Eroberung und mehr für die Stärkung ihrer Organisation eingesetzt und sind nicht mehr an die Front gekommen. Daher ist wohl in letzter Zeit in ihren Reihen Unzufriedenheit entstanden. Sie haben das jetzt so gelöst, dass sie nicht mehr wie früher als große Gruppe in die Dungeons gehen und sich dort verzetteln, sondern Elitetruppen mit wenigen Mitgliedern schicken und durch deren militärische Erfolge zeigen, dass auch sie gewillt sind, das Game durchzuspielen. Wir hörten, dass ihre erste derartige Gruppe wohl bald auftauchen müsste.«

»Also ist das eigentlich nur Propaganda? Müssen sie deswegen plötzlich auf eine noch nicht eroberte Ebene kommen? Den benötigten Level scheinen sie zwar gerade so zu haben ...«

»Vielleicht ... wollen sie direkt zum Bossmonster ...«

In jedem Dungeon existierte zwingend ein Bossmonster, das die Treppe zur nächsthöheren Ebene bewachte. Es tauchte nur einmal auf und besaß eine Furcht einflößende Stärke, und wenn es einmal besiegt worden war, gab es tagelang Gesprächsstoff. Wenn die Armee gute Publicity wollte, dann würden sie sie auf diese Art bekommen.

»Darum also so viele ... Aber egal wie viele es sind, das ist Wahnsinn. Noch hat niemand den Boss der 74. Ebene gesehen. Normalerweise checkt man doch durch gründliche Aufklärung die Kampfeskraft und Gewohnheitsmuster des Bosses, sammelt eine riesige Gruppe zusammen und greift dann erst an.«

»Und beim Angriff auf den Boss unterstützen sich die Gilden gegenseitig. Ob die wohl auch vorhaben, das zu tun ...?«

»Tja ... Auch die werden wohl nicht so tollkühn sein und ohne Vorbereitung den Boss herausfordern. Wir sollten uns beeilen. Es wäre besser, drinnen nicht mit denen zusammenzustoßen.«

Ich stand auf, wobei ich bedauerte, mich aus der intimen Situation mit Asuna lösen zu müssen. Asuna, die jetzt nicht mehr in meinem Mantel steckte, zog die Schultern hoch, als sei ihr kalt.

»Bald ist Winter ... Ich sollte mir vielleicht auch eine Jacke kaufen. Aus welchem Geschäft ist deine?«

»Ähm ... Sicher aus einem Spielershop im Westviertel von Algade ...«

»Gut, dann führ mich hin, wenn dieses Abenteuer beendet ist.« Asuna sprang mit einer flinken Bewegung auf den Weg drei Meter unter uns. Ich folgte ihrem Beispiel. Durch die verbesserten Charakter-Parameter war eine solche Höhe so gut wie nicht relevant.

Die Sonne hatte langsam den Zenit erreicht. Asuna und ich liefen, so schnell wir konnten, und warfen immer wieder einen Blick auf die Karte.

Als wir aus dem Wald kamen, glücklicherweise ohne auch nur einmal auf ein Monster getroffen zu sein, breitete sich dort eine Wiese aus, auf der hier und dort himmelblaue Blumen blühten. Der Weg führte mitten hindurch und erstreckte sich nach Westen, und an seinem Ende ragte der Dungeon der 74. Ebene majestätisch empor.

Im vermutlich obersten Teil dieses Turms gab es einen ganz besonders großen Raum und dort sollte ein schreckliches Bossmonster die Treppe zur nächsthöheren Ebene – in diesem Fall zur 75. – bewachen. Wenn man es überwand, das innere Stadtgebiet der nächsten Ebene erreichte und das Teleportgate aktivierte, war die Eroberung eines Stockwerks offiziell gelungen.

Bei der »Öffnung einer Stadt« stürmten Spieler von überall auf den unteren Ebenen herein, die neues Land und neue Items wollten, und das ganze Stadtgebiet versank in einem wüsten, fröhlichen Gelage. Heute war der neunte Tag seit Beginn der Eroberung der 74. Ebene, und bald dürfte der Raum des Bosses entdeckt werden.

Der riesige Turm, der gegenüber der Wiese emporragte, war von runder Bauart und errichtet aus rotbraunem Sandstein. Es war ein Ort, den sowohl Asuna als auch ich schon mehrfach aufgesucht hatten, aber als wir uns langsam näherten, konnten wir nicht anders, als überwältigt zu sein von diesem Koloss, der fast schon den Himmel verdeckte. Das war ein Hundertstel der Höhe von ganz Aincrad. Obwohl es ein unmöglicher Traum war, hoffte ich, irgendwann das ganze riesige schwebende Schloss von außen zu betrachten.

Die Kerle der Armee waren nicht mehr zu sehen. Vielleicht waren sie schon drinnen. Die letzten Meter bis zum Eingang des Dungeons brachten wir schnellen Schrittes hinter uns.

9

Es war vor mehr als einem Jahr gewesen, dass die Gilde der Ritter des Blutschwurs sich unverrückbar an die Spitze aller Eroberungsgruppen gesetzt hatte.

Seitdem waren der Gildenleiter, der »legendäre Mann«, wie auch die Vizekommandantin Asuna als Top-Schwertkämpfer bekannt und in Aincrad hatte sich Asunas Zweitname »Blitz« verbreitet. Und jetzt gerade erhielt ich zum ersten Mal die Gelegenheit, Asuna, deren Level seitdem noch weiter gestiegen war und die als Rapierkämpferin ihre Skill-Konfiguration perfektioniert hatte, bei einem Kampf gegen Monster aus der Nähe zuzusehen.

Unser Standort war nahe dem obersten Teil des Dungeons der 74. Ebene, in der Mitte eines langen Korridors, den links und rechts Reihen aus runden Säulen flankierten.

Wir waren mitten im Kampf, und der Gegner war ein Skelettkrieger, der den Namen »Demonic Servant« trug. Er war über zwei Meter groß, und sein Körper leuchtete in einer gruseligen blauen Phosphoreszenz. Ausgerüstet war er mit einem Langschwert in der Rechten und einem runden Metallschild in der Linken. Obwohl er natürlich kein einziges Stück Muskelfleisch besaß, war er ein schwieriger Gegner mit Furcht einflößenden Kraftparametern. Aber Asuna gab ihm keine Handbreit Raum.

»Frrrrgrrrr!«

Mit einem ungewöhnlichen Kampfruf hieb das Skelett mit seinem Schwert nach unten, wobei die Waffe eine blaue Lichtspur hinter sich herzog. Dies war der Skill der vierfachen Combo »Vertical Square«. Von einer einige Schritte entfernten Position aus beobachtete ich nervös, wie Asuna gewandt all diesen Angriffen auswich.

Obwohl es zwei gegen einen stand, konnten wir beide einen bewaffneten Gegner nicht gleichzeitig angreifen. Systemmäßig war es nicht unmöglich, aber das Risiko, dass man sich während eines schnellen Schlagabtauschs mit den Skills in die Quere kam und sich gegenseitig behinderte, war einfach zu groß. Daher wurde beim Kampf in der Gruppe die Technik »Switch« verwendet, die eine hochgradige Kooperation erforderte.

Der Demonic Servant, der den letzten großen Schwung seiner vierfachen Combo ausgeführt hatte, schwankte kurz. Diese Gelegenheit nutzte Asuna und ging zum Gegenangriff über.

Sie stach mit dem silbern glänzenden Rapier nach ihm, wieder und wieder. Alle Stöße trafen wunderbar und der Hit Point Bar des Skeletts schrumpfte zusehends.

Nachdem sie dreimal in die Mitte des Skelettkörpers gestochen hatte, der nun in die Defensive gehen wollte, änderte sie plötzlich ihre Taktik. Sie schwang ihr Schwert mehrfach nach der unteren Körperhälfte des Feindes und schloss den Angriff mit einem doppelten Stich in seine obere Körperhälfte ab. Aus ihrer Klinge sprühte weißes Licht.

Das war doch wirklich eine achtfache Combo gewesen. Ganz sicher war es der Sword Skill namens »Star Splash«, den man nur mit einem sehr hohen Level erreichte. Rapiere und deren Stoßstärke waren nicht unbedingt für den Kampf gegen Skelette geeignet. Asunas Geschick darin, den Gegner trotzdem kein einziges Mal zu verfehlen, beeindruckte mich immens.

Die Schönheit ihrer Bewegungen im Kampf hatte mich völlig in ihren Bann geschlagen, abgesehen davon, dass ihr Angriff das Skelett auch 30 Prozent seiner HP gekostet hatte. Dies war wahrlich ein Schwerttanz.

Als hätte sie Augen im Hinterkopf, riss Asuna mich aus meiner kurzen Träumerei und rief: »Kirito, wir switchen!«

»J... Ja!«

Eilig brachte ich mein Schwert in Position. Gleichzeitig ließ Asuna einen einfachen starken Stich-Skill los. Ihre Schwertspitze wurde vom Metallschild in der linken Hand des Skeletts abgelenkt und versprühte grelle Funken. Aber das war das von ihr beabsichtigte Ergebnis. Dem Feind, der sich gegen einen starken Angriff verteidigt hatte, wurde vom System eine sehr kurze Zeit der Erstarrung verpasst und er konnte nicht sofort zum Gegenangriff übergehen. Natürlich wurde auch Asuna, die sich gegen einen starken Skill verteidigt hatte, zur Erstarrung gezwungen, aber jetzt war ich dran.

Mit einem Sturmangriff-Skill flog ich geradezu auf den Feind zu. In einem Kampf absichtlich einen Break Point zu schaffen und sich mit seinen Freunden abzuwechseln, das war ein »Switch«.

Aus dem Augenwinkel hatte ich mich vergewissert, dass Asuna sich ausreichend weit entfernt hatte. Ich nahm das Schwert fest in meine rechte Hand und griff den Feind kraftvoll an. Wenn man nicht gerade ein Virtuose wie Asuna war, waren bei einem Feind mit so vielen, nun ja, Zwischenräumen wie diesem Demonic Servant Schnittangriffe grundsätzlich wirkungsvoller als Stichangriffe. Am zweckmäßigsten waren Schlagwaffen der Streitkolben-Klasse, aber weder ich noch Asuna besaßen solche Skills der Schlag-Klasse.

Der »Vertical Square«, den ich anwandte, traf den Feind viermal und nahm viel von seinen HP weg. Ein besonderes Merkmal der Monster-AI war es, dass es dauerte, bis sie reagierte, wenn man plötzlich sein Angriffsmuster wechselte.

Gestern hatte ich die AI des Lizardman dazu lange Zeit verwirren müssen, aber wenn man einen Verbündeten hatte, musste man nur switchen. Das war einer der größten Vorteile, wenn man in der Gruppe kämpfte.

Nachdem ich mit meiner Waffe den Gegenangriff des Feinds pariert hatte, begann ich den Skill, der uns den Sieg schenken sollte. Während eines starken Angriffs, bei dem ich kraftvoll schräg nach rechts unten hieb, drehte ich plötzlich mein Handgelenk nach außen und wie bei einem Golfschwung fuhr ich auf der gleichen Bahn wieder zurück nach oben. Mit einem lauten, knackenden Geräusch sprühten orange Lichtstrahlen umher.

Mein Gegner hielt seinen Schild hoch, um mein Schwert von oben abzufangen, doch ich warf mich mit der linken Schulter voran gegen ihn. Ich traf auf den ungeschützten Rumpf des Skeletts, das kurz wankte, und schnitt dann waagerecht nach rechts. Unverzüglich rammte ich ihn erneut, diesmal von rechts. Das war ein seltener Skill, bei dem das Anrempeln sich mit der Fortsetzung der starken Angriffe abwechselte, »Meteor Break«. In aller Bescheidenheit konnte ich sagen, dass man diesen Skill nur anwenden konnte, wenn man neben einem einhändig geführten Schwert auch Skills im Kampfsport besaß.

Durch die bisherigen Angriffe war der Hit Point Bar des Feindes stark gesunken und erreichte nun den kritischen Bereich. Ich legte all meine Kraft in den letzten hohen, waagerechten Schnitt. Meine Klinge zog einen Leuchteffekt hinter sich her, als sie den Hals des Skeletts sauber traf. Die Knochen brachen mit einem hässlichen Geräusch, und der Schädel tanzte plötzlich mit Schwung durch die Luft. Der restliche Körper fiel, als seien die Fäden einer Marionette gekappt worden, klappernd in sich zusammen.

»Geschafft!«

Asuna schlug mir heftig auf den Rücken, während ich mein Schwert wegsteckte.

Wir verschoben die Aufteilung der Kriegsbeute auf später und entschieden uns, weiterzugehen.

Bis hierher waren wir viermal auf Monster getroffen, hatten aber kaum Schaden erlitten. In Ergänzung zu meinem Stil, der sich durch meine Vorliebe für ausholende, mächtige Sword Skills auszeichnete, waren Asunas Stärke kleine und mittlere mehrstufige Angriffe, und sie machten der AI der

Feinde wirklich das Leben schwer – natürlich nicht im Sinne der Rechenleistung der CPU, sondern im Bereich der Algorithmen –, und wenn es darum ging, einen Kampf möglichst vorteilhaft zu führen, dann passten unsere Sword Skills wohl wirklich gut zusammen. Vielleicht gab es auch beim Level gar keinen so großen Unterschied.

Wir gingen den eindrucksvollen Korridor mit seinen Säulen vorsichtig weiter hinauf. Obwohl ich wegen meines Aufspür-Skills keine Sorge vor einem Überraschungsangriff hatte, machten mich unsere auf dem harten Steinfußboden widerhallenden Schritte unruhig. In den Dungeons existierte keine Lichtquelle, aber die Umgebung war von einem seltsamen matten Schein erfüllt, der hell genug war, dass wir uns vorwärtsbewegen konnten.

Der Dungeon war unten aus rotbraunem Sandstein gebaut, aber wenn man weiter nach oben stieg, änderte sich kaum merklich die Farbe der Steine, die nun einen Anflug von Grün trugen, als sei das Material feucht. Die runden Säulen waren mit kunstvollen, aber unheimlichen Bildhauereien versehen und ihre Sockel standen in einem flachen Kanal im Wasser. Insgesamt hatte sich die Menge der dekorativen Details in diesem Dungeon immer mehr erhöht, und es gab auch kaum noch weiße Flecken auf der Karte. Wenn meine Intuition mich nicht trog, dann lag vielleicht vor uns ...

Am Ende des Korridors erwartete uns eine riesige graublaue zweiflügelige Tür. Auch diese war mit den gleichen Reliefs mit Monstern versehen wie die Säulen. In dieser Welt war alles aus digitalen Daten erschaffen, aber wir konnten spüren, dass von dieser Tür eine unheimliche, geradezu böse Aura ausging.

Wir stoppten vor der Tür und sahen uns an.

»Ist das etwa ...«

»Ja, wahrscheinlich ist das ... der Bossraum.«

Asuna packte mich fest am Ärmel meines Mantels.

»Was machen wir? Werfen wir nur einen ganz kurzen Blick hinein?«

Im Gegensatz zu den selbstsicheren Worten schwang in ihrer Stimme eine tiefe Unsicherheit mit. Auch die stärksten Schwertkämpfer sahen in solchen Situationen wirklich ängstlich aus. Aber das war ja nur natürlich. Ich war auch ängstlich.

»Bosse können den Raum, den sie bewachen, zwar nicht verlassen ... Wenn wir nur die Tür öffnen und hineinsehen ... o... oder auch nicht ...«

Meine ziellosen Worte verrieten mein fehlendes Selbstvertrauen, und Asuna lachte.

»Halt vorsichtshalber mal ein Teleport-Item bereit.«

»Okay.«

Sie nickte und nahm aus der Tasche ihres Rocks einen blauen Kristall. Ich folgte ihrem Beispiel.

»Bereit? Ich öffne die Tür ...« Während Asuna sich an meinem rechten Arm festklammerte, legte ich meine linke Hand mit dem Kristall gegen die Eisentür. In der realen Welt wäre meine Handfläche jetzt wohl schweißnass gewesen.

Ich drückte langsam und kraftvoll, und die riesige Tür, die doppelt so hoch war wie ich, fing an, sich unerwartet flüssig zu öffnen. Nachdem sie einmal in Bewegung waren, öffneten sich beide Türflügel gleichmäßig und zügig. Asuna und ich sahen mit angehaltenem Atem zu, bis die

Tür vollständig geöffnet war und zeigte, was sich dahinter verbarg.

Zunächst sahen wir komplette Finsternis. Auch das blaue Licht, das den Korridor erfüllte, in dem wir standen, schien nicht in den Raum hineinzureichen. In der kühlen, dichten Schwärze konnte man nichts ausmachen, sosehr man seine Augen auch anstrengte.

In dem Moment, da ich meinen Mund öffnen wollte, um etwas zu sagen, loderten plötzlich nicht weit vom Eingang entfernt mit einem leisen *Plopp*-Geräusch zwei blasse Flammen auf. Unwillkürlich zuckten wir zurück.

Kurz darauf wurden ein Stück weiter im Raum zwei weitere Flammen entzündet. Dann noch zwei. Und noch zwei.

Plopp, plopp, plopp, plopp ... So entstand vom Eingang bis in die Mitte des Raumes ein gerader, von Flammen gesäumter Weg. Zuletzt stieg eine besonders große Feuersäule in die Luft und gleichzeitig wurde der gesamte tiefe längliche Raum von einem fahlen Licht beleuchtet. Er war ziemlich groß; so groß, dass er den letzten weißen Fleck auf meiner Karte gänzlich ausfüllte.

Asuna klammerte sich fest an meinen rechten Arm, als könne sie die Anspannung nicht ertragen. Aber ich war zu nervös, um mich über diese Berührung zu freuen. Denn hinter der lodernden Feuersäule tauchte langsam eine riesige Gestalt auf.

Die Muskeln an diesem Körper, der uns weit überragte, waren dick wie Taue. Die Haut war von einem tiefen Blau, das von den Flammen der Umgebung beleuchtet wurde, und der auf einer breiten Brust sitzende Kopf war kein menschlicher, sondern der eines Ziegenbocks.

Aus beiden Seiten des Kopfes ragten gedrehte dicke Hörner nach hinten empor. Die Augen leuchteten, als würden sie von innen brennen, aber man erkannte, dass sein Blick offensichtlich auf uns konzentriert war. Die untere Körperhälfte war von dunkelblauem langem Fell bedeckt, und obwohl sie von den Flammen verborgen und nicht gut sichtbar war, schien auch sie nicht die eines Menschen, sondern die eines Tieres zu sein. Einfach gesagt hatte das Monster genau die Gestalt Satans.

Es war ziemlich weit vom Eingang bis zur Mitte des Raumes, wo es sich befand. Trotzdem standen wir bewegungslos, wie gelähmt. Ich hatte bis hierher mit unzähligen Monstern gekämpft, aber eines in Teufelsgestalt sah ich zum ersten Mal. Ich war zwar aus verschiedenen RPGs an Monster gewöhnt, aber als ich diesem nun so »direkt« begegnete, konnte ich die primitive Angst, die in meinem Innersten aufstieg, nicht unterdrücken.

Ängstlich fokussierte ich meinen Blick und las die Worte über dem erschienenen Cursor. »The Gleameyes«, das war zweifellos das Bossmonster dieser Ebene. Der Beweis dafür war, dass seinem Namen ein Artikel vorangestellt war. Gleameyes – schimmernde Augen.

Als ich bis dahin gelesen hatte, hob der blaue Teufel plötzlich seine lang gestreckte Schnauze und ließ einen donnernden Kampfruf los. Die Säule aus Flammen zitterte heftig, und die Schwingungen der Stimme übertrugen sich auf den Fußboden. Während aus seinem Maul und seiner Nase lodernde Luft sprühte, hob er das riesige Schwert in seiner rechten Hand über den Kopf – und plötzlich kam der blaue Teufel mit einer rasenden Geschwindigkeit, die den Fußboden erzittern ließ, auf uns zugerannt.

»Aaaaaaaaaah!«

»Iiiiiiiiih!«

Wir schrien gleichzeitig auf, drehten uns um und liefen los, so schnell uns unsere Beine trugen. Auch wenn wir im Kopf die Grundregel kannten, dass das Bossmonster nicht aus seinem Raum herauskam, konnten wir nicht stehen bleiben. Asuna und ich ließen unsere trainierten Geschicklichkeitsparameter ihre Wirkung entfalten, rannten schnell wie der Wind den langen Korridor entlang und flohen.

10

Asuna und ich rannten zu der Sicherheitszone, die etwa in der Mitte des Dungeons errichtet war. Ich hatte das Gefühl, dass wir unterwegs mehrmals von Monstern ins Visier genommen wurden, aber ehrlich gesagt konnte ich mich nicht darum kümmern.

Wir flogen in den großen Raum, der als Sicherheitszone ausgewiesen war, und rutschten an der Wand nebeneinander zu Boden. Wir holten beide tief Luft und sahen uns an.

»Pfff...«

Es war unklar, wer von uns beiden angefangen hatte, aber nun sprudelte das Lachen nur so aus uns hervor. Wenn wir einfach die Karte gecheckt hätten, hätten wir gesehen, dass dieser riesige Teufel wirklich nicht aus seinem Raum gekommen war, aber dazu hätten wir ja anhalten müssen.

»Ha ha ha, Mann, wir sind entkommen, entkommen!« Asuna lachte vergnügt. »Es ist Jahre her, dass ich so aus Leibeskräften gerannt bin. Und du warst sogar noch schneller!«

Ich konnte es nicht leugnen. Asuna quittierte meinen entsetzten und beschämten Gesichtsausdruck mit einem haltlosen Kichern, bevor sie sich endlich wieder fasste. »Mit dem werden wir unsere Probleme haben ...«

»Ja, schon. Auf den ersten Blick hat er zwar nur ein großes Schwert als Waffe, aber er wird bestimmt einen Spezialangriff haben.«

»Wir sollten mit einigen zuverlässigen Leuten angreifen und dann ständig switchen.«

»Zehn Schildträger wären gut ... Na ja, uns bleibt wohl nichts anderes übrig, als seine Taktik zu beobachten und uns darauf vorzubereiten.«

»Schildträger, was?« Asuna sah mich mit einem vielsagenden Blick an.

»Wa... Was denn?«

»Du verheimlichst mir doch was.«

»Was meinst ...«

»Na, es ist schon seltsam. Eigentlich ist doch der größte Vorteil eines Einhänders, dass man dazu einen Schild tragen kann. Aber dich hab ich noch nie mit einem Schild gesehen, Kirito. Ich trage keinen, weil dann die Geschwindigkeit des Rapiers sinken würde, und andere Leute haben keinen, weil sie finden, dass sie ohne besser aussehen, aber bei dir ist es wohl keines von beidem ... Verdächtig.«

Das traf den Nagel auf den Kopf. Es stimmte, ich hatte einen heimlichen Skill. Bisher hatte ich ihn noch kein einziges Mal vor Menschen verwendet.

Einerseits, weil Skill-Informationen lebenswichtig sein konnten, und andererseits, da mich das Bekanntwerden des Skills wohl noch stärker von den Menschen um mich herum isolieren würde.

Aber, dachte ich, *wenn sie davon wüsste … würde mir das wohl nichts ausmachen …*

Gerade als ich meinen Mund aufmachen wollte, sprach sie weiter. »Na ja, egal. Es gehört sich nicht, andere Leute nach ihren Skills auszufragen.« Sie lächelte, und meine Gelegenheit, etwas zu sagen, war vorbei. Asuna checkte die Uhrzeit und machte große Augen.

»Was, schon 15 Uhr. Es ist schon ein bisschen spät, aber wie wär's mit Mittagessen?«

»Was?« Ich wurde plötzlich sehr aufmerksam. »Se… Selbst gemacht?«

Asuna schenkte mir ein Lächeln, bediente schnell das Menü, entfernte die weißen Lederhandschuhe aus ihrer aktiven Ausrüstung und ließ einen kleinen Korb erscheinen. Wenigstens einen Vorteil hatte die Tatsache, dass ich mit dieser Frau eine Gruppe gebildet hatte – doch in dem Moment, da mir dieser unverschämte Gedanke durch den Kopf ging, wurde ich scharf angeblickt.

»Du heckst doch was aus.«

»N… Nein. Gib mir lieber schnell was zu essen.«

Während mir das Wasser im Mund zusammenlief, nahm Asuna aus dem Korb zwei große Päckchen und gab eines davon mir. Ich öffnete es eilig und fand darin ein Sandwich, das mit reichlich gebratenem Fleisch und Gemüse belegt war. Ein herrlicher Duft wie von Pfeffer stieg in meine Nase. Unmittelbar darauf spürte ich heftig meinen leeren Magen, öffnete, ohne ein Wort zu sagen, meinen Mund und biss zu.

»Echt lecker ...«, sagte ich aus tiefstem Herzen, nachdem ich zwei, drei weitere Male abgebissen und hingerissen gekaut hatte. Die exotisch wirkenden Gerichte, die in den Nicht-Spieler-Restaurants auf Aincrad angeboten wurden, sahen ähnlich aus, waren aber anders gewürzt. Diese Mischung aus Süße und Schärfe erinnerte mich unverwechselbar an das japanische Fast Food, das ich bis vor zwei Jahren häufig gegessen hatte. Während mir vor lauter Nostalgie unbemerkt Tränen übers Gesicht liefen, stopfte ich begeistert das Sandwich weiter in mich hinein.

Ich schluckte den letzten Krümel hinunter, trank in einem Zug den kalten Tee, den Asuna mir reichte, und dann gönnte ich mir endlich eine Pause. »Wie bekommst du diesen Geschmack hin ...?«

»Das ist das Ergebnis von einem Jahr Übung und Forschung. Ich habe dafür alle in Aincrad verfügbaren Gewürze analysiert. Das hier sind Crogwa-Samen, Shubul-Blätter und Karim-Wasser.«

Während sie das sagte, nahm Asuna aus dem Korb zwei kleine Flaschen, zog den Verschluss von einer und steckte ihren Zeigefinger hinein. Als sie ihn wieder herauszog, haftete etwas Violettes, seltsam Öliges daran. Sie sagte: »Mach deinen Mund auf.«

Asuna zielte auf meinen Mund, den ich verdutzt reflexartig weit geöffnet hatte, und schnippte mit der Spitze ihres Fingers. Der Geschmack des Tropfens, der auf meiner Zunge gelandet war, erstaunte mich zutiefst.

»Das ist ... Mayonnaise!«

»Und das hier sind Abilpa-Bohnen, Sagu-Blätter und Gräten des Uhra-Fischs.«

Ich glaubte, mich zu erinnern, dass Letzteres ein Rohstoff für Tränke war, die Vergiftungen heilten, aber ich hatte keine Zeit, darüber nachzudenken, denn wieder traf ein flüssiges Geschoss meinen Mund. Dieser Geschmack verblüffte mich noch weit mehr als der davor. Ohne Zweifel war dies genau der Geschmack von Sojasoße. Voller Begeisterung griff ich nach Asunas Hand und steckte mir ihren Finger in den Mund.

»Iiih!« Asuna, die mit einem Schrei ihren Finger zurückgezogen hatte, starrte mich böse an, aber als sie meinen idiotischen Ausdruck der Glückseligkeit sah, musste sie lachen.

»Die Soße vom Sandwich eben habe ich damit gemacht.«

»Wahnsinn. Das ist perfekt. Wenn du das verkaufen würdest, würdest du enorm reich werden.« Ehrlich gesagt kam mir das heutige Sandwich noch viel köstlicher vor als der Ragout-Rabbit-Eintopf von gestern Abend.

»Meinst du wirklich?« Asuna lächelte verlegen.

»Nein, doch keine gute Idee. Dann bekomm ich ja nichts mehr ab.«

»Du bist echt gefräßig! Wenn ich Lust habe, mache ich dir wieder eines.« Bei ihren letzten Worten wurde Asunas Stimme weicher, und sie ließ ihre Schulter ein wenig gegen meine sinken. Eine angenehme gemeinschaftliche Stille senkte sich über uns, sodass ich fast vergaß, dass wir uns mitten an einem Ort des Todes befanden.

Wenn ich ein solches Essen jeden Tag haben könnte, würde ich vielleicht von meinen Prinzipien abweichen und nach Selmburg umziehen … In das Haus neben Asunas …

Fast hätte ich das laut gesagt, doch in dem Moment kam plötzlich mit scheppernden Rüstungen eine Gruppe Spieler herein. Sofort lösten wir uns voneinander und setzten uns auf. Als ich den Leiter der sechsköpfigen Gruppe erkannte, entspannte ich mich. Es war der Katanaträger; der Mensch auf diesem schwebenden Schloss, den ich am längsten kannte.

»Hey, Kirito! Lang ist's her.«

Als er uns bemerkte, kam der groß gewachsene junge Mann mit einem Lächeln zu uns herüber, und ich stand auf, um ihn zu begrüßen.

»Na, lebst du noch, Klein?«

»Höflich wie immer, was? Und ausnahmsweise in Beglei... tung ...?« Als er Asuna sah, die ihre Sachen schnell weggepackt hatte und aufgestanden war, machte Klein unter dem geschmacklosen Bandana, das er immer noch um seine Stirn trug, große Augen.

»Ah ... Also vermutlich habt ihr euch schon mal bei einem Kampf gegen einen Boss gesehen, aber ich stelle euch vorsichtshalber trotzdem einander vor. Das hier ist Klein von der Gilde ›Furinkazan‹*. Und das ist Asuna von den ›Rittern des Blutschwurs‹.«

Auf meine Vorstellung hin hatte Asuna kurz den Kopf geneigt, aber Klein hatte nach seinen Augen auch den Mund aufgerissen und stand komplett starr da.

»Hey, sag was. Oder laggst du etwa?« Als ich ihn mit dem Ellenbogen in die Seite boxte, schloss er endlich seinen Mund und verbeugte sich äußerst höflich vor Asuna. »Gu... Guten Tag! K...K... Klein mein Name, 24 Jahre alt, Single.«

Ich boxte ihn noch einmal, diesmal kräftiger, in die Seite, denn er war von der Situation offensichtlich verwirrt.

*Wörtlich: »Wind, Wald, Feuer und Berg«. Ursprünglich ein Spruch auf der Fahne eines Kriegsherrn der Sengoku-Zeit, abgeleitet von einem Zitat aus dem Buch *Die Kunst des Krieges*: »Schnell wie der Wind, still wie der Wald, stark wie das Feuer, unbeweglich wie der Berg«.

Aber schon kamen auch die fünf anderen Gruppenmitglieder scheppernd angelaufen und begannen alle gleichzeitig, sich vorzustellen.

Die Mitglieder von Furinkazan kannten sich anscheinend alle noch aus der Zeit vor *SAO*. Klein hatte jeden Einzelnen von ihnen von Anfang an beschützt und so weit trainiert, dass sie zu einer der wichtigsten Gruppen geworden waren, die die Eroberung vorantrieben. Die Last, die ich vor zwei Jahren – am Tag, als dieses Todesspiel begonnen hatte – aus Egoismus und Furcht abgelehnt hatte, trug er seitdem ehrenvoll ganz alleine.

Ich schluckte den in mir aufkeimenden Selbsthass hinunter, drehte mich um und sagte zu Asuna: »Na … Na ja, es sind keine üblen Kerle. Trotz der Gaunervisage ihres Leaders.«

Diesmal trat Klein mir fest auf den Fuß. Asuna, die davon nichts mitbekam, krümmte plötzlich ihren Körper im verzweifelten Versuch, sich zu beherrschen, und begann dann, laut zu lachen.

Klein setzte ein nachlässiges, verlegenes Grinsen auf, drehte sich aber plötzlich zu mir um, ergriff meinen Arm und fragte mich mit einer Stimme, in der unterdrückte Mordlust lag: »Was soll das, Kirito?!«

Bevor mir eine gute Antwort einfiel, trat Asuna neben mich und sagte weithin hörbar: »Hallo. Freut mich, dich kennenzulernen. Ich bilde für einige Zeit mit dem da eine Gruppe.«

Das überraschte mich. *Nicht nur für heute?!*

Klein und seine Leute hingegen schwankten zwischen Enttäuschung und zorniger Eifersucht. Klein wandte sich mir wieder zu und knurrte durch zusammengebissene Zähne. »Kirito, du Ratte …«

Gerade ließ ich die Schultern hängen, weil ich einsah, dass ich aus diesem Schlamassel wohl nicht so leicht rauskommen würde, da kündigten ein erneutes Scheppern und laute Schritte die Ankunft einer weiteren Gruppe an.

Als Asuna die eiserne Disziplin in den Bewegungen der Neuankömmlinge hörte, berührte sie meinen Arm. Ihr Gesichtsausdruck war angespannt.

»Kirito, das ist die Armee!«

Als ich mich überrascht umsah, tauchte wirklich die Elitetruppe auf, die wir im Wald gesehen hatten. Klein hob seine Hand und ließ seine fünf Freunde an die Wand zurücktreten. Der Vormarsch der Gruppe, die in unveränderter zweireihiger Kolonne in den Raum gekommen war, war allerdings nicht so geordnet wie im Wald. Ihr Gang war schwer und aus den Gesichtern unter den Helmen sprach die Erschöpfung.

Die Truppe stoppte am Rand der Sicherheitszone uns gegenüber. Kaum dass der Mann an der Spitze »Rührt euch!« gerufen hatte, ließen sich die übrigen elf Leute mit einem imposanten Lärm einfach auf den Boden fallen. Der Mann kümmerte sich nicht um den Zustand seiner Gefährten und näherte sich uns.

Wenn man ganz genau hinsah, dann unterschied sich seine Ausrüstung ein wenig von der der anderen. Die metallene Rüstung war von hoher Qualität und auf die Brust war ein Wappen gemalt, das es bei den anderen nicht gab und das wohl dem Umriss Aincrads nachempfunden war.

Der Mann blieb vor uns stehen und nahm seinen Helm ab. Er war ziemlich groß, wohl so etwa Anfang dreißig, und hatte ein kantiges Gesicht und sehr kurzes Haar. Unter seinen dicken Augenbrauen glänzten kleine scharfe Augen, und seine

Lippen waren fest zusammengepresst. Der Mann starrte uns von oben herab an und richtete sich dann an mich, weil ich ganz vorne stand.

»Ich bin Oberstleutnant Corbatz von der Aincrad-Befreiungsarmee.«

Wie bitte? »Armee« war eigentlich ein Spitzname, mit dem man die Gruppe belegt hatte, um sie aufzuziehen. Wann war das zu ihrem wirklichen Namen geworden? Außerdem nannte er sich »Oberstleutnant«. Ich stellte mich schüchtern als »Kirito, Solospieler« vor.

Der Mann nickte leicht und fragte in arrogantem Tonfall: »Habt ihr den Weg von hier ab schon frei gemacht?«

»Ja. Wir haben die Map bis zum Bossraum.«

»Gut. Ich hätte gerne diese Mapdaten.«

Ich war nur kurz verwirrt über die Ansprüche des Mannes, aber Klein hinter mir verlor die Beherrschung.

»Wa... Was ... Du hättest gerne ...?! Hast du eine Ahnung, wie schwierig das Mapping ist?!«, brüllte er. Kartendaten von noch nicht eroberten Gebieten waren wertvolle Informationen. Unter den Schatzjägern, die es auf ungeöffnete Truhen abgesehen hatten, wurden sie zu hohen Preisen gehandelt.

Eine Augenbraue des Mannes zuckte und er stieß mit einem Ruck sein Kinn vor. »Wir kämpfen für die Befreiung von euch normalen Spielern!«, rief er. »Ihr seid zur Kooperation mit uns verpflichtet!«

Welche Arroganz. Seit einem Jahr hatte die Armee sich kaum noch aktiv an der Eroberung weiterer Ebenen beteiligt.

»Mach mal halblang ...«, begann Asuna.

»Du schamloser ...«

Ich brauchte beide Arme, um Asuna und Klein, die beide auf den Mann losstürmen wollten, aufzuhalten. »Schon gut. Ich wollte die Daten sowieso veröffentlichen, wenn wir zurück in der Stadt sind.«

»Hey, hey, du bist viel zu nett, Kirito.«

»Ich hab kein Interesse daran, mit meinen Mapdaten zu handeln.«

Während ich das sagte, öffnete ich ein Handelsfenster und schickte meine Dungeon-Daten an den Mann, der sich Oberstleutnant Corbatz nannte. Er empfing sie, ohne eine Miene zu verziehen, sagte dann mit einer Stimme, die keinerlei Dankbarkeit verriet: »Ich weiß deine Kooperation zu schätzen«, und drehte sich um.

»Wenn ihr euch mit dem Boss anlegen wollt, lasst es lieber«, rief ich ihm hinterher.

Corbatz drehte kaum den Kopf in meine Richtung. »Das beurteile ich selbst.«

»Wir haben eben kurz in den Raum des Bosses hineingesehen, den kann man nicht mit so wenigen Leuten besiegen. Außerdem scheinen deine Gefährten etwas mitgenommen zu sein, willst du sie etwa opfern?«

»Meine Untergebenen sind keine Weicheier, die wegen so was aufgeben!«, antwortete Corbatz gereizt und betonte dabei das Wort »Untergebene«. Die Betroffenen saßen immer noch auf dem Boden und sahen nicht so aus, als würden sie ihm zustimmen.

»Aufstehen, Männer!«

Auf Corbatz' Befehl hin erhoben sie sich ganz langsam und stellten sich zu einer zweireihigen Kolonne auf. Corbatz sah uns schon nicht mehr an, stellte sich an die Spitze, hob eine

Hand und senkte sie schwungvoll. Die zwölf Männer brachten klappernd gleichzeitig ihre Waffen in Position und rückten mit scheppernden Rüstungen vor.

Dem äußeren Anschein nach waren ihre Hit Points voll, aber in *SAO* verursachte ein jeder Kampf Erschöpfung, die nicht sichtbar war. Der reale Körper, den diese Männer in der echten Welt zurückgelassen hatten, sollte nicht einmal zucken, aber dieses Gefühl der Erschöpfung verschwand nicht, bis man hier schlief oder zumindest rastete. Mir schien, dass die Spieler der Armee durch den Kampf an der ungewohnten Front ihre letzten Reserven fast aufgebraucht hatten.

»Ob die wissen, was sie tun?«

Die Einheit der Armee verschwand durch den Ausgang, der in Richtung des oberen Teils des Dungeons führte, und als auch ihre wohlgeordneten Schritte nicht mehr zu hören waren, fragte Klein geradezu mitfühlend: »Die werden ja nicht ohne Vorbereitung den Boss angreifen, oder?«

Auch Asuna schien ziemlich besorgt. Das Verhalten dieses Oberstleutnant Corbatz hatte auf eine gewisse Neigung zur Unüberlegtheit hingedeutet.

»Sollen wir vorsichtshalber einmal nachsehen ...?«

Als ich das fragte, nickten nicht nur die beiden, sondern in rascher Folge auch die fünf Gefährten Kleins. Auch wenn ich gequält lächelte – »Wer ist jetzt zu nett?« –, wusste ich, dass mein Gewissen mir keine Ruhe lassen würde, sollte ich jetzt von hier fliehen und später hören, dass diese Typen nicht zurückgekehrt waren.

Ich checkte schnell meine Ausrüstung, doch als ich loslaufen wollte, drang Kleins Stimme an mein Ohr, der hinter meinem Rücken leise mit Asuna flüsterte. *Der ist unverbesserlich*, dachte ich entnervt, aber der Inhalt des Gesagten überraschte mich dann doch.

»Ach, übrigens, Asuna. Ähm, also ... Bitte pass auf Kirito auf. Obwohl er ein Dummkopf ist und ein schlechter Redner, ungesellig und ein Kampf-Junkie.«

Ich rannte wutentbrannt zurück und zog heftig an Kleins Bandana. »Wa... Was redest du denn da?!«

»Ach komm.« Klein kratzte sich am Kinn. »Wenn du schon mal eine Gruppe bildest ... Auch wenn du von ihrer Schönheit betört wurdest, ist das ein großer Fortschritt!«

»Ich bin nicht betört!«

Trotzdem sah ich, wie sowohl Klein und seine fünf Gefährten als auch Asuna mich grinsend ansahen, also biss ich die Zähne zusammen und wandte mich wieder um. Zuletzt hörte ich sogar noch, wie Asuna »Überlass das mir« zu Klein sagte.

Mit klappernden Stiefelsohlen machte ich, dass ich durch die Tür und in den Gang kam, der in die oberen Stockwerke führte.

11

Unglücklicherweise trafen wir auf dem Weg auf ein Rudel Lizardmen, sodass schon dreißig Minuten vergangen waren, als wir acht im Gang ganz oben ankamen. Unterwegs hatten wir die Gruppe der Armee nicht eingeholt.

»Die sind nicht zufällig schon per Item zurückgekehrt, oder?«

Klein fragte das im Scherz, aber wir befürchteten alle, dass dem nicht so war. Unsere Schritte durch den langen Korridor wurden unwillkürlich schneller.

Als wir etwa bis zur Hälfte gekommen waren, hörten wir etwas, das im Inneren des Korridors widerhallte und uns bestätigte, dass unsere Sorgen berechtigt waren. Wir blieben stehen und spitzten unsere Ohren.

»Aaaaaaaaaah ...«

Dieses dünne Geräusch war ohne Zweifel ein Schrei. Und zwar nicht der eines Monsters.

Wir sahen uns an und rannten alle gleichzeitig los. Asuna und ich waren bei den Geschicklichkeitsparametern überlegen, und ließen daher Klein und seine Leute hinter uns, aber darum konnten wir uns jetzt nicht kümmern. Wir rannten wie der Wind über den blau leuchtenden Boden in Richtung Tür.

Endlich erschien sie in der Ferne. Wir sahen, dass sie bereits geöffnet war und dass in der Finsternis im Inneren blaue Flammen loderten. Und dahinter wand sich ein riesiger Schatten. Klirren von Metall. Und ein Schrei.

»Idioten ...!«, schrie Asuna und rannte noch schneller. Auch ich beschleunigte. Unsere Geschwindigkeit war so hoch, dass sie die Unterstützung durch das System fast ausreizte. Wir flogen gleichsam, fast ohne den Boden mit den Füßen zu berühren. Die Säulen, die auf beiden Seiten des Korridors standen, rasten an uns vorbei.

Vor der Tür bremsten Asuna und ich so jäh ab, dass die Nieten an unseren Stiefeln Funken sprühten, und kamen gerade so vor dem Eingang zum Stehen.

»Hey! Alles okay?«, rief ich und beugte mich halb in den Raum hinein.

Im Inneren war sprichwörtlich die Hölle los.

In einem Gittermuster, das sich über den gesamten Boden erstreckte, loderten helle Flammen. In ihrer Mitte ragte ein riesiger Körper empor, der uns den Rücken zudrehte und metallisch leuchtete. Es war der blaue Teufel, Gleameyes.

Der unheilvolle Kopf eines Ziegenbocks spie brennenden Atem und in der rechten Hand schwang der Teufel sein riesiges Breitschwert in alle Richtungen. Sein HP Bar war noch nicht mal um 30 Prozent gesunken. Ihm gegenüber rannte ein im Vergleich zu dem Teufel sehr kleiner Schatten verzweifelt auf der Suche nach einer Fluchtmöglichkeit herum. Es war die Einheit der Armee.

Keine Spur mehr von Disziplin. Als ich schnell nachzählte, fehlten zwei. Ich hoffte, sie seien mittels Teleport-Items geflohen.

Noch während ich das dachte, wurde ein Spieler von dem riesigen Schwert niedergemäht und rollte unkontrolliert über den Boden. Seine Hit Points kamen in den kritischen roten Bereich. Warum auch immer es dazu gekommen war, zwischen der Armee und dem Eingang, wo wir uns befanden, hatte der Teufel Stellung bezogen, und somit konnten sie nicht fliehen. Ich schrie den hingefallenen Spieler an. »Was machst du denn! Benutz ein Teleport-Item!«

Ruckartig wandte der Mann mir sein Gesicht zu. Im Schein der Flammen sah ich die Verzweiflung darin. »Ich kann nicht! Man kann hier keine Kristalle verwenden!«

»Wa…?« Mir stockte der Atem. Hin und wieder gab es in Dungeons Fallen, die man als Anti-Kristall-Zonen kannte. Aber noch nie hatte ich so etwas im Raum eines Bosses gesehen.

»Sie können nicht teleportieren …?!« Asuna schluckte. In dem Fall konnten wir nicht einfach hineinstürmen und Hilfe leisten.

In diesem Moment reckte ein Spieler vor dem Teufel sein Schwert empor und brach in wütendes Geschrei aus. »So ein Unsinn …! Für die Befreiungsarmee gibt es keinen Rückzug! Kämpf! Wir kämpfen!«

Ohne Zweifel war es Corbatz' Stimme.

»Du Idiot …!«, schrie ich unwillkürlich zurück. Dass in einem Raum ohne Kristallwirkung zwei Menschen verschwunden waren – das hieß, dass sie gestorben waren, endgültig. Das Undenkbare war bereits passiert, und trotzdem wollte der Mann, dass sie weitermachten? Die Wucht des Zornes, der mich erfasste, brachte mein Blut zum Kochen.

Nun holten uns endlich die sechs Mann von Kleins Gruppe ein. »Hey, was ist los?!«

Ich informierte sie kurz. Klein verzog das Gesicht.

»Können wir nicht irgendwas tun …?«

Wenn wir uns dem Feind entgegenwarfen, konnten wir den Typen vielleicht einen Fluchtweg eröffnen. Aber es bestand auch die Möglichkeit, dass es dann in diesem Raum, in dem eine Notfall-Flucht unmöglich war, auf unserer Seite Tote gäbe. Wir waren viel zu wenige Leute. Während ich zögerte, hörte ich wieder Corbatz' Stimme, der offenbar irgendwie seine Truppe neu aufgestellt hatte.

»Alle Mann ... Attacke ...!«

Von den zehn sank bei zweien der HP Bar bis zum Limit und sie fielen zu Boden. Die übrigen acht stellten sich in zwei waagerechten Reihen zu je vier Mann auf und Corbatz, der in der Mitte stand, hielt sein Schwert hoch über seinen Kopf und begann den Sturmangriff.

»Hört auf ...!« Aber mein Schrei erreichte sie nicht.

Es war ein sehr unüberlegter Angriff. Auch wenn sie sich zu acht gleichzeitig auf ihn stürzten, gab es nur Chaos, sodass sie keine zufriedenstellenden Sword Skills einsetzen konnten. Die bessere Taktik wäre es gewesen, hauptsächlich zu verteidigen und zu switchen, damit jeder Einzelne nacheinander dem Teufel ein bisschen Schaden hätte zufügen können.

Der Teufel richtete sich zu voller Größe auf und mit einem Kampfschrei, der den Erdboden erschütterte, spuckte er aus seinem Mund blendend helles Gas. Es schien, dass auch dieser Atem Schaden verursachte, und die Energie des Ansturms der acht in blasses Leuchten eingehüllten Spieler zerfaserte. Daraufhin stieß der Teufel sein riesiges Schwert in den Boden. Einer seiner Angreifer wurde in die Luft geschleudert, flog über den Kopf des Teufels und landete schwer auf dem Boden vor uns.

Es war Corbatz.

Sein HP Bar erlosch. Mit einem ungläubigen Ausdruck, als könne er nicht begreifen, was mit ihm passierte, bewegte sich langsam sein Mund.

»Unmöglich ...«

Als er das tonlos gesagt hatte, zersplitterte sein Körper mit einem nervenzerfetzenden Klangeffekt in unendlich viele Bruchstücke. Asuna neben mir stieß einen kurzen Schrei aus.

Die Armeetruppe, die ihren Anführer verloren hatte, brach sofort auseinander. Schreiend rannten sie auf der Flucht hin und her. Bei allen hatten die Hit Points bereits die Fünfzig-Prozent-Marke unterschritten.

»Nein ... Nein ... Mann ...«, presste Asuna hervor. Ich drehte mich um und versuchte, sie am Arm zu packen, aber ich war zu langsam.

»Neeeeeeeeeeeeeein!« Mit einem Aufschrei rannte Asuna schnell wie der Wind los. Ihr gezogenes Rapier und sie verschwammen zu einem Blitz, und sie stürzte sich auf Gleameyes.

»Asuna!« Ich folgte ihr, während ich notgedrungen mein Schwert zog.

»Scheiß drauf!« Klein und seine Leute brachen in Kampfgeschrei aus und folgten uns.

Asunas verzweifelter Hieb traf mit Wucht den Rücken des Teufels. Aber seine Hit Points sanken kaum. Stattdessen drehte Gleameyes sich mit einem wütenden Brüllen um und schwang mit rasender Geschwindigkeit sein Breitschwert nach unten. Asuna war mit einem Schritt ausgewichen, konnte der Schockwelle des Hiebs aber nicht komplett entgehen und wurde zu Boden geworfen. Und der Teufel holte schon wieder aus.

»Asunaaaaaaaa!« Eiskalte Furcht erfasste mich, und ich sprang verzweifelt zwischen Asuna und das Breitschwert. Gerade so lenkte mein Schwert den Hieb des Teufels ab. Der Aufprall war markerschütternd.

Aus den aneinander entlangschrammenden Schwertklingen sprangen Funken. Das nach unten geschlagene riesige Schwert krachte nur wenige Zentimeter von Asuna entfernt in den Boden und schlug dort mit einem explosionsartigen Klang eine tiefe Furche.

»Weg!«, schrie ich und machte mich bereit für die Angriffe des Teufels. Mit tödlicher Wucht kamen seine Schläge, und so schnell, dass ich keine Zeit für einen Gegenangriff hatte.

Der Skill, den Gleameyes verwendete, war im Grunde einer für große Beidhänder, aber wegen einer subtilen Individualisierung war es nicht möglich, ihn zu antizipieren. Ich machte keine Fehler beim Verteidigen mit Parieren und Schritten, auch wenn das allerhöchste Konzentration erforderte, aber die Kraft der Angriffe war ungeheuerlich und durch die Klinge, die ab und an meinen Körper streifte, wurden meine Hit Points nach und nach immer weniger.

Aus dem Augenwinkel sah ich, wie Kleins Gefährten versuchten, die hingefallenen Spieler der Armee aus dem Raum zu ziehen. Aber da in der Mitte der Teufel und ich kämpften, kamen sie nicht recht voran.

»Ah!«

Schließlich hatte ein Angriff des Gegners mich getroffen. Einen winzigen Moment lang war ich gelähmt, und mein HP Bar verminderte sich ruckartig um ein beachtliches Stück.

Meine Ausrüstung und meine Skill-Konfiguration waren nicht fürs Tanken geschaffen. Ich würde nicht viel länger durchhalten können. Die Angst vor dem Tod schoss plötzlich wie flüssiges Eis durch meine Adern. Ich konnte nicht mehr entkommen.

Ich hatte nur noch eine einzige Alternative: Ich musste all meine Erfahrung im Kampf in die Waagschale werfen und hoffen, dass sie mich rettete.

»Asuna! Klein! Haltet ihn zehn Sekunden in Schach!«

Mit dem Schwert in meiner Rechten schlug ich hart zu, wehrte den Angriff des Teufels ab und rollte über den Boden. So erzeugte ich mit Gewalt einen Break Point für mich, während Klein sich ohne zu zögern in den Kampf stürzte und mit seinem Katana eingriff.

Aber sowohl das Katana als auch Asunas Rapier waren auf Schnelligkeit ausgerichtete Waffen und es mangelte ihnen an Gewicht. Mit dem riesigen Schwert des Teufels konnten sie es nicht aufnehmen. Noch während ich über den Fußboden rollte, bewegte ich meine linke Hand und rief das Menüfenster auf.

Jetzt durfte ich auch nicht den kleinsten Fehler machen. Das Blut rauschte in meinen Ohren, während ich mit dem Zeigefinger meiner rechten Hand durch die Liste meiner Items scrollte, eines auswählte und es erscheinen ließ. In der Ausrüstungs-Figur setzte ich dieses Item in einen leeren Slot, öffnete das Skill-Fenster und wechselte den gewählten Waffen-Skill.

Danach berührte ich den OK-Button, schloss das Fenster, und während ich mich noch vergewisserte, dass auf meinem Rücken ein zusätzliches Gewicht hinzugekommen war, hob ich den Kopf und rief: »Okay!«

Klein sah aus, als hätte er einen Schlag abbekommen, seine Hit Points sanken und er zog sich zurück. Unter normalen Umständen hätte er die verlorenen HP sofort mit einem Item wiederhergestellt, aber in diesem Raum konnte er das nicht. Auch die Hit Points von Asuna, die derzeit dem Teufel gegenüberstand, waren in den wenigen Sekunden auf unter 50 Prozent gesunken und hatten sich gelb eingefärbt.

Auf meine Stimme hin nickte Asuna, immer noch mit dem Rücken zu mir, und mit einem durchdringenden Schrei ließ sie einen Stich-Skill los. »Haaaaaaaaaaaa!«

Dieser eine Angriff, der eine schneeweiße Leuchtspur nach sich zog, prallte in der Luft auf Gleameyes' Schwert und ließ Funken sprühen. Mit einem lauten Geräusch prallten die Waffen voneinander ab und eine Pause entstand.

»Switch!«, schrie Asuna unverzüglich.

Ich stürzte frontal auf den Feind zu. Der Teufel, der sich aus der Erstarrung gelöst hatte, holte weit mit seinem Schwert aus.

Es zog eine flammende Bahn, während es von oben auf mich herabstieß. Ich schlug es mit meinem geliebten Schwert in der Rechten zurück, drehte gleichzeitig meine linke Hand auf den Rücken und schloss meine Finger um den Griff des neuen Schwerts. In einer fließenden Bewegung zog ich es, holte aus und schlug nach dem Rumpf des Teufels. Mit diesem ersten sauberen Treffer in diesem Kampf verringerte sich endlich und merkbar sein HP Bar.

Während er einen grimmigen Schrei ausstieß, hob der Teufel von Neuem sein Schwert und schlug es nach unten. Diesmal kreuzte ich die Schwerter in meinen beiden Händen, fing den Angriff ab und drückte ihn zurück. Als der Teufel die Balance verlor, begann ich einen Vorstoß, die erste Offensive in einem Gefecht, das bisher nur ein Verteidigungskampf gewesen war.

Ich schwang das rechte Schwert auf halber Höhe. Sofort danach stach ich mit dem linken Schwert zu. Rechts, links, wieder rechts. Mit einer Geschwindigkeit, der mein eigenes Gehirn kaum folgen konnte, schwang ich weiter meine Schwerter. Gellende Klangeffekte erfüllten meine Ohren und ein weißes Licht, das wie Sternennebel sprühte, verbrannte die Luft.

Das war meine geheime Kunst, der Extra-Skill »Dualschwerter«, mit dem ich den hochrangigen Sword Skill »Starburst Stream« ausführte, eine sechzehnfache Combo.

»Aaaaaaaaaaah!«

Obwohl der Teufel hin und wieder einen der Angriffe abwehrte, schlug ich weiter unter Schreien mit beiden Schwertern abwechselnd auf seinen Körper ein. Mein Gesichtsfeld glühte und ich konnte bereits nichts mehr sehen außer der Gestalt des Feindes. Sogar der Schmerz, wenn das Schwert des Teufels manchmal meinen Körper ergriff, fühlte sich an wie ein Ereignis in einer weit entfernten Welt. Durch meinen Körper schoss das Adrenalin, und als meine Schwertangriffe den Feind trafen, schlugen die Synapsen in meinem Gehirn Funken.

Schneller, noch schneller. Meine Nervenbahnen, die bis zum Limit Signale feuerten, waren sogar von dem unglaublichen Rhythmus unbefriedigt, mit dem ich doppelt so schnell wie üblich meine beiden Schwerter schwang. Ich wollte die Geschwindigkeitsassistenz des Systems selbst übertreffen.

»Aaaaaaaaaah!« Mit einem weiteren Kampfschrei drang der letzte der sechzehn Angriffe mitten in Gleameyes' Brust.

Ich war nicht der Einzige, der aufschrie. Der riesige Teufel, der zum Himmel aufblickte, brüllte, während er aus Mund und Nase eine große Menge Dampf stieß.

Sein ganzer Körper erstarrte – und dann wurde Gleameyes zu großen blauen Scherben und zersplitterte. Mitten im Raum regneten glitzernde Körner aus Licht herab.

War es … vorbei …?

Während mir von dem stürmischen Kampf noch schwindelte, schwang ich unbewusst beide Schwerter und steckte sie gleichzeitig in die auf meinem Rücken über Kreuz festgemachten Scheiden. Sofort checkte ich meinen eigenen Hit Point Bar. Er war rot, und es waren nur wenige Punkte übrig. Ich betrachtete ihn, als gehöre er zu jemand anderem, dann spürte ich, wie all meine Kraft meinen Körper verließ, und brach, ohne ein Wort zu sagen, auf dem Boden zusammen.

Es wurde schwarz um mich.

12

»...to! Mann, Kirito!«

Durch Asunas Ruf, fast ein Schrei, wurde mein Bewusstsein zwangsweise wieder ins Leben gerufen. Während ich mein Gesicht verzog ob des Schmerzes, der meinen Kopf durchbohrte, richtete ich meinen Oberkörper auf. »Au au au ...«

Als ich meinen Blick schweifen ließ, sah ich, dass ich immer noch im Bossraum war. In der Luft tanzte ein letzter Rest des blauen Lichts. Ich schien nur für ein paar Sekunden das Bewusstsein verloren zu haben.

Asuna kauerte direkt vor mir. Sie runzelte die Stirn, als sei sie kurz vorm Heulen, und kaute auf ihrer Unterlippe.

»Idiot ...! So was Leichtsinniges ...!«, schrie sie und klammerte sich an meinen Hals. Ich war so geschockt, dass ich sogar meinen Kopfschmerz vergaß.

»Wenn du noch fester zudrückst, nimmst du mir meine letzten Hit Points.«

Ich hatte es im Scherz gesagt, aber Asuna wirkte ernsthaft verärgert. Einen Augenblick später drückte sie mir die Öffnung eines kleinen Fläschchens an die Lippen und ließ mich daraus trinken. Die Flüssigkeit schmeckte wie grüner Tee mit Zitrone und war ein potenter Heiltrank. Damit würde ich wohl innerhalb von fünf Minuten den Zahlen nach komplett geheilt sein, aber die Erschöpfung meines Körpers würde natürlich nicht sofort verschwinden.

Asuna vergewisserte sich, dass ich den Inhalt des Fläschchens ausgetrunken hatte, verzog noch einmal das Gesicht, als würde sie gleich in Tränen ausbrechen, und legte ihre Stirn auf meine Schulter, als schäme sie sich dafür.

Schritte näherten sich, und Klein sprach uns an.

»Wir sind damit fertig, die Überlebenden der Armee zu heilen, aber Corbatz und zwei weitere sind tot ...«

»Ich verstehe. Das sind die ersten Verluste in einem Bosskampf seit der 67. Ebene ...«

»Kann man das noch Kampf nennen? Dieser Idiot Corbatz ... Wem nützt es was, wenn er draufgeht ...?« Klein spuckte die Worte mehr, als dass er sie sprach. Er schüttelte wild den Kopf, atmete tief durch und fuhr dann in ruhigerem Tonfall fort. »So, und was war das eben mit dir?!«

»Muss ich dir das sagen?«

»Klaro! So was hab ich noch nie gesehen!«

Ich merkte, dass jeder im Raum außer Asuna mich ansah und auf meine Antwort wartete.

»Es ist ... ein Extra-Skill. ›Dualschwerter‹.«

Ein Raunen ging durch die Überlebenden der Armee und Kleins Gefährten.

Normalerweise konnte man die verschiedenen Waffen-Skills durch systematisches Training stufenweise erlernen. Zum Beispiel beim Schwert: Wenn man die Voraussetzung erfüllte, dass der Basis-Skill für das einhändig geführte Schwert ein gewisses Niveau erreicht hatte, erschien auf der Liste als mögliche alternative Skills »Rapier« oder »Zweihänder«.

Kleins Miene drückte aufgeregte Neugier aus. »Wie bekommt man den?«

»Wenn ich das wüsste, hätte ich es bekannt gegeben.«

Der Katana-Träger nickte verständnisvoll.

Waffen-Skills, bei denen die Voraussetzungen für ihr Auftreten nicht bekannt waren, die vielleicht gar zufällige Voraussetzungen hatten, wurden Extra-Skills genannt. In meinem nahen Umfeld traf das auch auf Kleins »Katana« zu. Allerdings waren Katana-Skills nicht so selten und oft erschienen sie, wenn man nur hartnäckig mit einer gebogenen Klinge übte.

Die zehn bisher nachgewiesenen Extra-Skills wurden jeweils von mindestens zehn Spielern beherrscht. Nur mein Dualschwerter-Skill und ein anderer Skill, der einer gewissen berühmten Person zur Verfügung stand, bildeten die Ausnahme.

Diese beiden Skills waren etwas, das wohl nur die beiden besaßen, die sie erlernt hatten, es waren »Unique Skills«. Bisher hatte ich die Existenz meiner Dualschwerter mit aller Kraft verheimlicht, aber mit dem heutigen Tag würde ich wohl als der zweite Nutzer eines Unique Skills bekannt werden. Da ich ihn vor so vielen Leuten präsentiert hatte, konnte ich ihn gar nicht mehr geheim halten.

»Mann, Kirito. So einen tollen Skill für dich zu behalten ...«, murrte Klein, aber ich zuckte nur mit den Schultern.

»Wenn ich wüsste, wann und warum der Skill sich zeigt, würde ich ihn nicht verstecken. Aber ich hab absolut keine Ahnung.«

Das war nicht gelogen. Ungefähr ein Jahr zuvor, als ich einmal zufällig auf mein Skill-Fenster gesehen hatte, war dort plötzlich der Name »Dualschwerter« erschienen. Ich hatte nicht die geringste Ahnung, weshalb.

Seither hatte ich das Training des Dualschwerter-Skills normalerweise an Orten ohne Zuschauer durchgeführt. Selbst als ich ihn fast gemeistert hatte, benutzte ich ihn in

Solokämpfen gegen Monster-Gegner höchstens in großer Gefahr – teils deswegen, weil ich ihn nur im Notfall nutzen wollte, teils, weil ich damit nicht unnötig Aufmerksamkeit auf mich ziehen wollte. Ich hatte immer gehofft, dass mit der Zeit weitere Spieler mit diesem Skill auftauchen würden, aber das war bislang nicht passiert.

Ich kratzte mich am Ohr und fuhr murmelnd fort: »Wenn bekannt würde, dass ich einen solch raren Skill besitze, würde ich belästigt werden …«

Klein nickte. »Net-Gamer sind halt missgünstig. Abgesehen von mir, weil ich aufgeschlossen bin, sind viele neidisch und missgünstig. Außerdem …« Er brach ab, sah Asuna, die sich immer noch fest an mich klammerte, bedeutungsvoll an und grinste. »Na ja, Beschwerlichkeiten gehören zum Training. Gib dein Bestes, Junge.«

»Leichter gesagt als getan …«

Klein beugte sich zu mir herab, schlug mir kräftig auf die Schulter, drehte sich um und lief zu den Überlebenden der Armee. »Ihr da, könnt ihr zu eurer Basis zurückkehren?«

Einer der Leute nickte. Er sah aus, als sei er noch im Teenager-Alter.

»Gut. Informiert euren Vorgesetzten ganz genau über das, was heute passiert ist. Damit sie nicht wieder so was Wahnsinniges versuchen.«

»Ja … Äh … Vielen herzlichen Dank.«

»Bedanken könnt ihr euch bei ihm.« Klein zeigte mit dem Daumen auf mich. Die Spieler der Armee standen schwankend auf, verbeugten sich tief vor Asuna und mir und gingen aus dem Raum. Als sie in den Korridor getreten waren, benutzten sie nacheinander Kristalle und teleportierten sich fort.

Als das blaue Licht erloschen war, stemmte Klein voller Tatendrang seine Hände in die Hüften. »Meine Gruppe geht weiter, um das Teleportgate zur 75. Ebene zu aktivieren, was ist mit dir? Du bist der Held des Tages, willst du das machen?«

»Nein, das überlass ich euch. Ich bin total erschöpft.«

»Ach so. Komm sicher nach Hause.«

Klein nickte und gab seinen Kameraden ein Zeichen. Zu sechst gingen sie zu der Tür hinten im Raum. Dahinter würde sich die Treppe befinden, die zur nächsthöheren Ebene führte. Der Katana-Träger blieb vor der Tür stehen und drehte sich plötzlich noch einmal um.

»Ähm ... Kirito. Als du reingestürmt bist, um alle zu retten ...«

»Was ...?«

»Ich ... Wie soll ich sagen, das hat mich gefreut. Das war's, bis dann.«

Ich hatte keine Ahnung, was er mir sagen wollte. Klein gab mir ein Daumen-hoch-Zeichen, öffnete die Tür und verschwand mit seinen Kameraden auf der anderen Seite.

In dem enorm großen Bossraum blieben nur Asuna und ich übrig. Die blauen Flammen, die am Boden gelodert hatten, hatten inzwischen nachgelassen und auch die unheimliche Stimmung, die im ganzen Raum geherrscht hatte, war wie durch ein Wunder verschwunden. Unser Umfeld war, wie der Korridor draußen, von einem sanften Licht erfüllt und von dem gerade vergangenen Kampf auf Leben und Tod war keine Spur geblieben.

Ich sprach Asuna an, die noch immer mit ihrer Stirn an meiner Schulter lehnte.

»Hey ... Asuna ...«

»Ich hatte solche Angst ... Ich wüsste nicht, was ich getan hätte, wenn du ums Leben gekommen wärst ...« Ihre Stimme bebte schwach, wie ich es bisher noch nie an ihr gehört hatte.

»Was redest du denn da, du warst doch diejenige, die sich als Erste hineingestürzt hat.« Sachte legte ich meine Hand auf Asunas Schulter. Wenn man zu offensichtlich berührte, wurde man mit einem Belästigungs-Marker belegt, aber jetzt war wohl nicht der Moment, sich um so etwas zu sorgen.

Ich zog sie sanft näher zu mir, und ganz nah an meinem Ohr hörte ich ihre fast lautlose Stimme. »Ich mache eine Pause von der Gilde.«

»Eine Pause? Wa... Was machst du ... während du pausierst?«

»Ich hab doch gesagt, dass ich mit dir für eine Weile eine Gruppe bilde ... Schon vergessen?«

Bei ihren Worten erfasste mich tief im Herzen ein Gefühl, das ich nur Sehnsucht nennen konnte. Um in dieser Welt zu überleben, hatte ich – der Solospieler Kirito – alle anderen Spieler hinter mir gelassen. Alles hatte begonnen, als ich Feigling vor zwei Jahren meinem einzigen Freund den Rücken gekehrt, ihn verlassen hatte, und weggegangen war.

Wie konnte ich nun auf Freundschaft hoffen – oder sogar noch mehr?

Ich hatte schon auf schmerzhafteste Weise gelernt, was passieren konnte. Ich hatte mir selbst geschworen, dass ich den gleichen Fehler nicht noch einmal machen, dass ich niemanden mehr so nah an mich heranlassen würde.

Und doch ...

Ich konnte meine Hand nicht von Asunas Schulter lösen. Die virtuelle Wärme, die durch unsere Berührung entstand, konnte und wollte ich nicht loslassen.

Während ich diesem Widerspruch völlig hilflos gegenüberstand und von einem einzigen großen, unaussprechlichen Gefühl erfüllt wurde, antwortete ich sehr kurz.

»In Ordnung.«

An meiner Schulter nickte Asuna leicht.

Am nächsten Tag.

Seit dem Morgen lungerte ich im ersten Stock von Agils Gemischtwarenladen herum. Ich hatte auf einem Schaukelstuhl unverschämt die Beine übereinandergeschlagen und schlürfte einen Tee mit seltsamem Geschmack, der wohl aus einem unprofitablen Lagerbestand des Ladens stammte.

In ganz Algade – nein, vielleicht in ganz Aincrad – war bereits der gestrige »Vorfall« zum Tagesthema geworden.

Denn obwohl schon die Eroberung einer Ebene und die Öffnung eines Tors in eine neue Stadt Gesprächsstoff genug gewesen wären, gab es diesmal dazu noch verschiedene Extras. Sei es »ein Teufel, der einen großen Trupp der Armee komplett ausgelöscht hat«, sei es »die fünfzigfache Combo des Dualschwerter-Anwenders, der diesen allein vernichtet hat« ... Die Übertreibungen waren geradezu lächerlich.

Wie auch immer sie es herausgefunden hatten, in meiner Unterkunft hatten sich ab dem frühen Morgen Schwertkämpfer und Informationshändler gedrängt, sodass ich zur Flucht einen Teleport-Kristall hatte benutzen müssen.

»Ich zieh um ... in ein Dorf auf einer total ländlichen Ebene, wo man mich garantiert nicht findet ...«

Agil grinste breit. »Ach, sag das doch nicht. Einmal kann man schon eine Berühmtheit sein. Wie wär's, sollen wir eine Vortragsveranstaltung machen? Die Orga und den Verkauf der Tickets übernehme ...«

»Von wegen!« Spielerisch warf ich die Tasse in meiner rechten Hand nach Agil, wobei ich etwa 50 cm rechts neben seinen Kopf zielte. Aber durch die vertraute Bewegung wurde mein Wurf-Skill aktiviert und die Tasse, die plötzlich vor Energie leuchtete, krachte gegen die Wand des Raums und zerbrach mit einem lauten Klirren.

Da es zum Glück unmöglich war, das Gebäude selbst zu zerstören, sprang in meinem Gesichtsfeld nur der Tag »Immortal Object« auf, aber es gab keinen Zweifel, dass wenn ich ein Möbelstück getroffen hätte, es zerschmettert worden wäre.

»Mann, willst du mich umbringen!«, jammerte Agil übertrieben. Ich hob entschuldigend die rechte Hand und sank wieder in meinen Sessel zurück.

Agil begutachtete die Schätze, die ich bei den gestrigen Kämpfen erhalten hatte. Da er ab und zu Überraschungslaute ausstieß, schienen darunter auch einige Wertsachen zu sein.

Ich hatte mich entschieden, den Betrag, den ich bei der Inzahlungnahme erhalten würde, mit Asuna zu teilen, aber sie war auch nach der vereinbarten Zeit nicht erschienen. Da ich ihr eine Freundesnachricht geschickt hatte, sollte sie wissen, dass ich hier war.

Gestern hatten wir uns am Teleportgate in der Hauptstadt der 74. Ebene getrennt. Asuna hatte gesagt, dass sie der Gilde ihren Urlaubsantrag überbringen würde, und war nach Grandzam auf der 55. Ebene gegangen, wo sich das Hauptquartier der Ritter des Blutschwurs befand. Auch wegen der

Sache mit Kuradeel hatte ich angeboten, sie zu begleiten, aber sie hatte mit einem Lächeln abgewinkt, und ich hatte sie ziehen lassen.

Die verabredete Uhrzeit war bereits seit zwei Stunden vorbei. Wenn sie sich so sehr verspätete, war vielleicht etwas passiert? Musste ich ihr doch wider Willen folgen? Ich trank meinen Tee aus – mit einer neuen Tasse –, als könne ich so die Unsicherheit, die meine Kehle zuschnürte, unterdrücken.

Der große Topf vor mir wurde leer, und als Agils Begutachtung fast beendet war, hörte ich endlich Schritte, die stampfend die Treppe hochgerannt kamen. Mit großem Schwung öffnete sich die Tür.

»Hey, Asuna …«

Du bist aber spät, hatte ich sagen wollen, schluckte diese Worte aber herunter. Asunas Gesicht war bleich und sie hatte ihre großen Augen ängstlich aufgerissen. Sie ballte ihre beiden Hände fest vor ihrer Brust, biss sich zwei-, dreimal auf ihre Unterlippe und sagte kläglich: »Was soll ich machen … Kirito …« Sie klang, als würde sie gleich in Tränen ausbrechen.

»Wir haben ein Riesenproblem …«

Asuna trank einen Schluck von dem neu zubereiteten Tee und in ihr Gesicht kehrte endlich Farbe zurück. Dann fing sie stockend an zu erzählen. Der taktvolle Agil war zur Ladenfront im Erdgeschoss gegangen.

»Gestern … Ich bin gleich zum Gildenhauptquartier in Grandzam und habe dem Kommandanten alles gemeldet, was vorgefallen war. Auch, dass ich eine Pause von der Gilde machen will … Ich dachte, das würde beim Gildentreffen heute Morgen gebilligt werden …«

Asuna, die auf einem Stuhl mir gegenüber saß, senkte den Blick und sagte, während sie die Teetasse fest umklammerte: »Der Kommandant ... hat gesagt, es gebe eine Bedingung, damit er meinen vorläufigen Austritt akzeptiert ... Er sagte ... er will mit dir kämpfen ...«

»Wa...?«

Im ersten Moment konnte ich es nicht verstehen. Kämpfen ... das hieß also wohl, sich zu duellieren. Warum war Asunas Antrag auf Pause zu so einer Geschichte geworden?

Als ich das fragte, schüttelte sie den Kopf und sah mich nicht an. »Ich weiß es auch nicht. Ich hab ihm zwar erklärt, dass es keinen Sinn hätte, wenn er das täte, aber ... Er hat mir gar nicht zugehört ...«

»Aber ... Das ist ungewöhnlich, dass er solche Bedingungen stellt ...«, murmelte ich. Ich erinnerte mich an ihn.

»Genau. Der Kommandant gibt normalerweise überhaupt keine Befehle, sondern überlässt die Strategien zur Eroberung der Stockwerke uns, ganz zu schweigen von unseren weiteren Aktivitäten. Aber diesmal ...«

Der Kommandant der Ritter des Blutschwurs hatte wegen seines überwältigenden Charismas nicht nur die Herzen seiner eigenen Gilde, sondern auch die fast aller Mitglieder der anderen Eroberungsgruppen gewonnen, aber seltsamerweise gab er kaum Anweisungen oder Befehle. Auch ich hatte im Kampf gegen einen Boss schon mehrmals Schulter an Schulter mit ihm gestanden, und ich konnte ihn für seine Art, die Front zu stützen, nur bewundern.

Dass ein solcher Mann aber nun etwas einzuwenden hatte und sogar ein Duell mit mir forderte, was hatte das nur zu bedeuten?

Obwohl ich bestürzt war, sagte ich beruhigend zu Asuna: »Ich geh auf jeden Fall mal nach Grandzam und bespreche das mit ihm persönlich.«

»Okay ... Es tut mir leid. Ich bring dich nur in Schwierigkeiten.«

»Ich tu alles, was nötig ist. Schließlich geht es ...« Ich blickte Asuna an, während ich nach den passenden Worten suchte, »... um meine wichtige Kampfgefährtin.«

Asuna spitzte leicht unzufrieden die Lippen, aber dann lächelte sie schwach.

Der stärkste Mann der Welt. Die lebende Legende. Der Paladin. Der Gildenleiter der Ritter des Blutschwurs hatte so viele Zweitnamen, dass die Finger einer Hand nicht reichten, um sie aufzuzählen.

Sein Name war Heathcliff. Bevor meine Dualschwerter in der Öffentlichkeit in aller Munde waren, war er als der Mann bekannt gewesen, der als Einziger unter den 6.000 Spielern einen Unique Skill besaß.

Er verwendete Schwert und Schild, auf denen ein Kreuz abgebildet war, und er beherrschte den Sword Skill von ausbalanciertem Angriff und Verteidigung, den Skill »Heiliges Schwert«. Ich hatte ihn mehrmals aus der Nähe gesehen, und seine Verteidigung hatte mich überwältigt. Man sagte, dass es niemanden gebe, der schon einmal gesehen hatte, wie Heathcliffs Hit Point Bar in den gelben Bereich gefallen wäre. Die Anekdote, dass er beim Eroberungskampf gegen das Bossmonster der 50. Ebene, bei dem es große Verluste gegeben hatte, die Front, die kurz vor dem Zusammenbruch gewesen war, zehn Minuten lang alleine gehalten hatte, war auch jetzt noch Gesprächsthema.

Es gab keinen Speer, der Heathcliffs Kreuzschild durchbohren konnte. Das war eine der auf Aincrad am weitesten verbreiteten Wahrheiten.

Ich war mit Asuna zusammen zur 55. Ebene hinuntergestiegen, und nun empfand ich überwältigende Anspannung. Natürlich hatte ich gar nicht die Absicht, mit Heathcliff die Schwerter zu kreuzen. Mein Ziel war lediglich, darum zu bitten, dass Asunas einstweiliger Austritt bewilligt wurde.

Grandzam, die Hauptstadt der 55. Ebene, wurde auch »Stählerne Stadt« genannt. Im Gegensatz zu den anderen Städten, die größtenteils aus Stein gebaut waren, waren die zahllosen riesigen schlanken Türme, die die Stadt formten, alle aus schwarz glänzendem Stahl. Es war eine Stadt der Schmiede und Metallarbeiter, die vielen Spieler-Einwohnern eine Heimat bot, aber was fehlte, waren Bäume und Grünflächen, und im Herbstwind machte sie einen frostigen, fast trostlosen Eindruck.

Wir überquerten den Platz mit dem Tor und gingen langsam die breite Straße aus polierten und vernieteten Stahlplatten entlang. Asunas Schritte waren schwerfällig. Ob sie sich wohl vor dem fürchtete, was geschehen würde?

Als wir etwa zehn Minuten lang an nebeneinander aufgereihten schlanken Türmen entlanggelaufen waren, erschien vor uns ein ganz besonders hoher Turm. Mehrere silberne Speere schauten aus dem oberen Teil seiner riesigen Tür heraus. Von ihnen hingen Fahnen herunter, auf deren weißem Stoff ein rotes Kreuz war und die im kalten Wind flatterten. Es war das Hauptquartier der Gilde der Ritter des Blutschwurs.

Asuna hielt ein Stück davor an und sah zu dem Turm hinauf. »Früher war unser Hauptquartier in einem kleinen Haus in einem ländlichen Dorf auf der 39. Ebene. Alle haben sich immer beschwert, es sei zu eng ... Nicht, dass die Gilde sich zum Schlechten entwickelt hätte, aber ... Diese Stadt ist kalt, und darum mag ich sie nicht ...«

»Lass uns die Sache schnell klären und dann was Warmes essen gehen.«

»Mann. Du denkst auch nur ans Essen.« Asuna musste lachen und drückte leicht die Fingerspitzen meiner rechten Hand. Das brachte mich völlig durcheinander, aber Asuna stand nur einige Sekunden lang still, ohne mich anzusehen, ließ dann mit »Gut! Aufladen abgeschlossen!« meine Hand los und ging mit langen Schritten zum Turm. Ich folgte ihr eilig nach.

Die große Tür oberhalb der breiten Treppe stand offen, aber auf beiden Seiten standen stumme Wachen mit schwerer Panzerung und Furcht einflößenden langen Speeren. Als Asuna näher kam, hoben die Wachen die Speere feierlich an und salutierten.

»Weiter so, danke.« Sie erwiderte den Gruß mit einer Hand und ging mit forschen Schritten weiter. Kaum zu glauben, dass dies derselbe Mensch war, der mir vor einer Stunde in Agils Laden so niedergeschlagen begegnet war.

Ich folgte ihr unsicher, ging an den Wachen vorbei und betrat das Gebäude.

Das Erdgeschoss des Turms, der wie die Stadt aus schwarzem Stahl war, bestand aus einem großen Atrium. Kein Mensch war dort.

Das Gebäude wirkte auf mich noch kälter als die Stadt. Der Boden bestand aus detaillierten Mosaiken, die aus verschiedenen Metallen zusammengefügt waren. Als wir ihn auf unserem Weg durch die Vorhalle überquert hatten, kamen wir zu einer riesigen Wendeltreppe.

Unsere Stiefel machten laute metallische Geräusche auf den Stufen, als wir sie hinaufstiegen. Leute mit niedrigen Muskelkraftparametern wären wohl schon nach der Hälfte der hohen Treppe erschöpft gewesen. Wir kamen an mehreren Türen vorbei, und als ich mich schließlich fragte, ob wir vielleicht bis in alle Ewigkeit weiter hinaufsteigen würden, hielt Asuna endlich vor einer nichtssagenden stählernen Tür an.

»Hier ...?«

»Ja ...«

Asuna nickte resigniert. Aber schließlich schien sie sich entschieden zu haben, hob die rechte Hand, klopfte laut an die Tür und öffnete sie, ohne auf eine Antwort zu warten. Das helle Licht, das hinter der Tür herrschte, blendete mich kurz.

Dahinter war ein runder Raum, der das Stockwerk des Turms ganz ausfüllte, und die Wände waren komplett aus durchsichtigem Glas. Aschgraues Licht fiel durch sie herein und verlieh dem Raum düstere, farblose Schattierungen.

In der Mitte war ein halbkreisförmiger riesiger Schreibtisch aufgestellt und auf den fünf Stühlen, die dahinter aufgereiht waren, saß jeweils ein Mann. Die vier links und rechts hatte ich noch nie gesehen, aber den Mann, der in der Mitte saß, konnte man nicht verwechseln. Es war der Paladin Heathcliff.

Äußerlich war er wirklich nicht überwältigend. Er war wohl Mitte zwanzig, hatte etwas von einem Wissenschaftler und ein spitzes Gesicht mit scharfen Konturen. Über seiner hohen Stirn lag eisengraues Haar. Er war groß gewachsen, aber sein schlaksiger Körper, den locker eine purpurrote Robe umspielte, erinnerte statt an einen Schwertkämpfer eher an einen Magier, der in dieser Welt nicht existieren sollte.

Aber seine Augen hatten Charakter. Sie waren von einem mysteriösen messingfarbenen Ton, und aus ihnen strömte eine starke magnetische Kraft, die das Gegenüber in ihren Bann zog. Ich hatte ihn vorher schon getroffen, aber heute fühlte ich mich so eingeschüchtert, als sei es das erste Mal.

Asuna ging mit einem leisen Klacken ihrer Stiefel bis vor den Tisch und verbeugte sich leicht.

»Ich bin gekommen, um mich zu verabschieden.«

Heathcliff lächelte grimmig. »Zieh besser keine voreiligen Schlüsse. Lass mich mit ihm sprechen.«

Er sah mich unverwandt an. Ich löste meine Kapuze und trat bis neben Asuna vor.

»Es ist wohl das erste Mal, dass ich dich außerhalb eines Angriffs auf einen Boss treffe, Kirito.«

»Nicht ganz ... Wir sind uns kurz bei der Strategiebesprechung für die 67. Ebene begegnet«, widersprach ich, wenn auch sehr höflich.

Heathcliff nickte leicht und verschränkte auf dem Schreibtisch seine knochigen Finger. »Ja, das war ein harter Kampf. Auch bei uns hätte es fast Tote gegeben. Wir sind als Topgilde bekannt, aber auch unsere Kampfkraft hat ihre Grenzen. Und trotzdem versuchst du, ein unersetzliches Mitglied meiner Gilde abzuwerben.«

»Wenn sie so unersetzlich ist, dann solltet ihr sorgfältiger bei der Auswahl ihrer Eskorte sein.«

Auf meine schroffe Antwort hin verzog der strenge Mann, der auf der rechten Seite des Schreibtischs saß, sein Gesicht und wollte aufstehen. Heathcliff hob abwehrend eine Hand und sah mich weiter unverwandt an. Sein Blick verriet starke Willenskraft. »Kuradeel steht in seinem Haus unter Arrest.

Ich entschuldige mich für sein Verhalten. Aber wir werden nicht einfach zusehen, wie unsere Vizekommandantin abgeworben wird, Kirito. Wenn du sie willst, nimm sie mit deinem Schwert – mit deinem Dualschwerter-Skill. Wenn du mich im Kampf besiegst, darfst du Asuna mitnehmen. Aber wenn du verlierst, trittst du den Rittern des Blutschwurs bei.«

Ich schwieg betroffen. Langsam verstand ich.

Schlussendlich war auch dieser Mann ein Mensch, der fasziniert war vom Kampf mit dem Schwert. Außerdem hatte er absolutes Vertrauen in sein eigenes Können. Selbst als Gefangener in diesem tödlichen Spiel konnte er seinen Stolz als Gamer nicht aufgeben. Dieser rätselhafte Mann war in Wirklichkeit ... wie ich.

Asuna hatte bis jetzt geschwiegen, doch als sie Heathcliffs Worte hörte, konnte sie sich nicht mehr zurückhalten.

»Kommandant, ich sage doch gar nicht, dass ich aus der Gilde austreten möchte. Ich möchte einfach nur ein bisschen Abstand und über Verschiedenes nachdenken.«

Ich legte meine Hand auf Asunas Schulter, deren Ton gereizter geworden war, und trat einen Schritt vor. Ich fing Heathcliffs Blick auf, und meine Worte kamen wie von selbst.

»Das geht in Ordnung. Wenn du willst, dass wir die Schwerter sprechen lassen, soll mir das recht sein. Entscheiden wir es mit einem Duell!«

»Maaaann! Idiot, Idiot, Idiot!«

Wir waren wieder in Algade, im ersten Stock von Agils Laden. Ich hatte den Ladenbesitzer, der aufgetaucht war, um nach dem Rechten zu sehen, zurück nach unten in den Laden geschickt und versuchte verzweifelt, Asuna zu besänftigen.

»Warum sagst du so was? Ich hab versucht, ihn davon abzubringen!« Sie setzte sich auf die Armlehne des Schaukelstuhls, auf dem ich saß, und schlug mich mehrmals mit ihrer kleinen Faust.

»Es tut mir leid, ich hab doch gesagt, es tut mir leid! Ein Wort führte zum nächsten ...« Ich ergriff ihre Faust, und als ich sie leicht festhielt, beruhigte sie sich endlich, aber nun blies sie ihre Wangen prall auf. Ihr Verhalten hier unterschied sich so sehr von ihrem Verhalten bei der Gilde, dass ich nur mit Mühe ein Lachen unterdrücken konnte.

»Es ist okay, mach dir keine Sorgen. Dank der Erstschlagregel gibt es keine Gefahr. Außerdem steht doch noch gar nicht fest, dass ich verliere ...«

»Hmpf ...« Asuna, die auf der Armlehne ihre langen schlanken Beine übereinandergeschlagen hatte, stöhnte. »Als ich neulich deine Dualschwerter gesehen habe, dachte ich, du wärst mit deiner Kraft über alle Spielmechanismen hinausgekommen. Aber das ist beim ›Heiligen Schwert‹ des Kommandanten ja nicht anders ... Dass er unbesiegbar zu sein scheint, macht schon fast die Balance des Games kaputt. Ich weiß ehrlich nicht, wer von euch gewinnen wird ... Aber was wirst du tun? Wenn du verlierst, kann ich keine Pause machen, und du musst auch noch ein Mitglied der Ritter des Blutschwurs werden.«

»Ich kann hier eigentlich nur gewinnen.«

»Hä, warum?«

Plötzlich schien es, als wolle mir meine Stimme den Dienst versagen. Mit Mühe antwortete ich: »Na ja, solange ich bei dir sein kann ... ist alles gut.«

Früher wären mir solche Worte nicht über die Lippen gekommen, selbst wenn man mich geschüttelt hätte. Asuna starrte mich für einen Moment erstaunt an, dann wurden ihre Wangen flammend rot. Sie erhob sich vom Stuhl und ging ans Fenster. Dort stand sie mit dem Rücken zu mir, und über ihre Schultern kam der lebhafte Lärm des abendlichen Algade hereingeweht.

Was ich gesagt hatte, war ehrlich und ernst gemeint gewesen, aber einer Gilde anzugehören, das widerstrebte mir schon. Ich erinnerte mich an den Namen der Gilde, der ich früher einmal angehört hatte und die jetzt nicht mehr existierte, und fühlte tief in meiner Brust einen scharfen Schmerz.

Na ja, ich hab ja nicht vor, einfach zu verlieren ..., dachte ich, stand ebenfalls auf und stellte mich neben Asuna. Nach einer Weile spürte ich, wie sie ihren Kopf sachte an meine rechte Schulter lehnte.

13

Die Hauptstadt der 75. Ebene, die gestern geöffnet worden war, war gebaut nach Art des antiken Roms. Der Name, der auf der Karte angezeigt wurde, war »Colinia«. Schon viele Schwertkämpfer und Händler-Spieler hatten sich hinbegeben, und außerdem drängten sich hier viele Zuschauer zusammen, die nicht an der Eroberung teilgenommen hatten, aber die Stadt sehen wollten, also war viel los. Hinzu kam, dass heute ein seltenes großes Event stattfand, und so hatte das Teleportgate seit dem Morgen unaufhörlich Massen an Besuchern ausgespuckt.

Die Stadt war aus riesigen, kreideweißen Steinblöcken gebaut. Tempelartige Gebäude und breite Wasserwege wechselten sich ab, und besonders auffällig war das hinter dem Teleportgate emporragende riesige Kolosseum. Es schien der perfekte Ort für das Duell zwischen Heathcliff und mir. Aber ...

»Feuer spuckender Mais zehn Cor! Zehn Cor!«

»Kaltes schwarzes Ale!«

Am Eingang des Kolosseums waren Verkaufsstände von Händler-Spielern aufgereiht, die wild durcheinanderschrien, um den Zuschauern, die lange Schlangen bildeten, merkwürdiges Essen anzudrehen.

»Wa... Was ist das hier ...?«, fragte ich erstaunt Asuna, die neben mir stand.

»Tja ...«

»Hey, ist das nicht ein Mitglied der Ritter des Blutschwurs, der da drüben Tickets verkauft?! Warum ist das ein solches Event geworden?«

»Tja ...«

»Da... Das war doch nicht etwa der Plan von diesem Heathcliff ...?«

»Nee, das war wahrscheinlich unser Finanzverwalter Daizen ... er schlägt aus allem Profit.«

Asuna lachte, aber ich ließ niedergeschlagen meine Schultern hängen. »Lass uns abhauen, Asuna. Verstecken wir uns in der ländlichen Gegend auf der 20. Ebene und bestellen Felder.«

»Für mich wäre das auch in Ordnung, aber ...« Asuna verzog keine Miene. »Wenn du von hier wegläufst, wird dich wohl ein waaaahnsinnig schlechter Ruf verfolgen.«

»Scheiße ...«

»Na ja, das hast du dir selbst eingebrockt ... Ah, Herr Daizen.«

Als ich den Kopf hob, kam ein Mann auf uns zu, der so breit war, dass ihm die Uniform der Ritter des Blutschwurs nicht so gut hätte stehen dürfen. Sein Bauch hüpfte auf und ab, während er sich bewegte.

»Aaah, danke, danke!«, sprach er uns an und strahlte übers ganze runde Gesicht. »Dank dir, Kirito, machen wir großen Profit! Also, es wäre nützlich, wenn wir so ein Event einmal im Monat veranstalten könnten!«

»Sonst noch Wünsche?!«

»Komm, zum Warteraum geht's hier lang. Bitte, bitte.«

Kraftlos folgte ich dem Mann, der locker zu laufen begonnen hatte. Inzwischen war mir schon alles egal.

Der Warteraum war ein kleines Zimmer, das auf den Kampfplatz hinausging. Daizen führte mich bis zum Eingang, erzählte irgendetwas davon, dass er noch die Wettchancen regulieren müsse, und verschwand. Ich hatte schon keine Lust mehr, nachzufragen. Die Zuschauer schienen bereits komplett versammelt und auch in den Warteraum drangen die Freudenrufe.

Als wir beide allein waren, wurde Asunas Gesicht ernst und sie nahm meine Hände fest in die ihren.

»Es ist zwar ein Kampf, bei dem ein Treffer über Sieg oder Niederlage entscheidet, aber wenn du einen kritischen Treffer abkriegst, dann ist das gefährlich. Die Sword Skills des Kommandanten sind unvorstellbar. Wenn du glaubst, es wird zu riskant, gib lieber auf. So eine leichtsinnige Aktion wie neulich werde ich dir keinesfalls verzeihen!«

»Mach dir lieber Sorgen um Heathcliff als um mich.«

Ich grinste und klopfte Asuna fest auf die Schulter.

Gemischt mit dem fernen Donner der Freudenrufe vom Kampfplatz erklang die Durchsage, die den Beginn des Duells verkündete. Ich zog die beiden Schwerter, die über Kreuz auf meinem Rücken hingen, ein wenig heraus, schob sie mit einem hellen Geräusch wieder in die Scheide und ging hinaus in das Licht, das mich in die Arena leitete.

Die Zuschauerränge, die treppenartig den runden Kampfplatz umschlossen, waren dicht besetzt. Hier waren bestimmt an die tausend Menschen. In der untersten Reihe sah ich Agil und Klein und sie schrien gefährliche Dinge wie »Schlitz ihn auf!« und »Töte ihn!«.

Als ich in der Mitte des Kampfplatzes angekommen war, hielt ich an. Aus dem Warteraum auf der gegenüberliegenden Seite trat eine purpurrote Gestalt. Die Freudenrufe wurden lauter.

Heathcliff hatte anstelle der normalen weiß-roten Uniform der Ritter des Blutschwurs einen Wappenrock aus rotem Stoff angezogen. Wie ich trug er nur minimale Rüstung, aber der riesige schneeweiße Schild mit dem Kreuz, den er in der linken Hand hielt, sprang ins Auge. Wie es schien, war sein Schwert auf der Rückseite des Schildes befestigt, der Griff ragte über der Oberkante heraus und bildete das gleiche Kreuz nach.

Heathcliff, der gelassen bis zu mir gelaufen war, warf einen Blick auf das riesige Publikum und lächelte gequält. »Sorry, Kirito. Mir war nicht klar, dass so ein Spektakel daraus werden würde.«

»Ich bekomme meine Gage schon.«

»Nein, nach diesem Kampf wirst du ein Mitglied meiner Gilde sein. Sieh das hier als deine erste Mission an.«

Heathcliffs Lächeln verblasste, und ich fühlte wieder die überwältigende Entschlossenheit, die seine messingfarbenen Augen ausdrückten. Ohne es zu wollen, wich ich einen halben Schritt zurück. In der Realität waren wir an zwei weit voneinander entfernten Orten, und alles, was zwischen uns stattfand, war ein Austausch von digitalen Daten, aber trotzdem empfing ich etwas von ihm, das ich nur als Mordlust beschreiben konnte.

Ich schaltete mein Bewusstsein auf Kampfmodus und fing Heathcliffs Blick auf. Die lauten Freudenrufe verklangen langsam. Die Beschleunigung meiner Wahrnehmung hatte bereits begonnen und ich hatte das Gefühl, dass sich sogar die Farben meiner Umgebung subtil veränderten.

Heathcliff sah weg, brachte etwa zehn Meter Distanz zwischen uns und hob die rechte Hand. Das sich öffnende

Menüfenster bediente er, ohne hinzusehen. Im Nu erschien vor mir die Duell-Aufforderung. Natürlich nahm ich an. Als Option wählte ich den Modus der Erstschlag-Entscheidung.

Der Countdown begann. Die Freudenrufe um mich herum waren schon bis auf ein schwaches Rauschen gedämpft.

Mein Puls beschleunigte sich. Bisher hatte ich meinen überwältigenden Kampftrieb unter Kontrolle gehabt, doch diese ließ ich nun fahren und zog gleichzeitig meine zwei geliebten Schwerter von meinem Rücken. Dies war ein Gegner, gegen den ich nicht weniger als mein Bestes geben durfte.

Auch Heathcliff zog sein dünnes langes Schwert von der Rückseite seines Schildes und brachte es in Position.

Seine Haltung, als er mir den Schild zuwendete, wirkte natürlich und ungezwungen, im Gleichgewicht und ohne übermäßige Anspannung. Wenn ich versuchen sollte, seine erste Bewegung vorauszuahnen, würde ich nur Zeit verlieren, also bereitete ich mich darauf vor, mit aller Kraft zuzuschlagen.

Wir beide sahen nicht einen Moment lang auf das Fenster. Trotzdem rannten wir gleichzeitig los, als zwischen uns plötzlich das Wort »Duell« aufleuchtete.

In geduckter Haltung stürzte ich vorwärts, doch direkt vor Heathcliff drehte ich meinen Körper und schlug mit dem Schwert in meiner rechten Hand nach unten links. Ich wurde von seinem Schild abgefangen, und Funken sprühten. Aber es war ein zweistufiger Angriff. Eine Zehntelsekunde später glitt mein linkes Schwert um die Kante des Schildes. Dies war der beidhändige Sturmangriff-Skill »Double Circular«.

Der Angriff links wurde von seinem langen Schwert verhindert, direkt bevor er die Seite des Feindes erreichte, und der dabei entstehende kreisförmige Lichteffekt verkündete keinen Erfolg. Das war schade, aber dieser Angriff war nur meine Eröffnung gewesen. Sein Schwung erlaubte es mir, auf Distanz zu bleiben und mich zu sammeln.

Nun brachte Heathcliff seinen Schild in Position, um zurückzuschlagen, und machte einen Sturmangriff. Der Schatten des riesigen Kreuz-Schildes verbarg seinen rechten Arm vor meinem Blick.

»Mist!« Ich schnalzte mit der Zunge und versuchte, auszuweichen, indem ich nach rechts glitt. Wenn ich schon nicht sehen konnte, was der Arm hinter dem Schild machte, konnte ich dem Angriff wenigstens leichter entgehen, wenn ich der Richtung des Schildes folgte.

Aber stattdessen positionierte Heathcliff den Schild waagerecht und ...

Mit einem tiefen Kampfschrei führte er einen Stichangriff mit der Spitze des Schildes aus, der ein schneeweißes Effektlicht nach sich zog.

Ich kreuzte die Schwerter in meinen beiden Händen und ging in die Defensive. Ein heftiger Aufprall erschütterte meinen ganzen Körper und ich wurde mehrere Meter durch die Luft geschleudert. Ich rammte das rechte Schwert in den Boden, verhinderte so, dass ich umfiel, und landete, nachdem ich mich in der Luft einmal gedreht hatte.

Heathcliff konnte auch mit seinem Schild angreifen? Das war wie der Dualschwerter-Skill. Ich hatte veranschlagt, dass ich mit zwei Schwertern mehr Chancen hätte als er mit einem, einen Entscheidungsschlag zu führen, aber dies hier war unerwartet.

Ohne mir Gelegenheit zur Erholung zu geben, verringerte Heathcliff mit einem erneuten Sprint die Distanz zu mir.

Das lange Schwert in seiner rechten Hand, mit dem Stichblatt in Form eines Kreuzes, kam mit einer Geschwindigkeit auf mich zu, die an den »Blitz« Asuna erinnerte.

Der Feind setzte seinen Angriff fort, und ich hatte beide Hände voll zu tun, um mich zu verteidigen. Asuna hatte mich so weit sie konnte über den Skill »Heiliges Schwert« informiert, aber mein theoretisches Wissen war dieser Kampfsituation nicht gewachsen. Meine Reflexe waren alles, was mich aktuell vor der Wucht seines Angriffs schützte.

Mit dem linken Schwert wehrte ich den letzten oberen Schnitt der achtfachen Combo ab und ließ sofort darauf mit der Rechten einen »Vorpal Strike« los.

»Uh...raaaa!«

Mit einem metallenen Klang wie von einem Düsenmotor traf der Stoß-Skill, der von einem roten Leuchtstrahl begleitet wurde, in die Mitte des Kreuz-Schildes hinein. Es fühlte sich an, als hätte ich eine Ziegelwand getroffen, aber davon ließ ich mich nicht aufhalten.

Das Geräusch einer Explosion erschütterte die Luft, und diesmal wurde Heathcliff weggeschleudert. Ich hatte es nicht geschafft, den Schild zu durchbohren, aber ein wenig Schaden hatte ich ihm verursacht. Sein HP Bar sank ein kleines bisschen, wenn auch nicht genug, um den Kampf zu entscheiden.

Heathcliff landete mit einer eleganten Bewegung auf den Füßen und zog sich ein wenig zurück. »Hervorragende Reflexe.«

»Und deine Verteidigung ist einfach unglaublich!«

Ich schoss wieder nach vorne. Auch Heathcliff brachte wieder sein Schwert in Position und verkürzte den Abstand.

Wir nahmen den Kampf wieder auf und führten mit rasender Geschwindigkeit Angriffskombinationen und Combo-Skills aus. Sein Schild wehrte meine Schwerter ab, meine Schwerter blockten das seine. Ununterbrochen umschwirrten uns verschiedene bunte Lichter, und Aufprallgeräusche ließen den Steinfußboden des Kampfplatzes erzittern. Ab und an brachten wir uns gegenseitig leichte Treffer bei, und unsere HP Bars begannen ganz langsam, sich zu verringern. Selbst wenn es keine schweren Treffer geben sollte: In dem Moment, in dem einer unserer HP Bars die Fünfzig-Prozent-Marke unterschritt, wäre der Kampf entschieden und der Sieger stünde fest.

Aber ein solcher Sieg wäre mir nicht im Traum eingefallen. Zum ersten Mal, seit ich in die Welt von *SAO* getreten war, hatte ich einen wirklichen Rivalen, einen würdigen Gegner, und all meine Sinne waren bis zum Zerreißen gespannt. Immer wenn ich dachte, die Intensität meiner Wahrnehmung könne sich nicht mehr steigern, tat sie noch einen weiteren Sprung nach oben.

Wieder. Und wieder. *Fang mich doch, wenn du kannst, Heathcliff!*

Ich schwang meine Schwerter in Ekstase, und all meine Fähigkeiten wurden völlig ausgereizt. Möglicherweise lachte ich. Als die Hitze des Kampfes einen neuen Höhepunkt erreichte, sanken unsere beiden HP Bars ein weiteres Stück und kamen der Fünfzig-Prozent-Marke gefährlich nahe.

Und in diesem Moment glitt zum ersten Mal etwas über Heathcliffs bis dahin völlig ausdrucksloses Gesicht, das flüchtig wie eine Emotion schien.

Was war es? Panik? Es schien mir plötzlich, als hätte sich das Tempo seiner Angriffe einen Hauch verlangsamt.

»Raaaaah!«

In diesem Moment ließ ich jegliche Verteidigung fahren und begann mit den Schwertern in meinen beiden Händen einen Angriff. »Starburst Stream« versprühte funkelnde Sterne und ich warf mich damit auf Heathcliff.

»Hrrg…!«

Heathcliff ging in die Defensive, indem er seinen Kreuz-Schild hob. Trotzdem bombardierte ich ihn weiter mit Angriffen von oben, unten, links und rechts. Seine Reaktionen verlangsamten sich allmählich.

Ich kann es schaffen!

Ich war zuversichtlich, dass mein letzter Schlag seine Defensive überwinden würde. Ich nutzte die Lücke, als sein Schild zu sehr nach rechts geschwungen wurde, und mein Angriff von links fuhr mit einem blendend hellen Lichtstrahl in Heathcliffs Körper. Ein solcher Schlag würde seine Hit Points auf unter die Hälfte sinken lassen und das Duell wäre entschieden …

In diesem Moment wurde die Welt unscharf.

»Wa…?!«

Ich kann es nicht anders beschreiben. Es war, als sei mir gerade ein Stück Zeit gestohlen worden.

Weniger als eine Zehntelsekunde lang fror alles ein, mein Körper eingeschlossen. Außer Heathcliff. Sein Schild, der sich rechts hätte befinden müssen, bewegte sich wie ein Film in Einzelbildern plötzlich nach links und wehrte meinen Todesstoß ab.

»Wa…?« Immer wenn ein stärkerer Skill pariert wurde, wurde dem Angreifer ein kurzer Moment der Erstarrung auferlegt. Heathcliff konnte diese Chance unmöglich verpassen.

Mit dem Schwert in seiner rechten Hand versetzte er mir einen verabscheuungswürdig präzisen Schlag, der genau ausreichte, um den Kampf zu entscheiden, und ich ging an Ort und Stelle zu Boden. Am Rand meines Gesichtsfeldes konnte ich die Systemnachricht, die das Ende des Duells verkündete, violett aufleuchten sehen.

Der Kampfmodus endete. Die Freudenrufe der Zuschauer drangen wieder an mein Ohr, aber ich war immer noch wie vom Donner gerührt.

»Kirito!« Asuna kam zu mir gerannt und half mir auf die Füße.

»Ah … Aaah … Ist okay.«

Asuna sah mir besorgt in mein überraschtes Gesicht.

Hatte ich etwa verloren …?

Ich konnte es immer noch nicht glauben. Die fürchterlich schnelle Reaktion, die Heathcliff am Ende von Angriff und Verteidigung gezeigt hatte, überschritt die Fähigkeiten jedes Spielers – jedes Menschen. Es war, als hätte seine Geschwindigkeit sogar seine polygonale Darstellung für einen Moment ausgehebelt.

Ich blickte zu Heathcliff auf, der ein kleines Stück entfernt stand.

Trotz seines Sieges war sein Ausdruck finster. Einen kurzen Moment lang fixierten mich seine metallisch wirkenden Augen, dann drehte sich der purpurne Paladin um und ging ohne ein weiteres Wort durch den Sturm der Freudenrufe zurück in seinen Warteraum.

14

»Wa... Was soll das denn?!«

»Das siehst du doch. Jetzt steh schon auf.«

Was mir Asuna gewaltsam angezogen hatte, war neue Kleidung. Sie hatte die gleiche Form wie mein vertrauter zerfetzter Mantel, aber die Farbe war Schneeweiß, sodass einem die Augen wehtaten. Auf jeder Kragenseite war ein kleines und auf dem Rücken ein riesiges purpurnes Kreuz aufgenäht. Offensichtlich war das die Uniform der Ritter des Blutschwurs.

»Aber ich wollte doch etwas Schlichtes ...«

»Das ist schlicht! Und es steht dir echt super.«

All meine Kraft verließ mich und ich konnte mich gerade noch so auf den Schaukelstuhl setzen. Wie üblich waren wir im ersten Stock von Agils Gemischtwarenladen. Ich hatte mir in meiner Not dort Unterkunft erschnorrt, sodass der bedauernswerte Ladenbesitzer sich im Erdgeschoss ein einfaches Bett einrichten und dort schlafen musste. Er jagte mich nur deshalb nicht fort, weil Asuna ständig vorbeikam und ein wenig im Laden aushalf. Der Werbeeffekt war wohl außerordentlich.

Ich stöhnte auf dem Schaukelstuhl und Asuna setzte sich auf die Armlehne, die praktisch ihr Stammplatz geworden war. Als sei meine Erscheinung erheiternd, ließ sie mit freudestrahlendem Gesicht den Stuhl quietschend schaukeln, aber schließlich schlug sie die Hände zusammen, als sei ihr etwas eingefallen.

»Ah, ich hab dich noch gar nicht richtig begrüßt, oder? Ich freue mich, dich als Gildenmitglied willkommen zu heißen.«

Da sie plötzlich respektvoll den Kopf senkte, machte auch ich eilig den Rücken gerade.

»F… Freut mich … Wobei, ich bin ein Novize und du meine Vorgesetzte.« Ich streckte meine rechte Hand aus und strich mit dem Zeigefinger über ihren Rücken. »Das heißt, so was darf ich jetzt wohl nicht mehr machen.«

»Aah!«

Die Vorgesetzte, die mit einem Schrei aufgesprungen war, gab ihrem Untergebenen einen Klaps auf den Kopf, setzte sich auf den Stuhl gegenüber und blies ihre Wangen auf.

Es war ein früher Nachmittag im Spätherbst. Im matten Licht kam eine kurzzeitige harmonische Stille auf.

Zwei Tage waren seit dem Kampf mit Heathcliff und meiner Niederlage vergangen. Entsprechend der Bedingung, die er gestellt hatte, war ich den Rittern des Blutschwurs beigetreten. Mich auch jetzt noch zu sträuben, wäre nicht mein Stil gewesen. Mir waren zwei Tage Vorbereitungszeit gegeben worden und ab morgen würde ich den Anweisungen des Gildenhauptquartiers folgen und die Eroberung des Dungeons auf der 75. Ebene beginnen.

Eine Gilde …

Asuna, die mein leises Seufzen bemerkt hatte, schenkte mir von gegenüber einen flüchtigen Blick. »Kam alles etwas plötzlich, was?«

»Nein, es war eine gute Gelegenheit. Als Solospieler kam ich eh langsam an meine Grenzen.«

»Es freut mich, dass du das sagst, aber … Du, Kirito.« Asunas haselnussbraune Augen waren direkt auf mich gerichtet. »Bitte erklär's mir. Warum du Gilden … Menschen meidest … Es ist nicht nur, weil du ein Betatester bist und einen Unique

Skill verwendest, oder? Du bist doch ... ein freundlicher Mensch.«

Ich senkte meinen Blick und schaukelte langsam im Stuhl vor und zurück. »Vor sehr langer Zeit ... vielleicht vor mehr als einem Jahr, da war ich ein einziges Mal Mitglied einer Gilde ...«

Die Offenheit meiner Worte überraschte mich selbst. Ich hatte das Gefühl, als würde Asunas Blick den Schmerz auflösen, der hochkam, wenn ich mich daran erinnerte.

»Sie hatten mich eingeladen, nachdem ich ihnen in einem Dungeon geholfen hatte ... Es war eine kleine Gilde aus sechs Mitgliedern, mich eingeschlossen. Der Name der Gilde war großartig. ›Die Schwarzen Katzen der Nacht‹.«

Asuna kicherte.

»Der Leiter war ein netter Kerl, für den immer seine Mitglieder an erster Stelle standen und dem alle vertrauten. Er war ein Stabkämpfer namens Keita. Die meisten der Mitglieder nutzten Fernwaffen, deswegen suchten sie jemanden für die Vorhut ...«

Ehrlich gesagt, ihr Level war deutlich niedriger gewesen als meiner. Das wiederum sagte mehr darüber aus, wie krampfhaft ich versucht hatte, meinen zu steigern, als über die Fähigkeiten der anderen.

Wenn ich ihnen meinen Level verraten hätte, hätte Keita mich wohl nicht aufgenommen. So groß war der Levelunterschied zwischen uns. Weil ich damals jeden Tag solo in Dungeons unterwegs war, war die vertraute Atmosphäre bei den Schwarzen Katzen überwältigend. Sie waren auch im echten Leben Freunde. Es faszinierte mich total, dass sie nicht so distanziert waren, wie das bei Net-Gamern sonst oft der Fall war.

Du hast dich entschieden, als Solospieler zu Größe zu gelangen, statt dich mit anderen Menschen abzugeben. Du hast kein Recht mehr, Wärme von anderen Menschen zu fordern, hatte eine Stimme in meinem Ohr geflüstert. Ich hatte sie mit Gewalt unterdrückt, meinen Level verschwiegen, wie auch, dass ich Betatester gewesen war, und war der Gilde beigetreten.

Keita hatte mich gefragt, ob ich nicht einen der beiden Speerträger der Gilde trainieren könne, damit dieser zu einem Schwertkämpfer mit Schild konvertierte. Dann würde die Vorhut, mich eingeschlossen, aus drei Leuten bestehen und wir hätten eine gut ausbalancierte Gruppe.

Die mir anvertraute Speerträgerin war ein ruhiges Mädchen namens Sachi. Sie hatte schwarze, schulterlange Haare. Als ich sie das erste Mal traf, hatte sie beschämt gelacht und zugegeben, dass sie viel Net-Game-Erfahrung habe, aber wegen ihres Charakters kaum Freunde. Auch an Tagen ohne Gildenaktivitäten leistete ich ihr meistens Gesellschaft und führte sie in den Kampf mit dem Einhandschwert ein.

Sachi und ich ähnelten uns in vielerlei Hinsicht. Wir hatten beide die Angewohnheit, um uns herum eine Mauer zu bauen, aber uns trotz unserer Zurückhaltung nach der Gesellschaft anderer zu sehnen.

Eines Tages schüttete sie mir plötzlich ihr Herz aus. Dass sie Angst davor habe, zu sterben. Dass ihr dieses Game unerträglich viel Angst mache. Dass sie in Wirklichkeit gar nicht ins Feld hinauswollte.

»Du wirst nicht sterben«, war alles, was ich auf diese Beichte hin hatte sagen können. Die ganze Zeit über hatte ich meinen wahren Level vor ihr verborgen, ich hatte kein Recht, mehr zu sagen als das. Sachi weinte ein bisschen und lachte dann.

Eines Tages, ein wenig später, waren wir zu fünft ohne Keita in einen Dungeon gegangen. Keita war zu Verhandlungen mit einem Verkäufer unterwegs, um endlich mit lange gespartem Kapital ein Haus zu kaufen, das zum Gildenhauptquartier werden sollte.

Es war der Dungeon einer Ebene, die bereits erobert worden war, aber es waren noch unbetretene Stellen übrig, und als die Zeit gekommen war, langsam zurückzukehren, hatte eines der Mitglieder eine Schatzkiste entdeckt. Ich beharrte darauf, sie nicht anzufassen, denn nahe der Front war der Level der Monster hoch und der Fallen-Aufspür-Skill der Mitglieder unzuverlässig. Aber nur Sachi und ich waren dagegen, und wir wurden mit drei zu zwei überstimmt.

Die Falle war unter den vielen bekannten Arten fast die schlimmste, eine Alarmfalle. Ein schriller Alarmton läutete und aus allen Zugängen des Raums quollen zahllose Monster heraus. Wir versuchten sofort einen Notfall-Teleport.

Aber die Falle war doppelt aufgebaut. Es war ein Raum ohne Kristall-Wirkung – die Kristalle funktionierten nicht.

Die Monster waren so zahlreich, dass wir ihnen nicht standhalten konnten. Die Mitglieder verfielen in Panik und rannten auf der Flucht hin und her. Ich verwendete einen hochrangigen Sword Skill, den ich bisher versteckt hatte, und versuchte, die Angriffe der Monster auf mich zu ziehen und den anderen eine Fluchtmöglichkeit zu eröffnen. Aber vor lauter Panik konnten sie nicht fliehen, und bei einem nach dem anderen sanken die Hit Points auf null und sie verschwanden unter Schreien und dem Splittern von Scherben. Ich schwang weiter wie besessen mein Schwert. Wenigstens Sachi wollte ich retten.

Aber ich kam zu spät. Sachi, die mir verzweifelt um Hilfe flehend die Hand entgegenstreckte, fiel unter dem erbarmungslosen Schwerthieb eines Monsters. Bis zu dem Moment, als sie wie eine Statue aus Glas zersplitterte, hatte Sachi mich voller tiefen Vertrauens angesehen. Sie hatte unbeirrt an mich geglaubt und sich auf mich verlassen. Meine Worte, die hilflos gewesen waren und leichtfertig, waren schlussendlich zu einer Lüge geworden.

Keita wartete in der Herberge, die bisher unser vorläufiges Hauptquartier gewesen war, auf unsere Rückkehr. Er hatte den Schlüssel für das neue Haus bei sich. Nur ich, der als Einziger überlebt hatte, kehrte zurück, und während ich erklärte, was vorgefallen war, hörte Keita wortlos zu. Als ich geendet hatte, fragte er: »Warum hast nur du lebendig heimkehren können?« Ich beichtete meinen wahren Level und dass ich aus dem Betatest kam.

Keita hatte mir einen Blick voller Abscheu zugeworfen, als würde er einen Fremdkörper betrachten. »Du Beater hattest kein Recht, dich bei uns einzuschleichen.«

Diese Worte durchschnitten mein Herz wie ein Schwert aus Stahl.

»Und er …? Was ist aus ihm geworden …?«

»Er hat sich umgebracht.«

Asunas Körper bebte auf ihrem Stuhl.

»Er ist vom äußeren Rand gesprungen. Er hat mich wohl bis zum Schluss … verflucht …« Die Stimme versagte mir. Diese Erinnerung hatte ich in den Tiefen meines Herzens versiegeln wollen, aber dadurch, dass ich sie zum ersten Mal in Worte fasste, kam der Schmerz von damals mit voller Wucht zurück. Ich biss die Zähne zusammen. Ich wollte die Hand nach Asuna ausstrecken und um Hilfe bitten, aber ... *Du hast kein Recht dazu*, schrie irgendwo in meinem Herzen eine Stimme, und ich ballte fest beide Fäuste.

»Ich habe sie alle getötet. Wenn ich nicht geheim gehalten hätte, dass ich ein Beater bin, dann hätten sie mir damals recht gegeben, dass der Schatz eine Falle sein könnte. Ich habe Keita und Sachi ... getötet ...« Mit Mühe presste ich die Worte zwischen meinen zusammengebissenen Zähnen hervor.

Plötzlich stand Asuna auf, ging zwei Schritte vor und legte ihre Hände links und rechts an meine Wangen. Ihr schönes Gesicht, das erhellt war von einem ruhigen Lächeln, näherte sich, bis es direkt vor meinem war.

»Ich werde nicht sterben«, sagte sie mit leiser, aber klarer Stimme. Alle Anspannung verließ meinen Körper, als sie fortfuhr. »Schließlich ... bin ich diejenige, die dich beschützen wird.«

Sie drückte meinen Kopf an ihre Brust. Eine weiche, warme Finsternis hüllte mich ein.

Als ich meine Augenlider schloss, sah ich in meiner Erinnerung die Gesichter der Mitglieder der Schwarzen Katze, wie sie im orangefarbenen Licht der Herberge am Tresen saßen und mich ansahen.

Der Tag, an dem ich Vergebung finden würde, würde niemals kommen. Ich konnte das niemals wiedergutmachen.

Trotzdem schien es mir, als ob ihre Gesichter in meiner Erinnerung lachten.

Am Morgen des nächsten Tages zog ich meinen auffälligen schneeweißen Mantel an und ging zusammen mit Asuna nach Grandzam auf der 55. Ebene.

Ab heute begann meine Zeit als Mitglied der Ritter des Blutschwurs. Normalerweise trieb man die Eroberung in Fünfergruppen voran. Da allerdings die Vizekommandantin Asuna dank ihrer Sonderbefugnisse mit mir zusammen eine Gruppe gegründet hatte, änderte sich nichts wesentlich gegenüber dem, was ich bisher gemacht hatte.

Aber im Gildenhauptquartier bekam ich sehr unerwartete Befehle.

»Training …?«

»Genau. Wir bilden eine Vierergruppe und kämpfen uns vom Dungeon der 55. Ebene bis in die Hauptstadt der 56. Ebene durch.«

Gesagt hatte das einer der vier Männer, die genauso dasaßen wie zuvor, als sie mit Heathcliff eine Unterredung gehabt hatten. Er war ein großer Mann mit ungekämmtem welligem Haar, offenbar ein Axt-Krieger.

»Moment mal, Godfrey! Kirito ist mein …«, wollte Asuna einwenden, aber er hob eine Augenbraue und entgegnete gebieterisch: »Auch als Vizekommandantin musst du dich an gewisse Regeln halten. Bei der tatsächlichen Eroberung kannst du von mir aus eine Gruppe mit ihm bilden. Aber er muss lernen, wie eine echte Mission mit einer Gruppe abläuft, und zumindest einmal unter meinem Kommando seine Fähigkeiten beweisen. Er mag einen Unique Skill besitzen, aber ob er ihn auch einsetzen kann, ist etwas anderes.«

»D… Dich würde er jedenfalls ohne Probleme besiegen …!«

Asuna sah aus, als würde sie gleich explodieren, also schritt ich ein. »Wenn du's sehen willst, zeig ich's dir. Aber ich sehe nicht ein, meine Zeit in einem Low-Level-Dungeon zu verschwenden. Lass uns die Sache also zügig durchziehen.«

Der Mann namens Godfrey zog seine Mundwinkel nach unten, als sei ihm etwas unangenehm. »In dreißig Minuten sammeln wir uns am Westtor der Stadt«, sagte er und ging schwerfällig.

»Was sollte das denn?!«

Asuna trat empört nach einer der Eisensäulen. »Tut mir leid, Kirito. Wären wir doch zusammen weggelaufen ...«

»Wenn wir das gemacht hätten, hätten mir die anderen Gildenmitglieder den Tod gewünscht.« Ich lachte und tätschelte Asunas Kopf.

»Mann, ich dachte, wir könnten heute Zeit miteinander verbringen ... Vielleicht sollte ich mitgehen ...?«

»Ich bin bald wieder da. Warte hier auf mich.«

»Okay ... Pass auf dich auf ...« Sie sah traurig aus.

Ich winkte ihr aufmunternd zu und verließ das Hauptquartier der Gilde.

Aber am Westtor von Grandzam, das als Treffpunkt bestimmt worden war, ereilte mich der nächste Schock.

Neben Godfrey stand die Person, der ich am allerwenigsten hatte begegnen wollen – Kuradeel.

15

»Was soll das?«, fragte ich Godfrey mit leiser Stimme.

»Nun, ich weiß um die Probleme zwischen euch beiden. Aber ihr gehört jetzt zur selben Gilde. Also solltet ihr euren Konflikt beilegen.«

Als ich Godfrey verblüfft anblickte, der laut lachte, trat Kuradeel langsam vor.

Ich spannte meinen ganzen Körper an und machte mich auf alles gefasst. Wir befanden uns zwar im Stadtbezirk, aber bei diesem Mann wusste man nicht, was er tun würde.

Zu meiner Überraschung senkte Kuradeel plötzlich demütig den Kopf. Unter seinem herabhängenden Stirnhaar hörte ich ein schwer verständliches Murmeln. »Entschuldige die Unannehmlichkeiten neulich ...«

Vor Erstaunen blieb mir der Mund offen stehen.

»Ich werde mich nie wieder so unhöflich verhalten ... Bitte verzeih mir ...«

Ich konnte seinen Gesichtsausdruck nicht sehen, da er den Kopf immer noch gesenkt hatte.

»Äh ... Okay ...« Ich zwang mich zu einem Nicken. Was war nur passiert, was sollte dieser Sinneswandel? War das noch der Kuradeel, den ich kannte?

»Gut, gut, damit ist die Sache erledigt!« Godfrey lachte wieder laut. Ich fand das gar nicht überzeugend und erwartete bang die Kehrseite der Medaille, aber ich konnte in Kuradeels nach unten geneigtem Gesicht nicht lesen. In *SAO* wurden zwar emotionale Gesichtsausdrücke wiedergegeben, doch die Algorithmen neigten zur Übertreibung, und subtile

Nuancen blieben oft außen vor. Notgedrungen stimmte ich zu, beschloss aber, weiterhin vorsichtig zu sein.

Wenig später kam auch endlich das fehlende letzte Gruppenmitglied und wir brachen in Richtung Dungeon auf. Als ich loslaufen wollte, stoppte mich Godfreys tiefe Stimme.

»Warte. Das heutige Training machen wir möglichst praxisnah. Da ich sehen möchte, wie ihr mit Gefahrensituationen umgeht, nehme ich all eure Kristalle an mich.«

»Auch die Teleport-Kristalle …?«

Auf meine Frage hin nickte er, als sei das selbstverständlich. Mir gefiel die Idee ganz und gar nicht. Kristalle, besonders die für den Teleport, konnten in diesem Todesspiel die allerletzte Rettung bedeuten. Ich hatte noch kein einziges Mal meinen Vorrat ausgehen lassen. Ich dachte daran, mich zu weigern, aber wenn ich hier einen Aufruhr verursachte, würde das auch auf Asuna zurückfallen und ihre Position gefährden, also schluckte ich meine Worte hinunter.

Ich sah, wie Kuradeel und das andere Gruppenmitglied brav ihre Items überreichten, und folgte widerwillig ihrem Beispiel. Godfrey meinte es ernst. Ich musste ihn sogar in meine Tasche schauen lassen, bevor er endlich zufrieden war.

»Hm. Gut. Also, Abmarsch!«

Godfreys Kommando folgend verließen wir vier die Stadt Grandzam und liefen los in Richtung Dungeon, den man weiter hinten im Westen sehen konnte.

Große Teile der 55. Ebene waren trockenes ödes Land, auf dem es wenige Pflanzen gab. Da ich mit der Übung schnell fertig werden und zurückkehren wollte, hatte ich vorgeschlagen, bis zum Dungeon zu rennen, aber mit einer Bewegung von Godfreys Arm wurde ich aufgehalten. Vermutlich konzentrierten sich die anderen eher darauf, ihre Kraftparameter zu verbessern anstatt die für ihre Geschicklichkeit, und so gab ich auf und lief mit ihnen viel zu langsam durch die Ödnis.

Wir trafen mehrmals auf Monster, aber bei diesen unbedeutenden Gegnern hatte ich keine Lust, Godfreys Befehle zu befolgen, und schlug sie alle mit einem Schwertstreich.

Endlich, als wir den vielleicht fünfzehnten kleinen felsigen Berg überwunden hatten, tauchte vor uns die imposante Steinmauer des Dungeons auf, der aus grauen Felsen gemacht war.

»In Ordnung, hier machen wir kurz Pause!«, sagte Godfrey mit tiefer Stimme, und die Gruppe hielt an.

Ich wollte den Dungeon zügig überwinden, aber weil ich wusste, dass mein Einspruch niemand interessieren würde, seufzte ich und setzte mich auf einen nahen Felsen. Die Uhrzeit bewegte sich langsam auf Mittag zu.

»Ich verteile die Essensrationen.« Godfrey ließ vier Lederpakete erscheinen und warf mir eines zu. Ich fing es mit einer Hand auf, und als ich es ohne besondere Erwartung öffnete, waren darin eine Flasche Wasser und hart gebackenes Brot, wie es in den Läden der Nicht-Spieler-Charaktere verkauft wurde.

Während ich innerlich mein Unglück verfluchte, dass ich eigentlich Asunas handgemachte Sandwiches hätte essen können, nahm ich den Deckel von der Flasche und trank einen großen Schluck.

In diesem Moment entdeckte ich plötzlich Kuradeel, der allein auf einem entfernten Felsen saß. Er hatte sein Paket nicht angerührt. Stattdessen warf er mir von hinter seinem hängenden Stirnhaar einen seltsam düsteren Blick zu.

Was wollte er nur …?

Plötzlich erfasste ein kaltes Schaudern meinen ganzen Körper. Kuradeel wartete auf irgendetwas. Das war … vielleicht …

Ich warf die Flasche weg, als hätte ich mich daran verbrannt, und versuchte krampfhaft, die Flüssigkeit auszuspucken, so gut es noch ging.

Aber es war zu spät. Plötzlich verließ mich alle Kraft und ich brach an Ort und Stelle zusammen. Am Rand meines Gesichtsfeldes wurde mein HP Bar angezeigt. Dieser Balken war jetzt von einem grün blinkenden Rahmen umgeben, der normalerweise nicht da war.

Es gab keinen Zweifel. Es war ein Lähmungsgift.

Als ich mich umsah, waren auch Godfrey und das andere Gruppenmitglied auf den Boden gefallen und wanden sich. Obwohl ich stark zitterte, versuchte ich mit dem linken Arm, den ich nur unterhalb des Ellenbogens bewegen konnte, die Tasche an meiner Hüfte zu durchsuchen. Die Antidot- und die Teleport-Kristalle hatte immer noch Godfrey. In meiner Tasche waren zwar einige Heiltränke, aber die hatten bei Gift keine Wirkung.

»Hi hi hi hi hi …«

Ich hörte ein hohes, heiseres Kichern. Auf dem Felsen hielt Kuradeel sich die Seiten und krümmte sich vor Lachen. In den tief liegenden Augen, in denen das Weiß unterhalb der Iris sichtbar war, sah ich Wahnsinn aufblitzen.

»Hi hi hä hä hä hä hä!«

Er lachte aus vollem Halse, als könne er sich gar nicht zurückhalten. Godfrey starrte ihn ungläubig an. »Wa… Was soll das …? Das Wasser … kam von dir … Kuradeel, du …«

»Godfrey! Setz einen Antidot-Kristall ein!«

Auf meinen Ruf hin begann Godfrey endlich mit schleppenden Bewegungen, den Beutel an seinem Gürtel zu durchsuchen.

»Hjaaaaaa!« Mit einem Kampfschrei sprang Kuradeel von seinem Felsen auf und trat Godfreys linke Hand weg. Ein grüner Kristall kullerte über den Boden. Kuradeel hob ihn auf, griff dann nach Godfreys Beutel, nahm mehrere Kristalle heraus und ließ sie in seine Tasche fallen.

Jetzt war alles verloren.

»Kuradeel ... Was hast du vor ...? Ist das auch ... irgendeine Übung ...?« Godfrey war erbärmlich langsam von Begriff.

Zur Belohnung trat Kuradeel ihm mit dem Stiefel ins Gesicht. »Ihr Narren!«

Godfreys HP sanken ein kleines bisschen und gleichzeitig wechselte der Cursor, der Kuradeel anzeigte, seine Farbe zu Orange: Jetzt war er als Verbrecher markiert. Aber das hatte keinerlei Auswirkung auf die Situation. Denn es würde kaum jemand hier vorbeikommen, in einer Gegend, die schon durchgespielt war.

»Weißt du, Godfrey, ich dachte schon immer, dass du ein Idiot bist. Aber dass du ein so großer Idiot bist ...!«

Kuradeels Stimme hallte schrill durch die Ödnis.

»Es gäbe so vieles, das ich dir gern sagen würde, aber ... es wäre ein Jammer, wenn ich schon von der Vorspeise satt würde.«

Während er das sagte, zog Kuradeel mit beiden Händen sein Schwert. Er bog seinen mageren Körper nach hinten und holte weit aus. Entlang der Klinge reflektierte das Sonnenlicht.

»Wa... Warte, Kuradeel! Du ... Was ... Was redest du denn da ...? Ist das etwa kein Training ...?«

»Halt's Maul und stirb endlich.« Er ließ sein Schwert nach unten sausen. Ein dumpfer Ton erklang und Godfreys HP Bar wurde ein ganzes Stück kleiner.

Godfrey schien endlich den Ernst der Situation erkannt zu haben und begann, lauthals zu schreien. Aber es war viel zu spät.

Zweimal, dann ein drittes Mal fuhr das Schwert unbarmherzig nieder. Godfreys Hit Points sanken rapide. Als sie schließlich in den kritischen roten Bereich kamen, hielt Kuradeel inne.

Einen winzigen Moment lang glaubte ich, er würde sich nicht zu einem Mord hinreißen lassen. Doch Kuradeel griff nur um, hielt das Schwert nun in einer Rückhandposition und ließ es nach unten zeigen. Langsam und qualvoll stieß er es in Godfreys Körper hinein. Dessen HP schwanden langsam, aber stetig, während Kuradeel sein Gewicht mehr und mehr auf sein Schwert legte.

Godfrey schrie, aber als wolle er ihn übertönen, ließ Kuradeel einen Kampfschrei los. Die Schwertspitze versank immer tiefer in Godfreys Körper und seine HP näherten sich dem Ende.

Während das weitere Gruppenmitglied und ich in stummem Entsetzen zusahen, durchbohrte Kuradeels Schwert Godfrey vollständig und erreichte den Boden. Seine Hit Points waren aufgebraucht. Vielleicht hatte Godfrey nicht einmal jetzt verstanden, was eigentlich passiert war, bis zu diesem Moment, als er zu zahllosen Scherben wurde und zersplitterte.

Kuradeel zog das große Schwert langsam aus dem Boden und mit einer Bewegung, die an eine mechanische Puppe erinnerte, drehte er seinen Kopf zu dem anderen Gruppenmitglied.

»Nein! Nein!« Der Mann stieß kurze Schreie aus und versuchte vergeblich, zu fliehen. Kuradeel näherte sich ihm mit einem seltsam wackelnden Gang.

»Gegen dich habe ich gar nichts ... Aber in meinem Szenario bin ich der einzige Überlebende ...« Wieder holte er mit seinem Schwert aus.

»Aaaaaah!«

»Hörst du? Unsere Gruppe ...«, Kuradeel schlug zu, ohne den Schrei des Mannes zu beachten,

»... wurde in der Wildnis von einer Horde Verbrecher-Spieler überfallen.«

Noch einmal schlug er zu.

»Wir haben tapfer gekämpft, aber nur ich überlebte.«

Und noch einmal.

»Ganz allein schlug ich den Feind in die Flucht und kehrte lebend zurück.«

Beim vierten Angriff verschwand der Hit Point Bar des Gruppenmitglieds. Ein Klang ertönte, der so schaurig war, dass er mir Gänsehaut verursachte, aber für Kuradeel hörte es sich wohl an wie die schöne Stimme einer Göttin. Inmitten der berstenden Scherben stand er da, überwältigt und mit einem Ausdruck purer Seligkeit auf dem Gesicht.

Er macht das nicht zum ersten Mal ...

Ich war davon überzeugt. Sicherlich war er bis eben nicht orange als Verbrecher markiert gewesen, doch es gab einige Wege, Menschen zu töten, ohne dass ein solches Flag gesetzt wurde. Aber was half es schon, dass ich das jetzt begriff?

Kuradeel wandte sich schließlich mir zu. Er versuchte nicht einmal, die kindliche, wahnsinnige Freude in seinem Gesicht zu unterdrücken. Er kam auf mich zu und zog sein Schwert hinter sich her, dessen Spitze mit einem schmerzhaften Geräusch über den Boden kratzte.

»Hey.« Er kauerte sich neben mich, während ich ohne jegliche Eleganz versuchte, von ihm fort zu krabbeln, und flüsterte böse: »Wegen eines Bengels wie dir musste ich zwei Unschuldige töten.«

»Es scheint dir aber Spaß zu machen.«

Während ich antwortete, rasten meine Gedanken. Ich konnte nur meinen Mund bewegen und meine linke Hand, und ich musste Zeit gewinnen, bis die Lähmung nachließ. In meinem jetzigen Zustand konnte ich mein Menüfenster nicht öffnen und darum niemandem eine Nachricht schicken. Obwohl es vielleicht hoffnungslos war, brachte ich meine Hand in eine Position, in der Kuradeel sie nicht sehen konnte, und lenkte ihn gleichzeitig mit meinen Worten weiter ab.

»Warum ist jemand wie du den Rittern des Blutschwurs beigetreten? Eine Verbrechergilde hätte viel besser zu dir gepasst.«

»Na… Natürlich ihretwegen.« Kuradeels Stimme klang heiser, und er leckte sich mit spitzer Zunge über die Lippen. Als mir klar wurde, dass er von Asuna sprach, schoss mir das Blut brennend heiß ins Gesicht.

»Du Mistkerl …!«

»Mach doch nicht so ein Gesicht. Es ist nur ein Spiel …! Keine Sorge, um deine geschätzte Asuna werde ich mich schon gut kümmern. Ich habe eine Menge praktische Items für solche Zwecke.«

Kuradeel hob die Flasche mit dem Gift auf und ließ die Flüssigkeit darin kreisen. Er zwinkerte mir einmal linkisch zu und fuhr fort: »Aber du hast da etwas Interessantes erwähnt. Das mit der Verbrechergilde …«

»Ist doch wahr!«

»Du hast eine gute Intuition.« Wieder lachte er schrill. Dann, als hätte er sich plötzlich an etwas erinnert, löste er seinen linken Panzerhandschuh. Er krempelte den schneeweißen Ärmel seines Unterhemdes hoch und drehte mir die entblößte Innenseite seines Unterarms zu.

Ich keuchte entsetzt, als ich sah, was dort war.

Eine Tätowierung. Eine Karikatur eines schwarzen Sargs. Auf dessen Deckel befanden sich zwei grinsende Augen und ein Mund, und aus einem offenen Spalt schaute ein Skelettarm.

»Dieses … Emblem … ist das von ›Laughing Coffin‹ …?!«

Kuradeel lächelte selbstgefällig.

»Laughing Coffin«. Das war der Name der größten und gefährlichsten PK-Gilde, sogenannte Player Killer, die es jemals auf Aincrad gegeben hatte. Sie unterstanden einem herzlosen und durchtriebenen Anführer, dachten sich eine neue Mordmethode nach der anderen aus, und die Zahl ihrer Opfer lag inzwischen im dreistelligen Bereich.

Einmal hatte man versucht, mit ihnen zu einer friedlichen Einigung zu kommen, aber auch der Mann, der sich als Unterhändler zur Verfügung gestellt hatte, war sofort getötet worden. Niemand konnte verstehen, welches Motiv die Gilde hatte, einen Spieler nach dem anderen zu töten, verringerte dies doch die Chancen, dass das Game überhaupt durchgespielt werden konnte. Ein Gespräch war nie zustande gekommen.

Vor gar nicht langer Zeit hatte sich dann aus den Eroberungsgruppen ein Trupp zusammengefunden, der sich wie beim Kampf gegen einen Bossgegner organisiert und die PK-Gilde nach einem blutigen Kampf bezwungen hatte.

Sowohl Asuna als auch ich waren Teil dieses Trupps gewesen, aber es hatte eine undichte Stelle gegeben und die Gilde war auf unser Kommen vorbereitet gewesen. Sie hatten uns aufgelauert, und weil ich verzweifelt versucht hatte, die Leben meiner Kameraden zu schützen, hatte ich am Ende selbst zwei Mitgliedern von Laughing Coffin das Leben nehmen müssen.

»Ist das ... deine Rache?«, fragte ich heiser. »Bist du ein Überlebender von Laughing Coffin?«

Kuradeel lachte verächtlich. »Ha, falsch. Ich bin erst vor Kurzem Laughing Coffin beigetreten. Da habe ich auch diese Lähmungstechnik gelernt ... Oh, jetzt wird's riskant, riskant.«

Kuradeel stand mit einer knackenden Bewegung, wie eine schlecht geölte Maschine, auf und ergriff wieder sein großes Schwert. »Denn wenn wir noch länger quatschen, verliert das Gift seine Wirkung. Beenden wir's langsam. Seit dem Duell habe ich jeden Abend davon geträumt ... von diesem Moment ...«

Kuradeel, in dessen weit aufgerissenen Augen der Wahnsinn brannte und dem die lange Zunge wie bei einem tollwütigen Tier aus dem Mund hing, stellte sich auf die Zehenspitzen und holte weit mit dem Schwert aus.

Kurz bevor er zuschlagen konnte, schickte ich die Wurfnadel, die ich in der linken Hand hatte, mit einer schwungvollen Bewegung des Handgelenks los. Ich hatte auf das Gesicht gezielt, wo der erlittene Schaden groß gewesen wäre, aber durch die Lähmung wich die Flugbahn ab und die stählerne Nadel bohrte sich in Kuradeels linken Arm. Sein HP Bar sank um einen verschwindend geringen Betrag.

»Autsch …«

Kuradeel rümpfte die Nase, fletschte die Zähne und stieß die Spitze seines Schwerts in meinen rechten Arm. Er drehte es zwei-, dreimal herum, als wolle er es hineinschrauben. Ich spürte keinen Schmerz, aber das unangenehme Gefühl, dass meine eigentlich gelähmten Nerven direkt stimuliert wurden. Während das Schwert sich tiefer in meinen Arm bohrte, sanken meine Hit Points langsam, aber sichtlich.

Ist es noch nicht vorbei … Lässt das Gift nicht langsam nach …?

Ich biss die Zähne zusammen und harrte aus, während ich darauf wartete, dass ich mich wieder bewegen konnte. Normalerweise hielt die Wirkung eines Lähmungsgiftes etwa fünf Minuten lang an, aber das variierte abhängig von der Stärke des Gifts.

Kuradeel zog sein Schwert aus meinem Arm und stieß es dann in mein linkes Bein. Wieder war es, als flösse Strom durch meine Nerven, und die Hit Points sanken weiter.

»Na … wie gefällt dir das? Was ist das für ein Gefühl, bald zu sterben …? Sag's mir …« Unverwandt starrte er mir ins Gesicht. »Sag was, Bengel … Bettle um dein Leben …«

Meine Hit Points hatten schließlich die 50 Prozent unterschritten und waren gelb geworden. Die Lähmung wirkte immer noch. Kalt kroch die Gewissheit des nahenden Todes von meinen Beinen her meinen ganzen Körper hinauf.

Ich hatte schon den Tod etlicher Spieler in *SAO* mit angesehen. In dem Moment, in dem sie zu zahllosen schimmernden

Scherben geworden und zersplittert waren, hatten sie ausnahmslos alle denselben Gesichtsausdruck gehabt, dieselbe Frage in ihren Augen: Werde ich jetzt wirklich sterben?

Ja, vielleicht weigerten wir uns im Herzen alle, an die Regel zu glauben, die die große Besonderheit dieses Games war: dass der Tod im Spiel der echte, der Tod in der Realität war.

Vielleicht war es sogar eine Art Hoffnung – ein Daraufzählen, dass wenn die Hit Points aufgebraucht wären und man zersplitterte, man einfach wieder in der realen Welt aufwachen würde. Es gab nur einen Weg, das herauszufinden. Vielleicht war der Tod wirklich eine Möglichkeit, diesem Game zu entkommen ...

»Hey, hey, sag doch was, du stirbst gleich.« Kuradeel zog sein Schwert aus meinem Bein und stieß es mir in den Bauch.

Meine Hit Points sanken in den roten Bereich, aber das schien mich irgendwie gar nicht zu betreffen. Der Schmerz hielt an, und meine Gedanken rasten einen dunklen Tunnel entlang. Es war, als hätte sich ein schweres, dickes Leinentuch um meinen Geist gelegt.

Dann, plötzlich ... wurde ich von unerträglicher Furcht erfasst.

Asuna. Ich würde sie hier zurücklassen. Sie würde Kuradeel in die Hände fallen und die gleichen Qualen erleiden wie ich. Das durfte nicht passieren, um keinen Preis. Diese Erkenntnis fegte den Schleier von meinem Bewusstsein.

Ich schlug die Augen auf und griff mit meiner linken Hand nach der Klinge von Kuradeels Schwert, die in meinem Bauch steckte. Ich nahm all meine Kraft zusammen und zog sie langsam aus meinem Körper. Von meinen HP waren noch etwas über 10 Prozent übrig.

Kuradeel reagierte überrascht. »Oh … oh? Was denn, hast du doch Angst vorm Sterben?«

»Ja … Ich darf noch … nicht sterben …«

»Na also! So muss das sein!« Kuradeel stieß ein Lachen aus wie ein merkwürdiger Vogel und legte sein gesamtes Körpergewicht auf das Schwert. Ich kämpfte verzweifelt mit einer Hand dagegen an, während das Game meine und Kuradeels Muskelkraftparameter gegeneinander abwog und komplexe mathematische Operationen durchführte.

Das Ergebnis: Die Schwertspitze begann, langsam, aber sicher wieder zu sinken. Angst und Verzweiflung überrollten mich.

War's das jetzt?

Werde ich sterben? Asuna alleine in dieser verrückten, grausamen Welt zurücklassen?

Ich wehrte mich verzweifelt gegen beides, die bohrende Schwertspitze und die Hoffnungslosigkeit, die sich in mein Herz schleichen wollte.

»Jetzt stirb!«, schrie Kuradeel schrill. »Stirb endlich!«

Zentimeter für Zentimeter näherte sich mir mein Tod in Form einer dunkelgrauen Schwertspitze, die sich in meinen Körper bohrte …

Plötzlich fegte ein heftiger Windstoß über uns hinweg. Es war ein weiß und rot gefärbter Wind.

»Wa… Wie …?!« Kaum hatte Kuradeel einen entsetzten Schrei ausgestoßen, wurde er auch schon mitsamt seinem Schwert durch die Luft geschleudert. Wortlos starrte ich die Person an, die nun statt seiner über mir stand.

»Ich hab's geschafft … Ich bin nicht zu spät … Gott … Ich hab's geschafft.«

Diese zitternde Stimme schien mir schöner als das Flügelschlagen eines Engels. Asuna brach fast über mir zusammen, ihre Lippen zitterten, ihre Augen waren weit aufgerissen. »Du lebst ... Du lebst, nicht wahr, Kirito ...?«

»... Ja ... Ich lebe ...«

Meine Stimme klang so heiser und kraftlos, dass es mich selbst überraschte. Asuna nickte heftig, nahm mit der rechten Hand aus ihrer Tasche einen pinken Kristall, legte ihre linke Hand auf meine Brust und rief »Heal!«. Der Kristall zersplitterte und mein Hit Point Bar füllte sich mit einem Schlag vollständig auf. Nachdem Asuna sich dessen versichert hatte, flüsterte sie: »Warte kurz, ich bringe das eben zu Ende ...«, und stand ruckartig auf. Mit einer graziösen Bewegung zog sie das Rapier an ihrer Hüfte und ging los.

Ein Stück entfernt versuchte Kuradeel gerade, aufzustehen. Als er bemerkte, wer sich ihm da näherte, riss er erstaunt seine Augen auf.

»F... Fräulein Asuna ... Wa... Warum bist du hier ...? Ähm ... Ja, also, beim Training, genau, während der Übung, da gab es einen kleinen Unfall ...«

Er sprang plötzlich auf, konnte aber seine Erklärung nicht zu Ende vorbringen. Asunas rechte Hand leuchtete auf und ihre Schwertspitze durchschnitt Kuradeels Mund. Da der Cursor ihres Gegners orange war, konnte sie ihn angreifen, ohne dass sie selbst ein Verbrecher-Flag bekam.

Kuradeel schrie auf und taumelte zurück, eine Hand auf seinen Mund gepresst. Nach einem kurzen Moment des Innehaltens kam er wieder näher. In seinem Gesicht leuchtete der altbekannte Hass.

»Du Miststück ... Wirst einfach übermütig ... Ha, das kommt mir gerade recht, dann töte ich dich auch gleich ...« Wieder wurde er unterbrochen, denn Asuna griff ihn erneut an.

»Oh ... Argh ...!«

Er schlug verzweifelt mit seinem Beidhänder zurück, aber einen Kampf konnte man das kaum nennen. Asunas Schwertspitze durchschnitt unter zahllosen Lichteffekten immer und immer wieder Kuradeels Körper. Selbst ich konnte der Geschwindigkeit ihrer Angriffe nicht folgen, obwohl ich Asuna einige Level voraus war. Völlig fasziniert beobachtete ich diese weiße Engelsgestalt, die mit dem Schwert in der Hand einen graziösen Tanz aufführte.

Ihr kastanienbraunes Haar umwehte sie wie zornige Flammen, während sie den Feind ausdruckslos, erbarmungslos in die Enge trieb. Wie schön sie war.

Kuradeels Schwert, mit dem er voller Panik herumfuchtelte, streifte sie nicht einmal. Sein HP Bar sank zusehends, und als er von Gelb schließlich in den kritischen roten Bereich kam, warf er endlich sein Schwert weg, hob beide Hände und rief: »Ka... Kapiert! Schon kapiert, ich bin schuldig!« Und er warf sich vor Asuna auf die Knie. »I... Ich verlasse die Gilde! Ihr seht mich nie wieder! Also ...«

Schweigend starrte Asuna ihn an. Sie hob langsam das Rapier, drehte es in der Handfläche, ihr anmutiger rechter Arm versteifte sich, holte noch ein paar Zentimeter weiter aus ... Gleich würde sie ihr Schwert in Kuradeel stoßen, der vor ihr am Boden wimmerte.

In diesem Moment ließ er einen gellenden Schrei los. »Aaaah! Ich will nicht sterben!«

Als sei sie an eine unsichtbare Mauer gestoßen, verharrte die Schwertspitze in der Luft. Asunas zierlicher Körper zitterte heftig. Ihr innerer Konflikt, ihre Wut und ihre Angst waren fast greifbar.

Sie hatte, soweit ich wusste, in dieser Welt noch nie einem Spieler das Leben genommen. Und wenn man in dieser Welt jemanden tötete, dann starb dieser Mensch in der realen Welt tatsächlich. Der Net-Game-Begriff »PK« war nichts weiter als eine Verharmlosung. Hier ging es um echten Mord.

Ja, hör auf, Asuna. Du darfst das nicht tun.

Aber gleichzeitig schrie ein anderer Teil von mir innerlich: *Nein, zögere nicht. Das ist es doch, was er will.*

Einen Augenblick später bewahrheitete sich meine Befürchtung.

»Hjaaaaaa!« Kuradeel sprang plötzlich aus seiner knienden Position auf und schwang mit einem Kampfschrei sein großes Schwert, das er unbemerkt wieder ergriffen hatte. Mit einem kreischenden metallischen Geräusch wurde Asuna das Rapier aus der Hand geschlagen.

»Ah ...?!« Sie stieß einen kurzen Schrei aus und verlor die Balance. Das große Schwert war plötzlich über ihr.

»Wie naiv, Vizekommandantin!«, schrie Kuradeel mit vor Wahnsinn schriller Stimme und ließ sein Schwert mit einem dunkelroten Lichteffekt nach unten sausen.

»Aaaaaaaaaah!« Diesmal war ich es, der brüllte. Aus meinem rechten Bein war endlich die Lähmung gewichen, ich war aufgesprungen und im Nu bei Asuna. Mit der rechten Hand schubste ich sie weg und fing mit der linken Kuradeels Schwert auf.

Mit einem hässlichen Geräusch wurde mir der linke Arm unterhalb des Ellenbogens abgeschlagen. Unter meinem HP Bar blinkte das Icon für Körperteilverlust.

Während zahllose scharlachrote Lichtpunkte wie Blut aus der Schnittfläche spritzten, schloss ich die fünf Finger meiner rechten Hand ...

... und stieß meine Handkante in eine Fuge seiner dicken Rüstung. Mein Arm, der jetzt gelb leuchtete, bohrte sich mit einem feuchten Geräusch tief in Kuradeels Bauch.

Das war »Embracer«, ein Nahkampf-Skill, und die etwa 20 Prozent Hit Points, die Kuradeel noch geblieben waren, fraß er bis auf den letzten auf. Der knochige Körper erbebte heftig und brach kraftlos zusammen.

Ich hörte das Klirren seines großen Schwertes, als es auf den Boden fiel, und dann Kuradeels heisere Stimme in meinem linken Ohr. »Du ... Mörder ...« Und dann lachte er höhnisch.

Kuradeel wurde zu zahllosen Glasscherben. Die Druckwelle der direkt vor mir explodierenden Polygone warf mich auf den Rücken.

Ich blieb liegen. Mein Bewusstsein war wie gelähmt. Für eine Weile gab es nur das Geräusch des Windes, der über das Feld blies.

Dann hörte ich Stiefel auf Schotter. Ich drehte den Kopf und sah eine zarte Gestalt mit leerem Gesichtsausdruck, die auf mich zuging.

Asuna hatte den Blick gesenkt. Ihre Schritte waren unsicher, und dann ging sie wie eine Marionette, deren Fäden durchschnitten worden waren, neben mir auf die Knie. Langsam streckte sie ihre rechte Hand nach mir aus, aber kurz bevor sie mich berührte, zog sie sie erschrocken zurück.

»Verzeih mir ... Das war ... Das war meine Schuld ...« Der Schmerz in ihrem Gesicht brach mir das Herz. Ihre Stimme zitterte. Aus ihren großen Augen liefen Tränen und tropften wie glänzende Edelsteine auf den Boden.

Irgendwie brachte ich ein einzelnes, heiseres Wort zustande. »Asuna ...«

»Tut mir leid ... Ich ... Ich sollte mich ... von dir fe... fernhalten ...«

Verzweifelt setzte ich mich auf. Die Lähmung hatte endlich nachgelassen. Eine unangenehme Taubheit blieb, weil ich so viel Schaden eingesteckt hatte, aber ich streckte meinen rechten Arm aus und das, was von meinem linken Arm noch übrig war, und zog Asuna an mich. Und dann küsste ich sie auf ihren wunderschönen kirschfarbenen Mund.

Asuna erstarrte, und sie wehrte sich, indem sie mit beiden Händen versuchte, mich wegzustoßen, aber ich umarmte ihren schmalen Körper mit aller Kraft. Zweifellos verstieß ich damit gegen das Anti-Belästigungs-Protokoll. Genau in diesem Moment würde wohl in Asunas Gesichtsfeld eine Meldung aufleuchten, und wenn sie den OK-Button drückte, würde ich augenblicklich in den Kerker des Eisernen Palastes teleportiert.

Aber ich hielt sie weiter fest, ließ meine Lippen von den ihren über ihre Wangen wandern und bis zu ihrem Nacken. Ich grub mein Gesicht in ihr Haar und flüsterte:

»Mein Leben gehört dir, Asuna. Ich bleibe bei dir, bis zum letzten Augenblick.«

Als ich sie mit meinem linken Arm, dem drei Minuten lang der Körperteil-Verlust-Status auferlegt worden war, noch fester an mich zog, hörte ich Asuna zitternd seufzen, und dann flüsterte sie:

»Auch ich ... Ich verspreche, dass auch ich dich beschützen werde. Um jeden Preis, von jetzt an und für immer. Lass mich nur nicht allein ...«

Wir brauchten keine weiteren Worte. Ich hielt sie fest und lauschte ihrem Atem, und langsam, ganz langsam schmolz ihre Wärme das Eis in meiner Seele.

16

Asuna erzählte, dass sie, während sie in Grandzam gewartet hatte, die ganze Zeit meine Position auf der Karte überwacht hatte.

In dem Moment, in dem Godfrey von der Karte verschwunden war, war sie aus der Stadt gerannt und hatte die Strecke, für die wir eine Stunde gebraucht hatten, in fünf Minuten hinter sich gebracht. Eine solche Leistung sprengte jegliche mir bekannten Geschicklichkeitsparameter, und als ich sie darauf hinwies, lächelte sie und sagte, das sei ein Skill, den man sich nur durch Liebe aneignen könne.

Wir kehrten ins Gildenhauptquartier zurück, informierten Heathcliff über alle Einzelheiten des Vorfalls und beantragten unseren einstweiligen Austritt. Als Asuna erklärte, der Grund dafür sei Misstrauen gegenüber der Gilde, war Heathcliff nach kurzem Nachdenken einverstanden, aber zum Schluss lächelte er geheimnisvoll und sagte: »Ihr werdet schnell genug wieder auf dem Schlachtfeld sein.«

Als wir das Hauptquartier verließen, lag die Stadt bereits in der Abenddämmerung. Hand in Hand gingen wir in Richtung des Teleportgates los. Keiner von uns sprach ein Wort.

Während wir langsam durch die Ansammlung von Stahltürmen liefen, die sich vor dem orangen Abendlicht als tiefschwarze Silhouetten abzeichneten, dachte ich zerstreut darüber nach, was Kuradeels bodenlosen Hass hatte verursachen können.

In dieser Welt waren Menschen, die Übeltaten begingen, nicht selten. Man ging von Hunderten Spielern aus, die Verbrechen wie Diebstahl und Wegelagerei begingen, aber auch schwerere Vergehen bis hin zu gnadenlosen Morden, wie sie Kuradeel und früher die Gruppe »Laughing Coffin« begangen hatten. Die Existenz solcher Leute wurde inzwischen als natürliches Übel angesehen, genauso wie die Monster.

Aber wenn man genau darüber nachdachte, war das seltsam. Denn jedem sollte klar sein, dass man als Verbrecher Taten beging, die anderen Spielern schadeten und damit dem letztendlichen Ziel, dem Durchspielen des Games. Wollten diese Verbrecherspieler denn diese Welt nicht verlassen?

Im Hinblick auf Kuradeel war aber auch diese Sichtweise falsch. Sein Ziel war weder das Entkommen aus dem Game gewesen, noch es zu verhindern, sondern gewissermaßen ein Zustand des Stillstands. Er hatte sich weder mit der Vergangenheit noch mit der Zukunft beschäftigt, sondern sich von seinen eigenen Begierden leiten lassen und so dem Bösen zugewandt.

Aber was machte das aus mir? Wenn ich ehrlich war, konnte ich nicht behaupten, dass mein einziges Ziel in diesem Game war, es durchzuspielen. Es war eher so, dass ich mich aus Gewohnheit jeden Tag in die Dungeons aufmachte, um Erfahrungspunkte zu erhalten und meine Skills zu verfeinern. Wenn alles, worum es mir ging, nur die Verbesserung meiner Fähigkeiten und das Steigern meines Levels war, um stärker zu werden als alle anderen – war ich im Grunde meines Herzens dann nicht auch jemand, der anderes im Sinn hatte, als das Spiel zu beenden?

Plötzlich hatte ich das Gefühl, dass der Boden unter meinen Füßen wackelte. Ich blieb stehen und klammerte mich an Asunas Hand, als könne sie mich retten.

Sie blieb ebenfalls stehen und sah mich fragend und mit schief gelegtem Kopf an.

Ich blickte zu Boden und sprach mehr zu mir als zu ihr: »Was auch passiert ... ich werde dich zurückbringen ... in die echte Welt ...«

Jetzt drückte Asuna fest meine Hand. »Wir werden gemeinsam zurückkehren.« Sie lächelte.

Ohne es zu merken, hatten wir den Platz mit dem Teleportgate erreicht. Nur wenige Spieler kamen und gingen, und sie krümmten ihre Körper gegen den kalten Wind, der den nahenden Winter ahnen ließ.

Ich drehte mich zu Asuna. Mir war, als sei das warme Licht, das aus ihrer starken Seele kam, ein Leuchtfeuer, das mich auf den rechten Weg führte.

Unbedacht sagte ich: »Asuna ... Heute Nacht möchte ich bei dir sein.«

Ich wollte mich nicht von ihr trennen. Die Angst vor dem Tod, dem ich heute näher gekommen war als je zuvor, steckte mir immer noch eiskalt in den Knochen, und das würde sich so schnell nicht ändern.

Wenn ich heute Nacht alleine schliefe – sofern ich überhaupt schlafen konnte –, würde ich garantiert davon träumen. Von dem Wahnsinn dieses Mannes, von dem Schwert, das mich durchbohrte, und von dem Gefühl meiner Hand, die in sein Fleisch drang. Dessen war ich mir sicher.

Asuna schien zu verstehen, was ich sagen wollte, und sah mich mit großen Augen an ... bis sie schließlich nickte. Ihre Wangen färbten sich rot.

Asunas Zimmer in Selmburg, das ich nun zum zweiten Mal besuchte, war unverändert luxuriös und empfing mich doch mit einer angenehmen Wärme. Die hier und dort dekorativ aufgestellten kleinen Objekte demonstrierten den guten Geschmack der Besitzerin, dachte ich. Asuna hingegen reagierte beschämt.

»Hach, das ist ja unordentlich, ich war in letzter Zeit kaum daheim ...« Sie lachte verlegen und begann, Dinge wegzuräumen. »Ich kümmere mich gleich ums Abendessen. Du kannst ja solange Zeitung lesen oder so.«

»O... Okay.«

Ich sah Asuna hinterher, die ihre Rüstung ab- und eine Schürze angelegt hatte und in der Küche verschwand, dann ließ ich mich auf das weiche Sofa plumpsen und griff nach dem Stapel Papier, der auf dem Tisch lag.

Es nannte sich zwar Zeitung, aber der Inhalt war zweifelhaftes Zeug. Spieler, die als Informanten ihr Geld verdienten, sammelten unsinniges Geschwätz, nannten es Zeitung und verkauften es. Aber da es auf Aincrad eh nur wenig Unterhaltung gab, war auch diese Zeitung ein wertvolles Medium, und nicht wenige Spieler hatten sie abonniert. Ich betrachtete arglos die Titelseite der gerade mal vierseitigen Postille und warf sie entnervt hin. Denn das Duell zwischen Heathcliff und mir war die Top-Story.

Unter der Überschrift »Meister des neuen Skills Dualschwerter aufgetaucht, problemlos vom Heiligen Schwert niedergemacht« war ein Foto abgedruckt, das unnötigerweise zeigte, wie ich vor Heathcliff über den Boden krabbelte – man konnte mit dem Erinnerungskristall-Item fotografieren. Ich hatte dazu beigetragen, der Legende von seiner Unbesiegbarkeit eine weitere Seite hinzuzufügen.

Aber gut, wenn die Öffentlichkeit mich dank dieses Fotos als unbedeutend abstempelte, würde das unnötige Aufmerksamkeit von mir ablenken. Ich ließ meinen Blick über die Marktpreise seltener Items wandern, bis aus der Küche ein appetitlicher Duft zu mir drang.

Das Abendessen war ein Steak aus dem Fleisch eines rinderförmigen Monsters mit Asunas Spezial-Sojasoße. Der Rang der Zutaten-Items war zwar nicht besonders hoch, aber die Würzung war wunderbar. Asuna betrachtete mich lächelnd, während ich das Fleisch gierig in mich hineinstopfte.

Nach dem Essen saßen wir uns auf dem Sofa gegenüber und tranken Tee. Asuna war ungewöhnlich geschwätzig. Sie redete in schneller Folge von ihren Lieblingswaffenmarken und von den Touristenattraktionen auf irgendwelchen Ebenen.

Ich hörte halb verblüfft zu, aber als Asuna plötzlich schwieg, machte ich mir tatsächlich Sorgen. Stumm und mit gesenktem Blick, als würde sie in ihrer Teetasse irgendetwas suchen, saß sie da. Ihr Ausdruck war schrecklich ernst, genau wie vor einem Kampf.

»He... Hey, was ist denn ...?«

Aber bevor ich ausreden konnte, setzte Asuna ihre Teetasse ruckartig auf dem Tisch ab und stand energisch auf. »Gut!«, sagte sie, aber es klang eher nach einem Kampfschrei.

Sie ging zur Fensterseite des Raumes, berührte dort die Wand und rief energisch das Menü zur Umgebungssteuerung auf. Die in den vier Ecken aufgestellten Lampen erloschen plötzlich, und Finsternis senkte sich über das Zimmer. Sofort passte sich mein Aufspür-Skill an und meine Augen wechselten in den Nachtsicht-Modus.

Vor der hellblauen Umgebung des Zimmers schimmerte Asuna weiß, wie sie da am Fenster stand und vom diffusen Licht der Stadt, das von draußen hereindrang, beleuchtet wurde. Ich war verwirrt von der Situation, aber ihre Schönheit verschlug mir den Atem.

Ihr langes Haar wirkte jetzt dunkelblau, und ihre schlanken Arme und Beine, deren schneeweiße Haut das schwache Licht reflektierte, schienen aus sich selbst zu leuchten.

Asuna stand eine Weile schweigend am Fenster. Da sie zu Boden blickte, konnte ich ihren Gesichtsausdruck nicht gut sehen. Sie legte ihre linke Hand flach auf ihre Brust und sah aus, als kämpfe sie mit sich.

Als ich sie fragen wollte, was denn los war, bewegte sich Asunas linke Hand. Sie schwang leicht den Zeigefinger, und mit einem »Ping« erschien das Menüfenster.

In der blauen Finsternis bewegte sich ihr Finger über die violett leuchtenden Optionen. Von hier aus wirkte es, als beschäftige sie sich mit ihrer Ausrüstungsfigur ... Im nächsten Moment verschwanden lautlos Asunas knielange Strümpfe und entblößten die anmutigen Kurven ihrer nackten Beine.

Noch einmal bewegte sie den Finger, und diesmal war es ihre Tunika, die sich in Luft auflöste. Sprachlos starrte ich sie an, meine Augen wurden immer größer und mein Denken setzte aus.

Asuna war jetzt nur noch mit Unterwäsche bekleidet. Kleine Stücke weißen Stoffs bedeckten gerade so ihre Brüste und ihre Lenden.

»S… Sieh … nicht hierher …«, murmelte sie mit zitternder Stimme. Aber ich konnte den Blick nicht abwenden.

Asuna verschränkte verlegen beide Arme vor ihrem Körper, aber als sie endlich ihren Blick hob und mich direkt ansah, ließ sie sie mit einer eleganten Bewegung sinken.

Mir war, als hätte mir gerade jemand die Seele herausgerissen. So sehr erschütterte mich, was ich sah.

»Schön« traf es nicht einmal ansatzweise. Auf ihrer glänzenden glatten Haut tanzten blaue Lichtkörner. Ihr Haar war feinste Seide. Die Rundungen ihrer Brüste waren voller, als es zuvor den Anschein gehabt hatte, und ihre schlanke Hüfte und langen Beine waren muskulös wie die eines wilden Tieres. Paradoxerweise waren ihre Kurven so perfekt, dass kein Grafiktreiber sie hätte besser darstellen können.

Sie war kein einfaches 3-D-Objekt. Sie war ein Wunder, das Gott selbst mit einer Seele belebt haben musste …

Die Körper der *SAO*-Spieler waren durch einen halb automatischen Vorgang geschaffen worden, der auf den Daten basierte, die das NerveGear bei der Kalibrierung vor dem ersten Log-in gesammelt hatte. Wenn man das wusste, war es kaum zu glauben, dass in diesem Game ein Wesen von dermaßen perfekter Schönheit existierte.

Ich starrte wie benommen ihren halb nackten Körper an und konnte meinen Blick nicht abwenden. Wenn Asuna so

stehen geblieben wäre und nichts gesagt hätte, hätte ich sie wohl eine Stunde lang angestarrt.

Aber Asuna senkte wieder ihren Blick, und sie wurde so tiefrot, dass ich es sogar in der blauen Finsternis erkennen konnte.

»Los ... zieh dich auch aus, Kirito ... Allein ist es peinlich ...«

Und jetzt endlich verstand ich.

Meine Aussage, dass ich heute Nacht bei ihr sein wolle, hatte sie weit jenseits der wörtlichen Bedeutung interpretiert. Und plötzlich verfiel ich in Panik und beging so den vielleicht größten Fehler meines bisherigen Lebens.

»Äh ... Nein, so hab ich das nicht ... Also, ich ... Ich wollte eigentlich ... nur b... bei dir sein heute Nacht ... Mehr nicht ...«

»Was ...?«

Mein unbedachter Ausspruch ließ Asuna verblüfft innehalten, doch dann erschien auf ihrem Gesicht ein Ausdruck voller Scham, gemischt mit unbändigem Zorn.

»Du ... Du ...«

Ihre Faust ballte sich mit fast sichtbarem Blutdurst.

»*Idiot!*«

Asunas Schlag, der dank ihrer Geschicklichkeitsparameter blitzschnell auf mein Gesicht zuschoss, wurde kurz vor meiner Nase vom Anti-Kriminalitäts-Protokoll abgewehrt. Mit einem lauten Knall explodierten violette Funken in der Luft und erhellten den Raum.

»Ah, aaah, warte! Tut mir leid, tut mir leid! Vergiss, was ich gesagt habe!« Ich wedelte heftig mit den Armen und versuchte, mich zu erklären, bevor sie zu einem weiteren Schlag ausholen konnte.

»Es tut mir leid, wirklich! Das ist alles meine Schuld ... außerdem ... kann man denn ... in *SAO*? Geht ... *das* ... überhaupt?«

Asuna lockerte endlich ihre Angriffshaltung, aber die zornige Empörung auf ihrem Gesicht blieb. »Weißt du das denn nicht ...?«

»Nein ...«

Ihr Ausdruck wechselte von Zorn zu Verlegenheit.

»Also ... im Optionsmenü, wenn man ganz tief gräbt ... da gibt es eine Einstellung zur Aufhebung des Ethik-Codes.«

Das hörte ich wirklich zum ersten Mal. Im Betatest hatte es das ohne Zweifel noch nicht gegeben und auch in der Anleitung stand nichts davon. Dass ich auf diese Weise den Preis dafür bezahlen würde, dass ich mich dem Solospiel verschrieben und mich für nichts außer Kämpfen interessiert hatte ...

Aber diese Situation warf nun eine neue brennende Frage auf. Bevor meine Vernunft mich aufhalten konnte, stellte ich sie. »Ha... Hast du das schon einmal gemacht ...?«

Ein weiteres Mal explodierte Asunas Faust direkt vor meinem Gesicht. »Natürlich nicht, du *Idiot!* Ich hab's von jemandem aus der Gilde gehört!«

Obwohl ich unverzüglich und voll tiefer Demut begann, mich wortreich zu entschuldigen, dauerte es mehrere Minuten, bis Asuna sich wieder beruhigt hatte.

Das Licht der kleinen Kerze, die einsam auf dem Tisch brannte, beleuchtete elegant Asunas Haut, die in meinen Armen döste. Sanft ließ ich meinen Finger über ihren weißen Rücken gleiten. Allein diese zarte Berührung reichte aus, um mich zu berauschen.

Asuna öffnete leicht die Augen und sah zu mir hoch, blinzelte zwei-, dreimal und lächelte.

»Sorry, ich hab dich geweckt.«

»Mmmh ... Ich hab geträumt. Von der wirklichen Welt ... Seltsam, oder?« Lächelnd schmiegte sie ihr Gesicht an meine Brust. »Ich hab mich in meinem Traum gefragt, ob Aincrad ... und unsere Begegnung nur ein Traum waren. Ich hatte schreckliche Angst. Zum Glück ... ist es kein Traum.«

»Das ist aber ein seltsamer Traum. Willst du nicht zurück?«

»Doch, schon. Aber ich will die Zeit, die ich hier verbracht habe, nicht missen. Wir sind ... so weit gekommen. Diese zwei Jahre waren sehr wichtig für mich. Das verstehe ich jetzt.«

Sie machte plötzlich ein ernstes Gesicht, nahm meine rechte Hand, die auf ihrer Schulter lag, und drückte sie an ihre Brust. »Tut mir leid, Kirito. Ich hätte diesen Kampf zu Ende bringen müssen ...«

Ich holte kurz Luft und atmete langsam wieder aus. »Nein ... Kuradeel hatte es auf mich abgesehen und ich habe ihn dazu getrieben. Das war mein Kampf.« Ich sah sie an und nickte langsam.

In ihren haselnussbraunen Augen standen Tränen. Sie hob meine Hand an ihre Lippen und ich fühlte den sanften Kuss. »Ich werde da sein. Alles, was du durchmachst, stehen wir gemeinsam durch. Ich verspreche dir, ich werde dich um jeden Preis beschützen.«

Das waren sie, die Worte, die ich bis heute nie hatte aussprechen können. Aber jetzt ... Meine Lippen zitterten, aber die Worte strömten aus mir heraus, aus meiner Seele. »Und ich ...« Meine Stimme war nur ein Hauch in der Luft. »... werde immer dich beschützen.«

Diese Aussage schien so winzig, so voller Zweifel, so unglaubwürdig. Unwillkürlich verzog ich das Gesicht, aber dann drückte ich ihre Hand und flüsterte: »Du ... bist stark, Asuna. Viel stärker als ich ...«

Als ich das sagte, blinzelte Asuna und lächelte dann. »Das stimmt nicht. Früher, drüben, war ich genau das Gegenteil, ich habe mich immer hinter jemandem versteckt. Dieses Spiel hier hab ich nicht mal selbst gekauft.«

Sie kicherte, als würde sie sich an etwas erinnern. »Mein großer Bruder hat es gekauft, aber er musste plötzlich auf Geschäftsreise und hat mir erlaubt, es am ersten Tag zu spielen. Er sah wahnsinnig traurig aus, weil er wegfahren musste, aber jetzt wird er mir wohl böse sein, dass ich es ganze zwei Jahre allein in Beschlag genommen habe.«

Ich dachte, dass eher Asuna diejenige war, die Pech gehabt hatte, aber ich nickte. »Du musst schnell zurück und dich bei ihm entschuldigen.«

»Ja ... deswegen muss ich mich anstrengen ...« Aber im Widerspruch zu ihren Worten senkte Asuna sorgenvoll ihren Blick und kuschelte sich eng an mich.

»Du ... Kirito. Es passt zwar nicht zu dem, was ich eben gesagt habe, aber ... meinst du, wir könnten die Front für eine Weile verlassen?«

»Wie ...?«

»Irgendwie habe ich Angst ... Jetzt haben wir uns endlich gefunden, und das bedeutet mir so viel ... Und wenn wir wieder aufs Schlachtfeld gehen, wird bestimmt wieder irgendwas Schlimmes passieren. Vielleicht ... bin ich einfach erschöpft.«

Während ich ihr sanft über die Haare strich, überraschte ich mich selbst, indem ich nickte. »Ja ... Ich bin auch erschöpft ...«

Auch wenn die Werte unserer Parameter unverändert geblieben waren, brachte der tägliche Kampf gegen das Game einen Verschleiß mit sich, der nicht mit Zahlen auszudrücken war. Besonders deutlich wurde das an Tagen wie heute, wenn man Extremsituationen und Traumata ausgesetzt war. Auch das stärkste Schwert bricht einmal. Manchmal war eine Pause wirklich angebracht.

Ich spürte, wie meine Kampfeslust, mein Gefühl, bedroht zu sein, das mich bisher immer angetrieben hatte, nachließ. Im Moment wollte ich einfach bei diesem Mädchen sein und ihm immer näher kommen.

Ich schlang meine Arme um Asunas Körper und vergrub mein Gesicht in ihrem seidigen Haar. »Im Süden der 22. Ebene, wo es viele Wälder und Seen gibt ... Dort gibt es ein schönes kleines Dorf. Das ist ein guter Ort, an dem keine Monster auftauchen. Da stehen mehrere Holzhütten zum Verkauf ... Lass uns dorthin ziehen. Und dann ...«

Plötzlich war ich um Worte verlegen, und Asuna wandte mir ihre großen Augen zu. »Und dann ...?«

Mit Mühe bewegte ich meine steife Zunge, um fortzufahren. »La... Lass uns heiraten.«

Mein Leben lang werde ich nicht das Lächeln vergessen, das Asuna mir in diesem Moment schenkte. Eine einzige große Träne rollte über ihre Wange, als sie nickte.

»Ja ...!«

17

In *SAO* existieren vier vom System vorgegebene Arten von Beziehungen zwischen Spielern.

Die erste sind Fremde ohne Beziehung zueinander. Die zweite sind Freunde. Zwei Leute, die sich gegenseitig in ihrer Freundesliste eingetragen haben, können sich von überall immer einfache Textnachrichten schicken und auf der Karte nach dem derzeitigen Aufenthaltsort des anderen suchen.

Die dritte sind Gildenmitglieder. Zusätzlich zu den obigen Funktionen haben sie das Privileg, im Kampf eine Gruppe bilden zu können und einen winzigen Bonus auf die Kampfkraft zu erhalten. Als Preis dafür wird ein bestimmter Anteil der erhaltenen Cor als Gildenmitgliedschaftsgebühr abgeführt.

Nun, Asuna und ich waren zwar bisher sowohl Freunde als auch Mitglieder derselben Gilde gewesen, aber da wir nun beide kurzzeitig aus der Gilde ausgetreten waren, kam für uns nur die vierte Art von Beziehung infrage.

Heirat – so ein großes Wort, aber die Prozedur war enttäuschend einfach und unzeremoniell. Einer der beiden Beteiligten schickte eine Antragsnachricht, und wenn der andere sie annahm, war es damit getan. Aber die dadurch verursachten Veränderungen waren kein Vergleich zu denen, die mit einem Freund oder einem Gildenmitglied einhergingen.

Eine Hochzeit in *SAO* bedeutete den gemeinsamen Besitz aller Informationen und Items. Man hatte unbeschränkten Zugriff auf den Statusbildschirm des jeweils anderen, und alle Items lagen in einem gemeinsamen Inventar. Die größten Schwächen einer Person wurden hier vollständig offenbart, weswegen es auf Aincrad, wo Verrat und Betrug an der Tagesordnung waren, selbst unter sehr gut befreundeten Paaren nur selten zu einer Heirat kam. Das miserable Zahlenverhältnis der Geschlechter machte die Sache nicht besser.

Die 22. Ebene war eines der bevölkerungsärmsten Stockwerke Aincrads. Weil sie eine der unteren Ebenen war, hatte sie eine große Oberfläche, aber da diese zum größten Teil von immergrünen Wäldern und zahllosen verstreut liegenden Seen bedeckt wurde, hatte die Hauptstadt nur die Größe eines kleinen Dorfes. Da im Feld keine Monster auftauchten und der Schwierigkeitsgrad des Dungeons niedrig gewesen war, war sie in gerade mal drei Tagen erobert worden und den meisten Spielern nicht im Gedächtnis geblieben.

Asuna und ich kauften eine kleine Holzhütte in einem Wald auf dieser 22. Ebene und beschlossen, dort zu leben. Die Hütte war zwar klein, aber in *SAO* war auch zum Kauf eines noch so kleinen Hauses immer sehr viel Geld vonnöten. Asuna bot an, ihr Zimmer in Selmburg zu verkaufen, aber ich war hartnäckig dagegen – es wäre einfach zu schade um das so wunderbar individualisierte Zimmer gewesen –, und schlussendlich verkauften wir mit Agils Hilfe schnell die seltenen Items, die wir beide besaßen, und konnten so irgendwie die nötige Summe aufbringen.

Agil bedauerte, dass wir gingen. Er bot uns den ersten Stock zur freien Verfügung an, aber das Obergeschoss eines Gemischtwarenladens war kein reizvoller Ort für Flitterwochen. Außerdem wollten wir gar nicht darüber nachdenken, welchen Aufruhr es verursachen würde, wenn herauskäme, dass die berühmte Spielerin Asuna geheiratet hatte.

Ich hoffte, dass wir auf der 22. Ebene, wo kaum jemand wohnte, eine Zeit lang ein ruhiges Leben führen könnten.

»Hach, ein toller Ausblick, nicht wahr?«

Asuna öffnete weit das Fenster auf der Südseite des Schlafzimmers und beugte sich hinaus.

Sicher, es war eine malerische Landschaft. Da wir uns in der Nähe des äußeren Randes der Ebene befanden, konnte man hinter den glitzernden Seeoberflächen und den tiefgrünen Bäumen einen weiten Himmel erblicken. Da wir normalerweise unter einer steinernen Decke lebten, die 100 Meter über unseren Köpfen hing, war das Freiheitsgefühl, das der nahe Himmel brachte, etwas Unbeschreibliches.

»Auch wenn's ein toller Ausblick ist, geh nicht zu nah an den Rand, sonst fällst du noch runter.«

Ich hörte kurz damit auf, unsere Haushaltsgegenstand-Items zu ordnen, und schlang meine Arme von hinten um Asunas Körper. Diese Frau war jetzt meine Ehefrau – und dieser Gedanke füllte mich mit einer Wärme wie ein Fleckchen Sonne im Winter, aber auch mit einem unbekannten Gefühl, das vage an Verwunderung erinnerte: So weit war ich nun also gekommen!

Bis ich ein Gefangener dieser Welt geworden war, war ich ein Kind gewesen, das ohne Ziel seine Tage mit dem Pendeln zwischen Heim und Schule verbracht hatte. Aber die Wirklichkeit war inzwischen eine weit entfernte Vergangenheit.

Wenn – ja, wenn dieses Game durchgespielt würde und ich in die frühere Welt zurückkehren würde ... Das sollte die Hoffnung aller Spieler einschließlich Asuna und mir sein, aber der Gedanke machte mir eher Sorgen. Unwillkürlich umarmte ich Asuna ein bisschen fester.

»Aua, Kirito ... Was ist los ...?«

»T... Tut mir leid ... Hey, Asuna ...«

Ich zögerte einen Moment. Aber ich musste sie einfach fragen.

»Existiert unsere Beziehung nur im Game ...? Verschwindet sie, wenn wir in die echte Welt zurückkehren ...?«

»Jetzt werd ich aber gleich wütend, Kirito.« Asuna hatte sich umgedreht und starrte mich an. »Auch wenn das hier ein normales Game wäre und keine Ausnahmesituation, verliebe ich mich doch nicht zum Spaß in Menschen.«

Sie legte ihre beiden Hände flach auf meine Wangen. »Wenn ich hier eines gelernt habe, dann dies: Man darf niemals aufgeben, bis zum Ende. Wenn wir in die wirkliche Welt zurückkehren, werde ich dich suchen und finden, und dann werde ich mich wieder in dich verlieben.«

Zum wievielten Mal wohl bewunderte ich Asunas aufrichtige Stärke? Oder zeigte das nur, wie viel schwächer ich im Vergleich zu ihr war?

Aber auch das war in Ordnung. Ich hatte vergessen, wie angenehm es war, sich auf jemanden verlassen zu können und von ihm unterstützt zu werden. Ich wusste nicht, wie lange wir hier bleiben konnten, aber solange wir uns von der Schlacht fernhielten ...

Meine Gedanken zerstreuten sich, und ich versank in dem süßen Duft und der Weichheit in meinen Armen.

18

Der Schwimmer hing völlig bewegungslos an der Schnur im See. Als ich das weiche Licht betrachtete, das sich in der ruhigen Wasseroberfläche spiegelte, erfüllte mich Schläfrigkeit.

Ich gähnte ausgiebig und holte die Angelrute ein. Am Ende der Schnur leuchtete nur ein leerer silberner Haken. Der Köder, der daran hätte hängen müssen, war spurlos verschwunden.

Etwa zehn Tage waren vergangen, seit wir auf die 22. Ebene gezogen waren. Um uns mit Essen versorgen zu können, hatte ich den Zweihänder-Skill, den ich vor langer Zeit einmal angefangen hatte zu lernen, aus meinen Skill-Slots gelöscht und stattdessen den Fischen-Skill gesetzt. Seitdem spielte ich den Angler, aber ich fing überhaupt nichts. Der Geschicklichkeitswert des Skills übertraf so langsam 600 und ich dachte, es sei an der Zeit, wenn schon nichts Großes, dann zumindest *irgendetwas* zu fangen, aber jeden Tag leerte ich völlig vergeblich die Köderbox, die ich im Dorf gekauft hatte.

»So eine Zeitverschwendung ...«, fluchte ich leise vor mich hin, warf die Angelrute zur Seite und rollte mich zusammen, um ein wenig zu schlafen. Der Wind, der über die Wasseroberfläche kam, war kalt, aber dank des dicken Mantels, den Asuna mit ihrem Kleidungsherstellungs-Skill für mich gemacht hatte, fror ich nicht. Weil auch sie noch üben musste, war das Ergebnis nicht mit Waren aus einem Geschäft vergleichbar, aber es erfüllte seinen Zweck.

In Aincrad hatte der »Monat der Zypresse« begonnen. In Japan war das der November. Der Winter war nah, aber

Angelerfolge in dieser Welt sollten nicht mit der Jahreszeit zusammenhängen. Hatte ich vielleicht meine sämtlichen Glücksparameter mit meiner wunderbaren Frau aufgebraucht?

Als ich mit einem Lächeln über diese Gedanken die Augen schloss, wurde ich plötzlich angesprochen.

»Beißen sie bei Ihnen an?«

Erschrocken sprang ich auf und sah einen Mann vor mir stehen.

Er hatte mehrlagige dicke Kleidung und eine Kappe mit Ohrenklappen an und hielt wie ich eine Angelrute. Aber das, was mich an seiner Erscheinung erstaunte, war sein Alter. Die Falten um seine Augen, die mich durch eine Brille mit Drahtgestell ansahen, verrieten, dass er weit über fünfzig sein musste. In *SAO*, das von Game-Junkies bevölkert war, war ein Spieler in einem solch hohen Alter extrem selten. Tatsächlich hatte ich noch nie einen gesehen. Vielleicht ...?

»Ich bin kein Nicht-Spieler-Charakter.« Der Mann lachte gequält, als hätte er meine Gedanken gelesen, und kam langsam das Ufer herunter.

»Ve... Verzeihung. Ich dachte, das kann doch nicht sein ...«

»Schon gut, das verstehe ich. Ich bin wahrscheinlich der mit Abstand älteste Spieler in dieser Welt.« Er lachte herzhaft. Dann setzte er sich neben mich, nahm aus seiner Hüfttasche eine Köderbox, rief mit einer ungeschickten Bewegung ein Pop-up-Menü auf, visierte die Angel an und hängte den Köder daran.

»Mein Name ist Nishida. Hier bin ich ein Angler. In Japan war ich Leiter der Sicherheitsabteilung der Firma Toto Kosokusen. Tut mir leid, dass ich keine Visitenkarte habe.« Wieder lachte er.

»Ah ...« Ich glaubte, zu verstehen, warum dieser Mann hier war. Toto Kosokusen war die Firma, die in Zusammenarbeit mit Argus das Netzwerk verwaltet hatte. Sie mussten sich auch um die Leitungen kümmern, die mit den Servern von *SAO* verbunden waren.

»Ich heiße Kirito. Ich bin vor Kurzem von einer der oberen Ebenen hergezogen ... Herr Nishida, Sie sind also ... für die Wartung der Netzwerkverbindungen von *SAO* ...?«

Er nickte. »Ich war der Verantwortliche, ja.«

Ich betrachtete ihn mit gemischten Gefühlen. Anscheinend war er hier, weil er einfach nur seine Arbeit gemacht hatte.

»Meine Vorgesetzten sagten, ich müsse mich gar nicht einloggen, aber ich bin jemand, der sich mit eigenen Augen vom Erfolg seiner Arbeit überzeugen muss. Na, das hat sich ja richtig gelohnt.«

Während er lachte, warf er mit einer bemerkenswert geübten Bewegung die Rute aus. Er hatte wohl viel Erfahrung im Angeln. Außerdem schien er jemand zu sein, der viel und gerne redete, denn er sprach weiter, ohne auf meine Antwort zu warten.

»Es scheint außer mir noch zwanzig oder dreißig andere Herren fortgeschrittenen Alters zu geben, die aus diesem oder jenem Grund hier sind. Die meisten scheinen brav in der Stadt der Anfänge geblieben zu sein, aber ich lasse nichts zwischen mich und einen schönen Angeltag kommen.«

Er ruckelte an der Rute. »Ich hab einen guten Bach oder See gesucht und bin schließlich bis hier heraufgestiegen.«

»A... Aha ... Auf dieser Ebene gibt es auch keine Monster.«

Nishida antwortete auf meine Worte mit einem Grinsen.

»Wie ist das, gibt es weiter oben gute Plätze?«, fragte er dann.

»Hmmm ... Die komplette 61. Ebene ist ein See, oder eher ein Meer. Da kann man bestimmt große Fische fangen.«

»Ho ho! Da möchte ich mal hingehen.«

In diesem Moment tauchte am Ende der Schnur, die der Mann hängen ließ, der Schwimmer mit einem Ruck unter. Sofort begann Nishida, die Rute anzuziehen. Offenbar war er nicht nur im realen Leben ein erfahrener Angler, sondern auch sein Fischen-Skill war sensationell hoch. »Hui, der ist ja riesig!«

Ich sprang aufgeregt einen Schritt vor, aber neben mir handhabte Nishida gelassen die Rute und zog einen großen, blau glänzenden Fisch aus dem Wasser. Dieser zappelte eine Zeit lang zu seinen Füßen, dann wurde er automatisch ins Item-Fenster transferiert und verschwand.

»Gut gemacht!«

Nishida lachte verlegen und kratzte sich am Kopf. »Na ja, Angeln ist ja hier auch nur eine Zahl. Im Angeln bin ich zwar gut, aber Kochen ist so eine Sache ... Ich würde gerne mal wieder gutes Sashimi* essen, aber ohne Sojasoße geht das nicht.«

»Jaa ... Ähm ...« Einen Moment lang zögerte ich. Wir waren an diesen Ort gekommen, um uns vor anderen Menschen zu verstecken, aber ich vermutete, dass dieser Mann kein Interesse an Klatsch und Tratsch hatte.

»Ich wüsste da zufällig etwas, das Sojasoße extrem ähnlich ist ...«

»Was Sie nicht sagen!« Nishidas Augen leuchteten aufgeregt hinter seiner Brille, als er sich interessiert nach vorne beugte.

*In dünne Scheiben geschnittener roher Fisch

Asuna, die mir auf meinem Nachhauseweg entgegengekommen war, machte große Augen, als sie sah, dass ich Nishida mitbrachte, setzte aber sofort ein Lächeln auf.

»Willkommen zurück. Ein Gast?«

»Ja. Das ist Herr Nishida, ein Angler. Und ...«

Ich hatte mich zu Nishida umgedreht, stockte nun aber, weil ich unsicher war, wie ich Asuna vorstellen sollte. Da lächelte Asuna den älteren Angler an und verbeugte sich gut gelaunt vor ihm. »Ich bin Kiritos Ehefrau Asuna. Herzlich willkommen bei uns.«

Nishida öffnete überrascht den Mund und starrte Asuna an. Mit ihrem langen, schlichten Rock, einer Bluse aus Flachs, einer Schürze und einem Schal sah sie völlig anders aus als zu ihren Schwertkämpfer-Zeiten als Mitglied der Ritter des Blutschwurs, aber ihrer Schönheit tat das keinen Abbruch.

Nishida blinzelte mehrmals, bevor er sich wieder fasste, dann lachte er und kratzte sich wieder am Kopf. »Bitte entschuldigen Sie, ich war ganz überwältigt. Ich heiße Nishida. Tut mir leid, dass ich hier so hereinplatze ...«

Mit dem großen Fisch, den sie von Nishida erhalten hatte, reizte Asuna ihren Koch-Skill komplett aus, bereitete in Sojasoße Gekochtes und Sashimi zu und stellte beides nebeneinander auf den Tisch. Der aromatische Duft der selbst gemachten Sojasoße breitete sich im Zimmer aus und Nishida blähte begeistert die Nasenflügel, als er das Aroma einsog.

Der Fisch hatte einen Geschmack, der statt an einen Süßwasserfisch eher an einen fettigen saisonalen Gelbschwanz erinnerte. Laut Nishida war es eine Sorte, für deren Fang der Angel-Skill mindestens den Wert 950 haben musste, doch statt weiter Konversation zu betreiben, genossen wir dann lieber ausgiebig das Essen.

Im Handumdrehen waren die Teller leer und Nishida, der äußerst zufrieden eine Tasse mit heißem Tee in den Händen hielt, stieß einen langen Seufzer aus.

»Ah ... Bin ich satt. Danke für das Essen. Ich hätte nicht gedacht, an diesem Ort jemals Sojasoße zu sehen ...«

»Ach, die ist hausgemacht. Wenn Sie möchten, können Sie etwas davon mitnehmen.«

Asuna holte eine kleine Flasche aus der Küche und gab sie Nishida. Es war wohl weise von ihr, dass sie in diesem Moment die Zutaten für sich behielt. Als Nishida sich überschwänglich bedankte, lachte sie.

»Wir haben Ihnen zu danken, dass Sie Ihren leckeren Fisch mit uns geteilt haben. Kirito kann nicht richtig angeln, also hatten wir so was hier noch nicht.«

Da sich das Gespräch plötzlich um mich drehte, schlürfte ich missgelaunt meinen Tee und murmelte: »Die Seen in dieser Gegend haben eben einen zu hohen Schwierigkeitsgrad.«

»Nein, das stimmt nicht. Der Schwierigkeitsgrad ist nur an dem großen See hoch, wo Sie heute geangelt haben.«

»Wa...?« Ich war sprachlos. Asuna hielt sich den Bauch vor Lachen.

»Warum sollte das denn jemand so programmieren ...?«

»Wissen Sie, in diesem See ...« Nishida sprach mit gedämpfter Stimme. Asuna und ich beugten uns zu ihm vor. »... scheint es einen Großen zu geben.«

»Einen Großen?«, fragten Asuna und ich wie aus einem Mund, und Nishida grinste, schob seine Brille nach oben und fuhr fort.

»Beim Werkzeughändler im Dorf gab es einen irrsinnig teuren Köder. Ich habe ihn einmal ausprobiert.«

Unwillkürlich hielt ich den Atem an.

»Aber damit konnte ich überhaupt nichts angeln. Nachdem ich es hier und da versucht hatte, kam mir schließlich in den Sinn, ihn dort, am einzigen See mit hohem Schwierigkeitsgrad, auszuprobieren.«

»K… Konnten Sie etwas fangen …?«

»Etwas hat angebissen, ja.« Er nickte, wirkte jedoch enttäuscht. »Aber meine Kraft reichte nicht, um es einzuholen. Der Köder wurde mir mitsamt der Rute weggerissen. Ich konnte nur einen Schatten erahnen, ein riesiges Ding. Da unten lebt ein richtiggehendes Monster.«

Er streckte seine beiden Arme weit aus, um die Größe anzuzeigen. Jetzt verstand ich, warum er nur gegrinst hatte, als ich ihm erzählt hatte, es gäbe auf dieser Ebene keine Monster.

»Waah, das möchte ich sehen!« Asunas Augen leuchteten.

Nishida wandte sich mir mit einem fragenden Blick zu. »Herr Kirito, wie steht es um Ihre Muskelkraftparameter?«

»Ähm, na ja, so einigermaßen …«

»Wollen wir es dann nicht gemeinsam probieren? Ich sorge dafür, dass er anbeißt, und danach übernehmen Sie!«

»Ah, ein ›Switch‹ an der Angelrute, wie? Ob so was wohl geht …?«

Während ich mir noch den Kopf zerbrach, hatte Asuna schon entschieden. »Machen wir's, Kirito! Das klingt lustig!« Die Aufregung stand ihr ins Gesicht geschrieben. Sie war immer bereit, etwas Neues auszuprobieren, aber ich musste mir eingestehen, dass auch mich die Neugier gepackt hatte.

»Wollen wir?«

Nishida strahlte und lachte dann fröhlich. »Wir wollen!«

In dieser Nacht kam Asuna im Bett zu mir herübergekrabbelt, weil ihr kalt war. Sie seufzte zufrieden, als sie sich an mich schmiegte, dann blinzelte sie schläfrig und lächelte, als würde sie sich an etwas erinnern. »Es gibt wirklich viele verschiedene Menschen hier …«

»Das war ein fröhlicher alter Mann.«

»Ja.«

Ich kicherte ein wenig, wurde aber plötzlich ernst und murmelte: »Da ich bisher die ganze Zeit oben gekämpft habe, hatte ich vergessen, dass es auch normale Menschen gibt, die ein normales Leben führen …«

»Ich sage zwar nicht, dass wir was Besonderes sind, weil wir einen Level haben, mit dem wir an der Front kämpfen können … aber im Grunde genommen haben wir diesen Menschen gegenüber eine Verantwortung.«

»So habe ich das noch nie betrachtet … Für mich war immer am wichtigsten, stärker zu werden, um selbst zu überleben.«

»Ich denke, dass jetzt viele Menschen Hoffnungen in dich setzen, Kirito. Mich eingeschlossen.«

»Wenn ich so was höre, möchte ich immer weglaufen.«

»Mann!«

Sie schmollte und ich strich ihr liebevoll das Haar aus der Stirn, während ich innerlich betete, dass dieses ruhige Leben noch ein wenig länger währen möge. Irgendwann mussten wir für Nishida und die anderen Spieler an die Front zurückkehren. Aber noch nicht …

Durch Nachrichten von Agil und Klein hatten wir erfahren, dass die Eroberung der 75. Ebene nur mühsam vorankam. Aber für mich zählte hier und jetzt nur das Leben mit Asuna.

19

Drei Tage später kam am Morgen die Benachrichtigung von Nishida, dass wir heute den Großen angeln würden. Er schien seinen Anglerfreunden davon erzählt zu haben, denn er kündigte an, dass an die dreißig Schaulustige kommen würden.

»Verflixt. Was machen wir? Asuna ...«

»Hmm ...«

Nishidas Planung passte uns nicht in den Kram. Da wir diesen Ort gewählt hatten, um uns vor Informanten und Asunas Groupies zu verstecken, widerstrebte es mir, vor viele Menschen zu treten.

»Wie wär's damit?« Asuna steckte ihr kastanienbraunes langes Haar hoch und versteckte ihr Gesicht, indem sie ihren großen Schal um ihren Kopf wickelte und tief ins Gesicht zog. Dann nahm sie in ihrem Menü noch ein paar Einstellungen vor und hatte plötzlich einen großen, formlosen Mantel an.

»Oh. Das ist gut, du siehst aus wie eine alte, müde Bauersfrau.«

»Soll das ein Lob sein?«

»Natürlich. Mich wird wohl niemand erkennen, solange ich meine Rüstung nicht anziehe.«

Am Vormittag ging ich mit Asuna, die einen Korb mit Verpflegung trug, aus dem Haus. Eigentlich hätte es gereicht, ihn drüben am See aufzurufen, aber sie sagte, er sei Teil der Verkleidung.

Heute war es für die Jahreszeit verhältnismäßig warm. Als wir eine Weile durch einen Wald voller riesiger Nadelbäume gelaufen waren, kam zwischen den Stämmen die glitzernde Wasseroberfläche in Sicht. Am Seeufer waren bereits viele Menschen versammelt. Als wir ziemlich angespannt näher kamen, hob ein stämmiger Mann, den ich schon einmal gesehen hatte, mit einem vertrauten Lachen die Hand. »Gut, dass heute schönes Wetter ist!«

»Guten Tag, Herr Nishida.«

Asuna und ich verbeugten uns. Nishida sagte uns, dass die Gruppe, die aus Leuten aller Altersgruppen bestand, von der Anglergilde sei, die er leitete. Wir begrüßten sie voller Anspannung, aber es schien niemand dabei zu sein, der Asuna erkannte.

Nishida hingegen überraschte mich mit seiner mitreißenden, aktiven Art. In seiner Firma war er sicher ein guter Abteilungsleiter gewesen. Da er vor unserer Ankunft einen spontanen Angelwettbewerb zum Aufwärmen initiiert hatte, ging es bereits ziemlich lebhaft zu.

»Nun, dann wollen wir mal mit unserem heutigen Hauptevent beginnen!«

Als Nishida das mit lauter Stimme verkündete und mit der langen Rute in einer Hand vortrat, gerieten die Schaulustigen außer Rand und Band. Ich folgte mit den Augen der Rute, die er hielt, und der dicken Schnur an ihrer Spitze, aber als ich das Ding bemerkte, das an deren Ende hing, erschrak ich.

Es war eine Eidechse. Aber keine normale Eidechse. Sie war fast so dick wie der Oberarm eines Erwachsenen. Ihre Haut, die rot und schwarz gemustert war und irgendwie giftig aussah, glitzerte feucht, als sei sie noch ganz frisch.

»Huch ...« Asuna, die das Ding jetzt erst bemerkte, trat mit bestürztem Gesichtsausdruck einige Schritte zurück. Wenn dies der Köder war, wie musste dann erst die Beute aussehen, auf die wir es abgesehen hatten?

Doch bevor ich etwas sagen konnte, drehte Nishida sich zum See um und holte mit der Rute weit aus. Mit einem Kampfschrei und einer sehr geübten Bewegung schwang er sie durch die Luft. Die Eidechse zeichnete einen hohen Bogen in den Himmel und versank mit einem lauten Platschen weit draußen im Wasser.

Beim Angeln in *SAO* gibt es kaum Wartezeit. Wenn man den Köder ins Wasser wirft, erfährt man nach kurzer Zeit, ob man eine Beute angeln konnte oder ob der Köder verschwindet und man erfolglos war. Wir hielten den Atem an und gaben acht auf die Schnur, die im Wasser versunken war.

Endlich zuckte das Ende der Angelrute zwei-, dreimal. Aber Nishida, der die Rute hielt, machte nicht die kleinste Bewegung.

»Er ... Er hat angebissen, Herr Nishida!«

»Warten Sie, noch nicht, noch nicht!«

Nishidas Augen, normalerweise die eines gutmütigen alten Mannes, leuchteten intensiv hinter der Brille, während er die Spitze der Rute fixierte, die sich sachte bewegte.

Dann plötzlich wurde sie heftig nach vorne gebogen.

»Jetzt!«

Nishida beugte sich weit nach hinten und zog mit aller Kraft die Rute zurück. Die Schnur war so stark gespannt, dass sie einen für alle hörbaren Klangeffekt verursachte.

»Er hat angebissen! Den Rest überlasse ich Ihnen!«

Nishida drückte mir die Rute in die Hand und ich versuchte ungeübt, daran zu ziehen. Es fühlte sich an, als würde sie am Boden des Sees festhängen. Ich begann daran zu zweifeln, dass wir wirklich etwas gefangen hatten, aber in dem Moment, in dem ich flüchtig Nishida ansah ...

... wurde mir die Rute mit einem kräftigen Ruck fast aus der Hand gerissen.

»Uaah!« Ich stemmte beide Füße in den Boden und versuchte, die Rute wieder aufzurichten. Die Muskelkraft, die ich einsetzen musste, überstieg jetzt schon den Alltagsmodus.

»I... Ist es okay, wenn ich mit ganzer Kraft daran ziehe?« Ich sorgte mich um den Haltbarkeitsgrad der Rute und der Schnur.

»Das ist erstklassige Ware! Ziehen Sie, so fest Sie können!«

Nishida nickte mir mit vor Aufregung rotem Gesicht zu, und ich brachte die Rute wieder in Position. Dann wandte ich meine ganze Kraft auf. Die Rute bog sich etwa ab der Mitte stark nach unten.

Beim Hochleveln kann jeder Spieler nach eigenem Ermessen auswählen, ob er die Muskelkraft oder die Geschicklichkeit steigert. Die Theorie war, dass Axt-Nutzer wie Agil der Muskelkraft den Vorzug gaben und Rapier-Nutzer wie Asuna ihre Geschicklichkeit steigerten. Da ich der orthodoxe Schwertkämpfer-Typ war, hatte ich beide Parameter gesteigert, aber wenn es nach meinen Vorlieben ging, dann tendierte ich zur Geschicklichkeit.

Da jedoch der absolute Wert meines Levels geradezu verschwenderisch hoch war, schien ich bei diesem Tauziehen irgendwie einen Vorteil zu haben. Ich ging langsam rückwärts und merkte, dass der geheimnisvolle Fang sich Stück für Stück der Wasseroberfläche näherte.

»Ah! Da war was zu sehen!«

Asuna lehnte sich vor und zeigte auf das Wasser. Da ich mich vom Ufer entfernte und meinen Körper nach hinten gebogen hatte, konnte ich mich nicht selbst vergewissern. Die Zuschauer gerieten in große Unruhe, rannten zum Ufer und blickten auf den See hinaus, der vom Rand weg sehr schnell sehr tief wurde. Meine Neugier nahm Überhand und ich zog mit aller Kraft die Rute besonders stark hoch.

Aber plötzlich ... zuckten die Schaulustigen, die sich alle auf die Oberfläche des Wassers konzentrierten, gleichzeitig zusammen und zogen sich gesammelt zwei, drei Schritte vom Ufer zurück.

»Was ist lo...?«

Bevor meine Worte ausgesprochen waren, drehten sich alle gleichzeitig um und begannen, zu rennen. Asuna und Nishida, die links und rechts von mir standen, wurden blass. Plötzlich verschwand das Gewicht in meinen beiden Händen und ich fiel rückwärts auf meinen Hintern.

Mist. War die Schnur gerissen? Ich warf die Rute weg, sprang auf und rannte zum See. Im nächsten Moment sah ich, wie sich die Wasseroberfläche silbern glänzend nach oben wölbte.

»Waaaa...?«

Ich blieb stehen, riss Mund und Augen auf und hörte wie aus weiter Ferne Asunas Stimme.

»Kirito, pass auf ...!«

Als ich mich umdrehte, waren alle, Asuna und Nishida eingeschlossen, bereits den Damm am Ufer hochgeklettert und hatten sich in sichere Entfernung gebracht. Hinter mir hörte ich ein sehr lautes Platschen. Mit einer schlimmen Vorahnung drehte ich mich noch einmal um.

Ein Fisch stand da.

Nun, genauer gesagt war es wohl ein Tier, das einem Entwicklungsstand irgendwo in der Evolution vom Fisch zum Reptil entsprach. Kleine Wasserbäche rannen an seinen Schuppen herab, während es mit seinen sechs kräftigen Beinen das Gras am Ufer betrat und auf mich herabsah.

Herabsah. Seine Gesamthöhe betrug an die zwei Meter. Sein Maul direkt über mir war so groß, dass es damit ein Rind hätte verschlingen können, und ein Bein der Eidechse, mit der wir es geködert hatten, ragte noch daraus hervor.

Auf jeder Seite seines Kopfes befand sich ein basketballgroßes Auge, und diese Augen erwiderten meinen Blick. Über dem Wesen erschien ein gelber Cursor.

Nishida hatte erzählt, dass der Herr dieses Sees ein Ungeheuer, ein richtiggehendes Monster sei.

Nicht richtiggehend. Das da *war* ein Monster.

Ich setzte ein verkrampftes Lächeln auf und ging einige Schritte zurück. Dann drehte ich mich um und rannte wie der Wind los. Der riesige Fisch in meinem Rücken stieß ein donnerndes Gebrüll aus und verfolgte mich.

Ich flog fast durch die Luft und reizte jeden einzelnen meiner Geschicklichkeitspunkte aus, und als ich Asuna erreichte, protestierte ich heftig. »D...D... Das war unfair! Alleine zu fliehen!«

»Waah, jetzt ist nicht der richtige Zeitpunkt für so was, Kirito!«

Als ich mich umdrehte, sah ich den riesigen Fisch mit unbeholfenen, aber schnellen Bewegungen auf uns zurennen.

»Oh, er rennt auf dem Festland ... Vielleicht ein Lungenfisch ...«

»Herr Kirito, damit können wir uns später befassen! Wir müssen weg hier!« Jetzt war es Nishida, der starr vor Entsetzen zu sein schien. Auch die Zuschauer schienen vor Angst erstarrt oder einfach nur verblüfft zu sein.

»Kirito, hast du eine Waffe?«, fragte Asuna mich mit leiser Stimme. Sie hatte recht: Ansonsten würde es ziemlich schwierig, die bestürzte Zuschauergruppe geordnet in Sicherheit zu bringen, aber …

»Hab leider keine dabei.«

»Na dann … muss ich wohl ran.« Asuna schüttelte den Kopf und drehte sich dem näher kommenden Fisch mit den riesigen Beinen zu. Mit geübten Handbewegungen bediente sie rasch ihr Menüfenster.

Während Nishida und die anderen Zuschauer verblüfft zusahen, riss Asuna sich den Schal und den dicken Übermantel gleichzeitig herunter. Ihr kastanienbraunes Haar reflektierte das Sonnenlicht und tanzte im Wind.

Unter dem Übermantel trug sie einen grasgrünen langen Rock und ein Shirt aus ungefärbtem Flachs, und an ihrer linken Hüfte leuchtete hell die silberne Scheide des Rapiers. Asuna zog ihr Schwert und stellte sich dem heranstürmenden Fisch mutig entgegen.

Nishida neben mir begriff plötzlich, was Asuna vorhatte, und fasste mich am Arm. »Herr Kirito! Ihre Frau ist in Gefahr!«

»Schon gut. Überlassen Sie das ihr.«

»Was reden Sie denn da! Wenn … Wenn Sie ihr nicht helfen wollen, dann werde ich …«

Mit Mühe hielt ich den älteren Angler zurück, der sich die Angelrute seines Nebenmanns geschnappt hatte und Asuna mit blinder Entschlossenheit zu Hilfe eilen wollte.

Der riesige Fisch wurde nicht langsamer, öffnete aber sein Maul, in dem zahllose Fangzähne aufgereiht waren, und dann sprang er einfach in die Luft, als wolle er Asuna verschlingen. Asuna hatte sich in Angriffsstellung gebracht und ließ ihre Waffe mit einem silbernen Lichtstrahl auf dieses Maul zuschnellen.

Mit einem Knall explodierte zwischen den Kiefern des riesigen Fischs ein blendend heller Effektblitz. Der Fisch wurde hoch in die Luft geschleudert, während Asuna ihre Position kaum geändert hatte.

Große Monster waren oft ziemlich Furcht einflößend, aber ich vermutete, dass dieses hier levelmäßig nichts Besonderes war. Auf einer solch niedrigen Ebene und zumal es bei einem mit dem Angel-Skill verbundenen Event auftauchte, sollte es kein unfair starker Gegner sein. Wenn *SAO* sich an irgendetwas hielt, dann an anständige Schwierigkeitsrelationen.

Der HP Bar des riesigen Fischs, der mit seinem Aufprall den Boden erschüttert hatte, sank durch Asunas starken Angriff ein großes Stück. Erbarmungslos führte sie eine Combo aus, die ihrem Zweitnamen »Blitz« alle Ehre machte.

Nishida und die anderen Angler sahen mit verblüfftem Gesicht zu, wie Asuna mit gewandten Bewegungen, die mehr einem Tanz als einem Kampf glichen, das Ungeheuer weiter bedrängte. Ob sie wohl von ihrer Schönheit oder ihrer Stärke bezaubert waren? Vielleicht von beidem.

Kaum dass sie sah, dass die HP des Monsters in den roten Bereich geraten waren, sprang Asuna nach hinten und führte in dem Moment, als sie den Boden berührte, einen Sturmangriff durch. Wie ein Komet zog sie mit ihrem Körper einen Lichtschweif hinter sich her, als sie auf den riesigen Fisch zuflog. Dies war einer der fortgeschrittensten Rapier-Skills, der »Flashing Penetrator«.

Mit einem Geräusch wie ein Überschallknall durchbohrte der Lichtschweif das Monster vom Maul bis zum Schwanz, und direkt nachdem Asuna in ihrer Bewegung innehielt, wurde der riesige Körper des Ungeheuers zu einem Haufen Lichtscherben und verstreute sich in alle Winde. Einen Moment verspätet folgte ein lauter Klang des Zersplitterns und auf der Wasseroberfläche des Sees bildete sich eine große Welle.

Asuna schob ihr Rapier in die Scheide und kam zu uns herübergelaufen. Nishida und die anderen standen bewegungslos und mit offenem Mund da.

»Hey, gut gemacht.«

»Voll unfair, dass du mich das alles hast alleine machen lassen. Dafür schuldest du mir ein schönes Abendessen oder so was.«

»Aber unsere Geldvorräte gehören uns jetzt gemeinsam, das weißt du doch.«

»Oh, stimmt ja ...«

Asuna und ich neckten uns noch ein wenig weiter, bis Nishida sich endlich wieder fasste und mehrmals blinzelte.

»Also ... das hat mich überrascht ... Ihre Frau ist z... ziemlich stark. Entschuldigung, aber Ihr Level ist ungefähr ...?«

Asuna und ich sahen uns an. Es würde gefährlich, wenn wir dieses Gesprächsthema zu sehr vertieften.

»Hey, viel wichtiger ist doch das Item, das aus dem Fisch herausgekommen ist.« Asuna bediente ihr Fenster und in ihrer Hand erschien eine silbern leuchtende Angelrute. Da diese aus einem Bossmonster herausgekommen war, war sie wohl ein einmalig seltenes Item.

»Ohhh, was ist das?« Nishidas Augen leuchteten auf und er nahm die Rute in die Hand. Auch die umstehenden Teilnehmer gerieten alle gleichzeitig in Unruhe. Ich dachte, dass wir sie zum Glück hatten erfolgreich ablenken können, aber ...

»Bi... Bist du Asuna von den Rittern des Blutschwurs ...?«, fragte ein junger Spieler, trat zwei, drei Schritte vor und starrte Asuna an. Er strahlte. »Ja, du bist's wirklich, ich hab doch ein Foto!«

»Äh ...« Während Asuna steif lächelte, wich sie ein paar Schritte zurück. Das Gemurmel unter den Zuschauern wurde lauter.

»I... Ich bin begeistert! Dass ich *die* Asuna im Kampf aus solcher Nähe sehen konnte ... Da... Darf ich ein Autogramm hab...«

Der junge Mann verstummte plötzlich und ließ seinen Blick mehrmals zwischen Asuna und mir hin- und herwandern. Mit verblüfftem Gesicht murmelte er: »Ha... Hast du geheiratet ...?«

Diesmal war es an mir, ein steifes Lächeln aufzusetzen. Um uns herum erhob sich bestürztes Geschrei. Nur Nishida blinzelte verständnislos. Er hatte keine Ahnung, was vor sich ging.

Asunas und meine heimlichen Flitterwochen erreichten so nach gerade einmal zwei Wochen ihr Ende. Aber letztendlich war es vielleicht Glück, dass wir zum Abschluss noch eine heitere Begebenheit hatten erleben dürfen.

Am Abend dieses Tages erreichte uns eine Nachricht von Heathcliff, in der er uns bat, am Angriff auf das Bossmonster der 75. Ebene teilzunehmen.

Am nächsten Morgen saß ich auf der Bettkante und ließ den Kopf hängen.

Asuna, die schon alle Reisevorbereitungen abgeschlossen hatte, kam mit klappernden Stiefelabsätzen zu mir und stellte sich vor mich hin. »Hey, du hast jetzt genug Trübsal geblasen!«

»Aber es waren gerade erst zwei Wochen«, widersprach ich wie ein Kind und blickte zu ihr auf. Ich musste mir eingestehen, dass Asuna, die nach langer Zeit wieder ihre weiße und rote Ritterrüstung trug, wirklich reizend aussah.

Wenn man bedachte, was dazu geführt hatte, dass wir – und sei es auch nur vorübergehend – aus der Gilde ausgetreten waren, hätten wir die Aufforderung Heathcliffs durchaus ablehnen können. Aber der eine Satz am Ende der Nachricht: »Es hat bereits Opfer gegeben«, lastete schwer auf unserem Gewissen.

»Wir sollten wenigstens hören, was er zu sagen hat. Komm, wir sind spät dran!«

Sie klopfte mir auf den Rücken, und ich stand zögernd auf und öffnete den Ausrüstungsbildschirm. Da ich einstweilig aus der Gilde ausgetreten war, legte ich meinen gewohnten schwarzen Ledermantel und die minimale Rüstung an und hängte zum Schluss meine beiden geliebten Schwerter über Kreuz auf meinen Rücken. Deren Gewicht wirkte auf mich, als würden sie wortlos dagegen protestieren, dass sie lange Zeit unbenutzt in der Item-Übersicht abgelegt gewesen waren. Ich zog die Schwerter nur ein bisschen heraus, als wolle ich sie besänftigen, und steckte sie sofort darauf energisch zurück in ihre Scheiden. Ein hoher, reiner metallischer Ton hallte durch das Zimmer.

»Ach, ich fand schon immer, dass dir das besser steht!« Asuna ergriff lächelnd meinen rechten Arm.

Ich sah mich noch einmal in unserem neuen Heim um, von dem wir uns nun für eine Weile verabschiedeten. »Lass uns das schnell zu Ende bringen und zurückkommen.«

»Genau!«

Wir nickten uns zu, ich öffnete die Tür und wir traten in die kalte Morgenluft, in der sich der kommende Winter deutlich bemerkbar machte.

Auf dem Teleportgate-Platz der 22. Ebene wartete Nishida auf uns mit der gewohnten Angelrute in der Hand. Nur ihm hatten wir den Zeitpunkt unseres Aufbruchs mitgeteilt.

Als er fragte, ob er uns kurz sprechen könne, nickten wir und setzten uns zu dritt auf eine Bank am Rand des Platzes. Während er zum Boden der oberen Ebene hinaufsah, begann Nishida langsam zu sprechen.

»Ehrlich gesagt habe ich bisher so getan, als sei die Tatsache, dass es auf den oberen Ebenen Spieler gibt, die kämpfen, um das Game durchzuspielen, nur wilde Geschichten ... Vielleicht hatte ich im Innersten meines Herzens schon die Hoffnung auf ein Entkommen von hier aufgegeben.«

Asuna und ich hörten ihm wortlos zu.

»Sie wissen das vermutlich, aber auch im Geschäft mit den elektrischen Leitungen entwickelt sich alles fortlaufend weiter, und da ich jemand bin, der seit seiner Jugend entsprechend herumgebastelt hat, habe ich bisher mit der Entwicklung der Technik irgendwie Schritt gehalten. Aber jetzt bin ich zwei Jahre außen vor gewesen, das ist zu lang. Wenn ich zurückkehre, bin ich vielleicht völlig nutzlos für meine Firma. Da werfe ich doch lieber hier sorglos meine Angel aus, als darüber nachzudenken, wie ich einfach aussortiert werde ...« Er unterbrach sich, und ein kleines Lächeln erhellte sein von Spuren des Alters gezeichnetes Gesicht.

Ich wusste nicht, was ich zu ihm sagen sollte. Was dieser Mann durch seine Gefangenschaft in *SAO* verloren hatte, konnte ich nicht mal ansatzweise erfassen.

»Auch ich ...«, begann Asuna stockend, »... auch ich habe bis vor etwa einem halben Jahr das Gleiche gedacht und mich jeden Abend in den Schlaf geweint. Ich hatte das Gefühl, dass mit jedem Tag, der in dieser Welt verging, meine Familie, meine Freunde, mein Wechsel auf eine höhere Schule, meine Realität langsam zerbrachen, und darüber wäre ich fast wahnsinnig geworden. Wenn ich geträumt habe, dann immer von der früheren Welt ... Ich habe mich auf nichts anderes als meine Waffen-Skills konzentriert, um stärker zu werden und das Spiel hinter mir lassen zu können.«

Ich betrachtete sie erstaunt von der Seite. Als wir uns kennengelernt hatten, hatte ich ihr all das überhaupt nicht angesehen. Andererseits war ich nie gut darin gewesen, mich in meine Mitmenschen hineinzuversetzen ...

Asuna sah mich an, lächelte schwach und fuhr fort. »Aber eines Tages vor etwa einem halben Jahr, als ich mich zur Front teleportierte und dachte: ›Auf geht's in den Dungeon‹, war da jemand, der auf dem Rasen des Platzes Mittagsschlaf hielt. Sein Level schien mir ziemlich hoch und ich rastete aus und sagte zu ihm: ›Wenn du nichts Besseres zu tun hast, als an diesem Ort deine Zeit zu vergeuden, dann erobere doch bitte ein bisschen den Dungeon‹ ...«

Sie hielt sich eine Hand vor den Mund und kicherte. »Daraufhin antwortete diese Person: ›Gerade ist die beste

Jahreszeit auf Aincrad, und wir haben das beste Wetter-Setup. Viel zu schade dafür, in einen Dungeon zu gehen‹, zeigte auf den Rasen neben sich und sagte: ›Leg dich doch auch ein bisschen hin.‹ So was Unhöfliches.«

Asuna unterdrückte ein Lachen und richtete ihren Blick in die Ferne. »Als ich das hörte, war ich wie vom Blitz getroffen. Ich dachte, dass diese Person richtig in dieser Welt lebt. Es gibt also auch solche Menschen, die, anstatt einen Tag in der realen Welt zu verlieren, einen Tag in dieser Welt gewinnen – so konnte man es natürlich auch sehen ... Ich ließ die Leute der Gilde vorgehen und legte mich neben diese Person. Und der Wind war wirklich angenehm ... Es war warm und ich schlief ein. Ich hatte keinen Albtraum und schlief vielleicht das erste Mal, seit ich in diese Welt gekommen war, wirklich tief. Als ich aufwachte, war es schon Abend und diese Person neben mir machte ein verblüfftes Gesicht ... Das war er hier.«

Asuna brach ab und drückte meine Hand. Ich war fassungslos. Ich erinnerte mich zwar irgendwie schon an die Ereignisse jenes Tages, aber ...

»Sorry, Asuna, so philosophisch war das gar nicht gemeint. Ich wollte einfach nur Mittagsschlaf machen ...«

»Schon klar. Das musst du mir nicht sagen!« Asuna spitzte die Lippen und drehte sich wieder zu Nishida, der lächelnd der Geschichte gelauscht hatte.

»Seit jenem Tag habe ich jeden Abend an ihn gedacht, wenn ich ins Bett gegangen bin. Mit den schlimmen Träumen hatte es so ein Ende. Ich habe dann recherchiert, wo er wohnt, und mir freigenommen, um ihn zu treffen ... Nach und nach habe ich mich immer mehr auf den nächsten Tag gefreut. Und als ich anfing, zu glauben, dass ich ihn liebe, habe ich mich wahnsinnig gefreut und wollte dieses Gefühl um jeden Preis bewahren. Zum ersten Mal dachte ich, dass es vielleicht gut ist, dass ich hierhergekommen bin ...«

Asuna blickte zu Boden, rieb sich mit ihren weiß behandschuhten Händen die Augen, atmete tief ein und fuhr fort. »Kirito ist für mich der Sinn meiner zwei Jahre hier, der Beweis dafür, dass ich am Leben bin, und meine Hoffnung auf morgen. Um ihn zu treffen, habe ich an jenem Tag das NerveGear aufgesetzt und bin hierhergekommen ... Herr Nishida, es ist vielleicht unverschämt, aber auch Sie haben in dieser Welt sicher irgendwas bekommen. Ja, das hier ist nur eine virtuelle Welt, und die Dinge, die wir sehen können, sind nur Approximationen aus Daten. Aber wir und unsere Herzen sind echt. Und wenn das so ist, dann ist alles, was wir erleben, und alles, was wir bekommen, auch echt.«

Nishida blinzelte mehrmals heftig, dann nickte er. Seine Augen hinter der Brille schienen zu leuchten. Auch ich war zu Tränen gerührt, versuchte aber verzweifelt, sie zu unterdrücken.

Ich war es doch, dachte ich. Ich war es doch, der gerettet worden war. Mein Leben hatte weder in der realen Welt noch hier, in der Gefangenschaft in *SAO*, einen Sinn gehabt. Bis ich sie traf.

»Ja, das ist wirklich so ...«, sagte Nishida, während er wieder zum Himmel aufblickte.

»Es ist eine wertvolle Erfahrung, dass ich jetzt Ihre Geschichte hören durfte. Und dass ich ein riesiges Ungeheuer geangelt habe ... Das Leben hier, es ist nicht ohne Wert. Es ist nicht ohne Wert.«

Er nickte einmal heftig und stand auf. »Oh, ich habe Ihnen ganz schön die Zeit gestohlen … Ich bin überzeugt, wenn Menschen wie Sie oben kämpfen, dann werden wir in nicht allzu ferner Zukunft in die frühere Welt zurückkehren können. Ich kann nichts dazu beitragen, aber – bitte halten Sie durch. Bitte halten Sie durch.« Nishida drückte unsere Hände und schüttelte sie.

»Wir kommen wieder. Und dann besuchen Sie uns, ja?«

Erneut schüttelten wir ihm die Hände und gingen dann zum Teleportgate hinüber. Gemeinsam traten wir in die Rundung, in der die Luft wie eine Fata Morgana schimmerte, sahen uns an und sagten beide gleichzeitig: »Teleport – Grandzam!«

Im blauen Licht, das mein Gesichtsfeld nach und nach ausfüllte, verschwand langsam der immer noch winkende Nishida.

20

»Der Spähtrupp wurde vollständig ausgelöscht?!«

Die Neuigkeiten, die uns bei unserer Rückkehr ins Hauptquartier der Ritter des Blutschwurs in Grandzam erwarteten, waren schockierend.

Wir befanden uns im oberen Teil des Stahlturms, der das Hauptquartier der Gilde war, in dem Besprechungsraum mit Glasfenstern, in dem wir Heathcliff früher schon getroffen hatten. Heathcliff saß auf dem mittleren Platz hinter dem großen halbkreisförmigen Schreibtisch und wirkte in seiner Robe wie ein Weiser. Links und rechts von ihm saßen seine Offiziere. Nur Godfreys Platz war leer.

Heathcliff hatte seine knochigen Hände vor seinem Gesicht gefaltet und nickte langsam, während sich zwischen seinen Augenbrauen eine tiefe Furche bildete.

»Es ist gestern passiert. Die Kartografierung des Dungeons der 75. Ebene hat viel Zeit gekostet, wurde aber ohne Opfer abgeschlossen. Mit dem Boss haben wir allerdings einen sehr harten Kampf erwartet …«

Das wunderte mich nicht. Von den zahlreichen Stockwerken, die wir bisher erobert hatten, hatten sich nur die Bossmonster der 25. und der 50. Ebene durch bemerkenswerte Körpergrößen und hohe Kampfkraft ausgezeichnet, und bei den Angriffen auf beide hatte es viele Opfer gegeben.

Das riesige zweiköpfige Bossmonster der 25. Ebene hatte eine Eliteeinheit der Armee fast komplett vernichtet, und von diesem Verlust hatte sich die Armee nie so richtig erholt. Auf der 50. Ebene hatten wir viele Versuche gebraucht, uns dem Monster entgegenzustellen, das ausgesehen hatte wie eine metallene Buddhastatue mit vielen Armen. Immer wieder hatten Leute die Flucht ergriffen, sodass die Front einmal sogar ganz zusammengebrochen war. Wären die Hilfstruppen nur ein klein wenig später gekommen, wäre es wohl auch um mich geschehen gewesen. Der Mann, der diese Front damals ganz alleine gehalten hatte, saß nun vor mir.

Wenn alle 25 Ebenen ein besonders starkes Bossmonster lauerte, dann mussten wir auch auf der 75. Ebene damit rechnen.

»Daher haben wir einen Spähtrupp geschickt, der aus zwanzig Leuten von insgesamt fünf Gilden bestand«, fuhr Heathcliff tonlos fort. Seine messingfarbenen Augen waren halb geschlossen und ich konnte nicht darin lesen.

»Die Aufklärer ließen äußerste Vorsicht walten. Zehn Leute standen als Nachhut am Eingang des Bossraums in Bereitschaft … Sobald die anderen zehn in der Mitte des Raums angekommen waren und der Boss erschien, schloss sich die Tür. Was danach geschah, wissen wir nur aus der Meldung der zehn Leute der Nachhut. Die Tür öffnete sich über fünf Minuten lang nicht. Skills zum Schlösserknacken und Schläge gegen die Tür funktionierten nicht. Als sie sich schließlich wieder öffnete …« Heathcliff presste die Lippen aufeinander. Er schloss einen Moment die Augen und fuhr fort: »… befand sich nichts mehr in dem Raum. Weder die zehn Leute noch der Boss. Es gab auch keine Anzeichen für einen Flucht-Teleport. Sie sind nicht zurückgekommen … Zur Sicherheit habe ich jemanden das Namensregister im Eisernen Palast überprüfen lassen …«

Er brach ab und schüttelte den Kopf. Neben mir hielt Asuna den Atem an und murmelte dann: »Zehn Leute … Warum passiert so was …?«

»Ein Raum ohne Kristall-Wirkung …?«

Auf meine Frage hin nickte Heathcliff kurz.

»Das ist die einzige Erklärung. Da es laut Asunas Bericht auch auf der 74. Ebene so war, kann man wohl annehmen, dass ab sofort alle Bossräume die Kristall-Wirkung unterbinden.«

»Verflucht …« Ich seufzte. Wenn eine Notfallflucht unmöglich wurde, dann waren Verluste umso wahrscheinlicher. Der Sinn des Durchspielens des Games war es ja, Tote zu vermeiden. Aber dazu mussten wir die Bosse besiegen … »Es wird immer mehr zu einem Spiel auf Leben und Tod …«

»Aber wir können deswegen nicht die Eroberung aufgeben.« Heathcliff schloss die Augen und fuhr mit leiser, aber klarer Stimme fort. »Diesmal scheinen nicht nur Teleport-Kristalle deaktiviert, sondern auch jegliche Fluchtwege abgeschnitten zu sein, sobald der Boss auftaucht. In dem Fall bleibt uns nur, so kontrolliert wie möglich mit einem möglichst großen Trupp anzugreifen. Habt daher bitte Verständnis, dass ich euch so kurz nach der Hochzeit rufen musste.«

Ich zuckte mit den Schultern. »Wir helfen euch. Aber Asunas Sicherheit ist mir noch wichtiger. Im Notfall werde ich sie statt der Gruppe beschützen.«

Heathcliff lächelte schwach. »Menschen sind stärker, wenn sie etwas zu beschützen haben. Ich zähle auf deine Tapferkeit. Die Eroberung beginnt in drei Stunden. Die geplante Gruppenstärke ist, euch eingeschlossen, zweiunddreißig Mann. Treffpunkt ist um 13 Uhr am Gate der Stadt Colinia auf der 75. Ebene. Damit ist diese Versammlung beendet.«

Der purpurrot gekleidete Paladin und die anderen Männer standen gleichzeitig auf und verließen das Zimmer.

»Drei Stunden also. Was machen wir bis dahin?«, fragte Asuna mich und setzte sich auf den stählernen Schreibtisch. Ich betrachtete sie wortlos, ihren entspannten Körper und ihre langen Glieder, die in dem weißen und roten Kampfanzug steckten, das kastanienbraune lange, glänzende Haar, die haselnussbraunen leuchtenden Augen ... Sie war schön wie ein unermesslich kostbarer Edelstein.

Als ich sie eine Zeit lang angestarrt hatte, erröteten Asunas glatte weiße Wangen und sie lachte beschämt. »Wa... Was ist denn?«

Ich begann zögerlich: »Asuna ...«

»Was denn?«

»Bitte hör mir zu und sei nicht böse. Beim heutigen Angriff auf den Boss ... Kannst du mir nicht den Gefallen tun, hierzubleiben?«

Asuna sah mich eindringlich an und wandte den Blick dann traurig zu Boden.

»Warum stellst du denn so eine Forderung ...?«

»Ich hab zwar Heathcliff gesagt, dass ich dich beschützen werde, aber niemand weiß, was an einem Ort passiert, wo man keine Kristalle verwenden kann. Ich habe Angst ... Wenn dir etwas zustieße ...«

»Du willst dich allein in Gefahr begeben und erwartest, dass ich hierbleibe?« Asuna stand auf und kam mit stolz erhobenem Kopf auf mich zu. In ihren Augen brannte ein leidenschaftliches Feuer.

»Wenn du nicht zurückkommst, dann bring ich mich um. Mein Leben hätte ohne dich keinen Sinn mehr. Ich könnte mir nie verzeihen, hiergeblieben zu sein. Wenn du weglaufen willst, dann lass uns das tun. Aber ...«

Sie brach ab und legte die Fingerspitzen ihrer linken Hand auf meine Brust. Ihr Blick wurde weich, und ihre Lippen verzogen sich zu einem leichten Lächeln. »Ich glaube, dass alle, die heute teilnehmen, Angst haben und weglaufen wollen. Dass sich trotzdem Dutzende Menschen versammelt haben, liegt daran, dass Heathcliff und du im Kampf an der Spitze stehen werdet, zweifellos die beiden stärksten Menschen in dieser Welt ... Ich weiß, dass dir das nicht gefällt. Aber ich will, dass wir uns gemeinsam anstrengen. Nicht für die anderen, sondern für uns ... Dafür, dass wir zu zweit in die frühere Welt zurückkehren und uns noch einmal treffen können.«

Ich hob meine rechte Hand und umfasste sanft Asunas Fingerspitzen auf meiner Brust. Alles, was ich empfand, war das unerträglich tiefe Gefühl, dass ich sie nicht verlieren wollte.

»Tut mir leid ... Ich bin ängstlich geworden. Im Grunde meines Herzens möchte ich mit dir weglaufen. Ich will nicht, dass du stirbst, und ich will auch nicht sterben. Wir müssen nicht ...« Ich sah Asuna in die Augen und fuhr fort: »... in die reale Welt zurückkehren ... Ich möchte für immer mit dir in unserem Haus im Wald leben. Für immer ... Nur zu zweit ...«

Mit ihrer freien Hand machte Asuna eine Bewegung, als würde sie etwas an ihr Herz drücken. Sie schloss die Augen und runzelte die Stirn, als empfände sie Schmerzen. Ein schwerer Seufzer entfloh ihren Lippen. »Ja ... Das wäre traumhaft ... Es wäre schön, wenn das möglich wäre ... Jeden Tag zusammen ... für immer ...«

Hier brach sie ab und biss sich fest auf die Lippen, als wolle sie ihre flüchtige Hoffnung aufgeben. Sie öffnete ihre Augen und sah mit ernstem Ausdruck zu mir auf.

»Kirito. Hast du mal darüber nachgedacht ...? Was mit unseren echten Körpern passiert?«

Sie hatte mich auf dem falschen Fuß erwischt und ich schwieg. Das war vielleicht die eine gemeinsame Frage aller Spieler. Aber da es keine Möglichkeit gab, mit der realen Welt in Kontakt zu treten, war es nutzlos, darüber nachzudenken. Auch wenn alle eine unbestimmte Angst hegten, vermieden sie es möglichst, sich mutig dieser Frage zu stellen.

»Erinnerst du dich? An das Tutorial dieses Menschen ... Akihiko Kayaba, als dieses Game begann. Er sagte, dass das

NerveGear bis zu zwei Stunden lang die Trennung der Leitungen erlaubt. Der Grund dafür ist ...«

»... dass man unsere Körper in Einrichtungen wie Krankenhäuser bringt, die uns pflegen können ...«, murmelte ich.

Asuna nickte.

»Daher wurden tatsächlich nach einigen Tagen bei jedem für etwa eine Stunde die Leitungen gekappt.«

Ich erinnerte mich. Auch ich war außerordentlich besorgt gewesen, als ich die Leitungsunterbrechungswarnung vor meinen Augen gesehen hatte, und hatte mich gefragt, ob das NerveGear in zwei Stunden mein Hirn verbrennen und mich töten würde.

»Ich denke, dass damals alle Spieler gleichzeitig in verschiedene Krankenhäuser gebracht wurden. Man kann ja nicht verlangen, einen Menschen im vegetativen Zustand mehrere Jahre in einem normalen Haus zu pflegen. Man hat uns vielleicht in Krankenhäusern untergebracht und die Leitungen wieder angeschlossen ...«

»Ja. Vielleicht war das so ...«

»Wenn unsere Körper auf Krankenhausbetten mit vielen Leitungen verbunden sind und irgendwie am Leben gehalten werden ... Das kann doch nicht ewig gut gehen.«

Ich wurde plötzlich von einem Gefühl der Besorgnis überfallen, das meine Knie ganz weich werden ließ. Ich umarmte Asuna fest, wie um mich unser beider Existenz zu versichern.

»Also ... gibt es ein Zeitlimit, ob wir es schaffen, das Game durchzuspielen, oder nicht ... meinst du ...?«

»Auch da wird es individuelle Unterschiede geben, aber ... Da das Gesprächsthema ›drüben‹ hier ein Tabu ist, habe ich bisher noch mit niemandem darüber gesprochen ...

Bei dir ist das anders, Kirito. Ich ... Ich will mein ganzes Leben an deiner Seite sein. Ich möchte richtig mit dir zusammen sein, wirklich mit dir verheiratet sein, gemeinsam mit dir alt werden. Darum ... Darum ...«

Asuna sprach nicht weiter. Sie vergrub ihr Gesicht an meiner Brust und ließ ein Schluchzen vernehmen, das ich nicht ertragen konnte. Während ich ihren Rücken langsam streichelte, fuhr ich an ihrer Stelle fort.

»Darum ... müssen wir jetzt kämpfen, um zurückkehren zu können ...«

Es war nicht so, dass meine Angst plötzlich verschwunden war. Aber wie konnte ich angesichts Asunas verzweifelter Hoffnung auf eine echte Zukunft mit mir den Mut verlieren?

Es ist okay. Alles wird gut. Wir kämpfen gemeinsam ...

Ich umarmte sie fest, als könne ich damit das Frösteln abschütteln, das sich in meine Brust geschlichen hatte.

21

Auf dem Teleportgate-Platz von Colinia auf der 75. Ebene war das Eroberungsteam bereits versammelt; lauter Spieler, bei denen man auf den ersten Blick den hohen Level erkannte. Als Asuna und ich aus dem Gate traten und näher kamen, verstummten sie alle und nickten uns mit angespanntem Gesichtsausdruck zu. Unter ihnen waren sogar einige, die mit der rechten Hand nach Gildenart salutierten.

Ich war verwirrt stehen geblieben, aber Asuna neben mir salutierte mit der gewohnten Handbewegung zurück und knuffte mich in die Seite.

»Hey, Kirito, du bist jetzt einer der Anführer, du musst ordentlich grüßen!«

»Oh Mann ...«

Mit steifen Bewegungen salutierte ich. In den bisherigen Angriffskämpfen auf Bosse hatte ich mehrmals einer Gruppe angehört, aber dies war das erste Mal, dass ich eine solche Aufmerksamkeit auf mich zog.

»Hey!« Jemand schlug mir mit Schwung auf den Rücken, und als ich mich umdrehte, erkannte ich Klein, den Katana-Kämpfer, der mich unter seinem geschmacklosen Bandana angrinste. Überraschenderweise stand neben ihm Agil, der eine Axt bei sich trug.

»Was ... Ihr seid auch dabei?«

»Das ist doch nicht überraschend!«, empörte sich Agil mit tiefer Stimme.

»Es hieß, dass es einen ordentlichen Kampf geben würde, also habe ich selbstlos beschlossen, das Geschäft zu schließen, und bin zur Verstärkung gekommen. Wenn du das nicht zu schätzen weißt ...« Er gestikulierte übertrieben.

Ich tippte ihm auf den Arm. »Das mit der selbstlosen Geste habe ich verstanden. Dann macht es dir ja sicher nichts aus, wenn wir dich von der Verteilung der Kriegsbeute ausnehmen.«

Jetzt fasste er sich mit den Händen an den Kopf und zog seine Augenbrauen traurig nach oben.

»Na, also *das* hatte ich jetzt nicht gemeint ...!«

Das gemurmelte Ende des Satzes ging in Kleins und Asunas fröhlichem Gelächter unter. Die anderen versammelten Spieler ließen sich davon anstecken, und eine Weile lang lockerte sich die Stimmung.

Genau um 13 Uhr erschienen aus dem Teleportgate weitere Menschen. Es waren Heathcliff, der ein purpurrotes langes Gewand und seinen riesigen Kreuz-Schild trug, und die Elite der Ritter des Blutschwurs. Mit ihrer Ankunft stieg auch wieder die Anspannung der Spieler.

Zwar wurde Asunas und mein Level nur von Heathcliff übertroffen, aber das Gefühl der Einheit, das die Gildenmitglieder ausstrahlten, hatte eine ganz eigene Kraft. Im Gegensatz zu den einheitlichen weiß-roten Gildenfarben unterschieden sich sowohl ihre Waffen als auch ihre Rüstungen sehr, aber das verstärkte nur den Eindruck, dass vor uns eine tatkräftige und geeinte Gruppe stand, die aus ihrem Zusammenhalt große Stärke zog.

Der Paladin und seine vier Untergebenen kamen mitten durch die Gruppe direkt auf uns zu. Während Klein und Agil mehrere Schritte zurücktraten, als seien sie eingeschüchtert, salutierte Asuna mit kühlem Gesichtsausdruck.

Heathcliff, der stehen geblieben war, nickte uns leicht zu, drehte sich zur Gruppe um und sprach sie an.

»Es scheint keiner zu fehlen. Danke, dass ihr gekommen seid. Ich denke, ihr seid euch der Lage bewusst. Es wird ein harter Kampf, aber mit vereinter Kraft können wir es schaffen. Für den Tag unserer Befreiung!«

Auf Heathcliffs lauten Ruf antworteten alle Spieler mit einem einstimmigen Kampfschrei. Ich war erstaunt über sein magisches Charisma. Unter den Hardcore-Net-Gamern, die dazu neigten, wenig sozial zu sein, hatte ich noch keinen gesehen, der solche Führungsqualitäten gezeigt hatte. Oder hatte etwa diese Welt seine Talente aufblühen lassen? Was hatte der Mann wohl in der realen Welt gemacht ...?

Heathcliff drehte sich zu mir um, als hätte er meinen Blick gespürt, lächelte vage und sagte: »Kirito, heute verlassen wir uns auf dich. Bitte gebrauche nach Herzenslust deine Dualschwerter.«

In seiner tiefen, sanften Stimme konnte ich nicht mal einen Hauch von Angst oder Anspannung spüren. Nur ein Mann mit Nerven aus Stahl konnte dem anstehenden Todeskampf mit solcher Gelassenheit entgegensehen.

Ich nickte wortlos. Heathcliff drehte sich wieder zur Gruppe und hob leicht eine Hand.

»Also, Abmarsch. Ich öffne einen Korridor zum Ort direkt vor unserem Ziel, dem Raum des Bossmonsters.« Als er aus dem Beutel an seiner Hüfte ein dunkelblaues Kristall-Item nahm, entwich den versammelten Spielern ein »Ohhh ...«.

Mit den normalen Teleport-Kristallen konnte allein der Nutzer zum spezifizierten Teleportgate einer Stadt geschickt werden, aber was sich jetzt in Heathcliffs Hand befand, war ein sogenannter »Korridor-Kristall«, ein extrem praktisches Item, mit dem man einen beliebigen Ort auswählen und dorthin ein zeitlich begrenzt bestehendes Teleportgate öffnen konnte.

Aber ein solches Item war so bequem wie selten, und in Shops von Nicht-Spieler-Charakteren wurde es nicht verkauft. Da es nur in Schatzkisten in Dungeons gefunden oder von starken Monstern fallen gelassen wurde, gab es nur ganz vereinzelt Spieler, die es besaßen, geschweige denn bereit waren, es einzusetzen. Der kollektive Seufzer, der durch die Gruppe ging, kam deshalb wohl weniger daher, dass Heathcliff einen Korridor-Kristall besaß, sondern dass er ihn einfach benutzte.

Heathcliff, der sich nicht um die Reaktion der Spieler kümmerte, hob die rechte Hand, in der er den Kristall hielt, und rief: »Corridor open«. Der extrem kostspielige Kristall zersplitterte augenblicklich und in der Luft vor Heathcliff erschien ein blau flackernder Wirbel aus Licht.

»Also, brechen wir auf.«

Heathcliff blickte noch einmal in die Runde und trat dann mit flatternder Robe in das blaue Licht. Im Nu wurde er von einem blendenden Blitz eingehüllt und verschwand. Ohne zu zögern, folgten ihm die vier Gildenmitglieder.

Unbemerkt hatte sich um den Teleportgate-Platz herum eine ziemlich große Zahl an Spielern versammelt. Sie hatten wohl die Geschichte von der Eroberungsoperation gegen den Boss gehört und waren gekommen, um uns zu verabschieden. Begleitet von aufmunternden Anfeuerungsrufen sprangen die Kämpfer einer nach dem anderen in den Korridor aus Licht und teleportierten sich.

Als Letztes waren Asuna und ich übrig. Wir nickten uns kurz zu, nahmen uns an der Hand und sprangen gleichzeitig in den Strudel aus Licht.

Als ich nach dem leichten Schwindel, der einem Teleport folgt, die Augen öffnete, war ich mitten im Dungeon. Wir befanden uns in einem breiten Gang. Dicke Säulen standen entlang der Wände, und am Ende des Ganges konnte ich eine riesige Tür ausmachen.

Der Dungeon der 75. Ebene war aus einem Material gebaut, das mit seiner leichten Transparenz ein wenig an Obsidian erinnerte. Anders als die Dungeons der unteren Ebenen, die aus groben, roh behauenen Blöcken bestanden, waren hier ordentlich gemeißelte schwarze Steine verwendet worden, die wie Spiegel poliert waren. Die Luft war kühl und feucht und ein dünner Dunst waberte knapp über dem Boden.

Asuna, die neben mir stand, schlang die Arme um ihren Körper, als friere sie.

»Irgendwie ... hab ich ein ungutes Gefühl ...«

»Ja ...«

In den vergangenen zwei Jahren hatten wir 74 Dungeons erobert und deren Bossmonster getötet. Allein aufgrund dieser Erfahrungen waren wir in der Lage, anhand der Behausung des Monsters auf seine Macht zu schließen.

Um uns herum drängten sich die Spieler in kleinen Grüppchen zusammen, öffneten ihre Menüfenster und versicherten sich ihrer Ausrüstung und ihrer Items, aber ihre Gesichtsausdrücke waren einheitlich angespannt.

Ich zog Asuna in den Schatten einer Säule und legte sanft meinen Arm um ihre schlanke Taille. Jetzt, unmittelbar vor dem Kampf, brach meine unterdrückte Besorgnis hervor. Ich zitterte am ganzen Körper.

»Kirito ... Alles wird gut«, flüsterte Asuna mir ins Ohr. »Ich beschütze dich.«

»Nein, das ist es nicht ...«

»Pff«, machte Asuna und schmunzelte. »Und du beschützt mich, ja?«

»Ja ... Um jeden Preis.« Ich umarmte sie einmal sehr fest und ließ sie dann los.

In der Mitte des Gangs ließ Heathcliff seine Rüstung krachen und sagte: »Sind alle bereit? Wir haben keine Informationen über das Angriffsmuster des Bosses. Die Ritter des Blutschwurs werden als Vorhut die Angriffe abwehren, während die anderen das Angriffsmuster analysieren und darauf reagieren.«

Die Schwertkämpfer nickten wortlos.

»Nun denn – lasst uns gehen.« Heathcliff sagte das mit sehr sanfter Stimme, ging kurzerhand zur großen Tür aus Obsidian und legte seine rechte Hand in deren Mitte. Alle warteten gespannt.

Ich tippte Agil und Klein, die neben mir standen, auf die Schultern. »Kommt mir da drin nicht um.«

»Ha, du aber auch nicht.«

»Nicht bevor ich nicht mit der Beute Geld gescheffelt habe.«

Da begann sich die große Tür langsam und mit einem majestätisch lauten Knarzen zu bewegen. Die Spieler zogen alle gleichzeitig ihre Waffen. Auch ich nahm meine beiden geliebten Schwerter von meinem Rücken. Ich blickte kurz zu Asuna, die neben mir ihr Rapier in Position brachte, und nickte ihr zu.

Zum Schluss hob Heathcliff, der von der Rückseite seines Kreuz-Schildes sein Langschwert gezogen hatte, seine rechte Hand und schrie: »Der Kampf beginnt!«

Er rannte durch die nun komplett geöffnete Tür. Alle folgten ihm.

Der Raum war kuppelartig und riesig. Er war in etwa so groß wie der Kampfplatz, auf dem Heathcliff und ich uns duelliert hatten. Die Wand wölbte sich in großer Höhe nach innen und schloss weit über unseren Köpfen in einem Bogen ab. Direkt nachdem alle zweiunddreißig Mann in den Raum hineingerannt waren und in einer natürlichen Schlachtordnung stehen geblieben waren, schloss sich hinter uns mit einem Donnern die große Tür. Nun war es wohl nicht mehr möglich, sie zu öffnen. Bis der Boss sterben würde oder wir alle vernichtet waren.

Es wurde sehr still. Ich behielt die enorm große Bodenfläche im Blick, aber der Boss tauchte nicht auf. Als wollte er unsere bis zum Äußersten angespannten Nerven quälen, verging eine Sekunde nach der anderen, ohne dass sich etwas tat.

»Hey …!«, rief irgendjemand, als könne er die Stille nicht ertragen.

Plötzlich schrie Asuna neben mir schrill auf. »Da oben!«

Erschrocken legte ich den Kopf in den Nacken und sah zur Decke.

Am Zenit der Kuppel – da hing er.

Er war riesig. Unglaublich groß und lang.

Ein Hundertfüßer …?!

Seine Gesamtlänge betrug in etwa zehn Meter. Sein Körper, der in mehrere Segmente aufgegliedert war, ließ mich allerdings mehr an die Wirbelsäule eines Menschen als an ein Krabbeltier denken. Aus den einzelnen grauweißen zylindrischen

Segmenten erstreckten sich kräftige Beine aus bloßen Knochen. Zum vorderen Ende hin wurde der Körper dicker und endete in einem abscheulich geformten Schädelknochen. Es war nicht der eines Menschen. In diesem lang gezogenen Schädel gab es vier Paar schräg stehender Augenhöhlen und in ihnen leuchteten blaue Flammen. Am stark nach vorne gestreckten Kinn waren spitze Zähne aufgereiht, und aus dem Schädelknochen ragten auf beiden Seiten riesige, sich sensenförmig verjüngende Knochenarme.

Als ich meinen Blick auf das Monster konzentrierte, wurde zusammen mit einem gelben Cursor sein Name angezeigt. »The Skullreaper« – der Knochenmäher.

Alle sahen sprachlos zu, als der Hundertfüßer aus Knochen über die Decke der Kuppel kroch. Plötzlich breitete er seine zahllosen Beine weit aus – und fiel direkt über der Gruppe nach unten.

»Nicht stehen bleiben! Haltet Abstand!«

Heathcliffs heiserer Schrei schnitt durch die Luft. Alle fingen an, sich zu bewegen, als seien sie plötzlich wieder zu sich gekommen. Auch Asuna und ich sprangen eilig von der Stelle weg, an der das Ungeheuer landen würde.

Aber drei Menschen, die direkt unterhalb des fallenden Hundertfüßers aus Knochen gestanden hatten, bewegten sich ein wenig zu langsam. Als seien sie unsicher, in welche Richtung sie laufen sollten, hielten sie inne und sahen nach oben.

»Hierher!«, schrie ich.

Nun begannen die drei, zu rennen, als sei der Bann gebrochen. Aber es war zu spät.

Der Boden erbebte, als der Hundertfüßer aufkam. Die drei Männer stolperten, torkelten umher – und wurden von einem der Arme des Monsters, einer langen, riesigen Sense aus Knochen mit einer Klinge an der Spitze, die allein schon so lang war wie der Körper eines Menschen, niedergemäht.

Während sie durch die Luft geschleudert wurden, sanken ihre HP Bars mit rasender Geschwindigkeit – aus dem gelben Warnbereich in den kritischen roten Bereich und …

Und dann waren sie bei null. Die drei Körper, die sich immer noch in der Luft befanden, zerbrachen einfach und versprühten zahllose Kristallsplitter. Lautes Klirren begleitete die Zerstörung.

Neben mir hielt Asuna den Atem an. Auch ich erstarrte kurz und vollständig.

Tot – mit einem Schlag …?!

Da in *SAO*, das eine Kombination aus Skills und einem Level-System verwendete, zusammen mit dem Level auch der Maximalwert der Hit Points anstieg, wurde es schwerer, getötet zu werden, wenn der Level hoch genug war, ganz unabhängig vom Können mit dem Schwert. Wir traten hier zwar gegen einen Boss an, aber da unsere Gruppe nur aus Spielern mit hohem Level bestand, hätte jeder von ihnen mehreren fortgesetzten Angriffen standhalten können sollen – eigentlich. Aber mit nur einem Schlag …

»Das ist … verrückt …«, murmelte Asuna mit heiserer Stimme.

Der Skelett-Hundertfüßer, der in einem Moment das Leben dreier Menschen ausgelöscht hatte, richtete seinen Oberkörper weit auf, ließ einen dröhnenden Kampfschrei los und stürmte mit geballter Kraft in Richtung einer weiteren Spielergruppe los.

»Waaaaah!«

Die Spieler, die sich in dieser Richtung befanden, schrien auf vor Furcht. Wieder wurde die Knochensense weit nach oben geschwungen.

Und dann sprang ein Schatten direkt in ihren Weg. Es war Heathcliff. Er erhob seinen riesigen Schild und fing die Sense ab. Ein ohrenbetäubender Ton begleitete den Aufprall. Funken flogen.

Aber es gab zwei Sensen. Auch wenn Heathcliff sich dem linken Arm entgegengestellt hatte, hob das Monster die rechte Sense hoch in die Luft und wollte sie in die Gruppe der erstarrten Spieler stoßen.

»Scheiße ...«

Ohne es zu wollen, sprang ich vor. Ich flog geradezu durch die Luft und überbrückte den Abstand binnen eines Augenblicks. Ich sprang unter die kommende Knochensense, kreuzte meine beiden Schwerter und fing sie in der Luft ab.

Ein markerschütternder Aufprall. Aber – die Sense stoppte nicht. Funken sprühten, als sie meine Schwerter aus dem Weg drückte und sich auf meinen Kopf zubewegte.

Zu ... schwer ...!

In diesem Moment zerschnitt ein weiteres Schwert die Luft und zog einen schneeweißen Lichtstrahl hinter sich her. Mit einem hellen Ton traf es von unten die Sense, fing einen Teil der Kraft des Monsters ab und gab mir so die Gelegenheit, mit aller Kraft die Knochensense von uns fortzudrücken.

Asuna sah mich einen Moment an und rief: »Wenn wir ihn zusammen abwehren – geht es! *Wir* können es schaffen!«

Ich nickte. »Okay, ich zähl auf dich!« Allein schon Asuna neben mir zu wissen, gab mir neue Kraft.

Wieder schwang die Knochensense in unsere Richtung, und Asuna und ich griffen gleichzeitig an. Unsere beiden perfekt synchronisierten Schwerter zogen zwei Lichtbänder durch die Luft und trafen die Sense. Ein heftiger Aufprall. Diesmal wurde der Arm des Feindes zurückgestoßen.

Ich schrie aus Leibeskräften. »Wir drei wehren die Sensen ab! Greift ihr von den Seiten an!«

Auf diesen Ruf hin löste sich endlich der Bann, unter dem die anderen gestanden hatten. Sie erhoben Kampfschreie, brachten ihre Waffen in Position und stürmten auf den Körper des Hundertfüßers aus Knochen zu. Mehrere Angriffe trafen den Körper des Feindes, und endlich sank sein HP Bar ein wenig.

Aber direkt danach erklangen mehrere Schreie, und ich sah, wie durch den langen speerförmigen Knochen am Ende des Schwanzes des Hundertfüßers mehrere Menschen umgemäht wurden und hinfielen.

»Sch…!«

Ich knirschte mit den Zähnen, aber weder Asuna und ich noch Heathcliff, der ein wenig entfernt alleine mit der linken Sense kämpfte, konnten etwas tun.

»Kirito …!«

Auf Asunas Ruf hin sah ich sie flüchtig an.

Sieh nicht hin! Er will uns nur ablenken!

Du hast recht. Da kommt er!

Wir fangen ihn mit einem Schlag nach links oben ab!

Asuna und ich verständigten uns nur durch Blicke, und mit einer perfekt synchronen Bewegung schlugen wir die Sense zurück.

Wir blendeten die Schreie und Ausrufe der Spieler notgedrungen aus und konzentrierten uns nur darauf, die Angriffe des Feindes, der über eine wahnsinnige Kraft verfügte, abzufangen. Seltsamerweise brauchten wir währenddessen keine Worte und sahen uns nicht einmal an. Stattdessen schien es, als seien unsere Gedanken direkt miteinander verbunden. Wie eine Person reagierten wir auf die rasend schnellen Angriffe des Feindes und wehrten sie ohne nachzudenken ab.

In diesem Moment – mitten in einem Todeskampf, der mir alles und noch mehr abverlangte – erfuhr ich ein Gefühl der Einheit, das ich früher nie gekannt hatte. Asuna und ich kämpften, als seien wir miteinander zu einem Kampfbewusstsein verschmolzen, und in gewisser Weise war das eine unglaublich sinnliche Erfahrung. Durch den Rückstoß, wenn wir die starken Angriffe des Feindes abfingen, die uns ab und zu erreichten, sanken unsere Hit Points jeweils ein wenig, aber nicht einmal das bemerkten wir noch.

22

Der Kampf dauerte eine Stunde.

Am Ende, als der riesige Körper des Bossmonsters schließlich in alle vier Winde verstreut wurde, gab es nicht einen einzigen Spieler, der noch die Kraft hatte, einen Freudenschrei auszustoßen. Alle ließen sich einfach auf den Fußboden aus Obsidian fallen und schnappten angestrengt nach Luft.

Ist es ... vorbei ...?

Ja ... es ist vorbei ...

Nachdem wir noch diese Gedanken ausgetauscht hatten, war es, als ob Asunas und meine Verbindung plötzlich gekappt würde. Mit einem Mal überwältigte uns ein Gefühl absoluter Erschöpfung und wir sanken einfach auf die Knie. Asuna und ich setzten uns Rücken an Rücken gegeneinander hin und schienen uns für eine Weile nicht bewegen zu können.

Wir hatten beide überlebt ... Und trotzdem konnte ich mich nicht von ganzem Herzen freuen. Es hatte viel zu viele Opfer gegeben. Nicht nur, dass direkt zu Beginn drei Menschen gestorben waren, auch danach hatte ich noch den unheilvollen Klang der berstenden Scherben vernommen. Nach dem sechsten Mal hatte ich mit dem Zählen aufgehört.

»Wie viele – hat es erwischt ...?« Das war Klein, der niedergeschlagen links von mir kauerte und mich nun ansah. Seine Stimme war heiser.

Agil lag mit ausgestreckten Armen und Beinen auf dem Rücken neben ihm und drehte sein Gesicht in meine Richtung.

Ich bewegte meine rechte Hand in der Luft, rief die Karte auf und versuchte, die angezeigten grünen Lichtpunkte zu zählen. Dann rechnete ich zurück auf die Zahl der Opfer.

»Vierzehn Leute ... sind gestorben ...« Ich konnte es selbst nicht glauben.

Alle waren doch Top-Level-Spieler mit langer Kampferfahrung gewesen. Auch wenn es eine Situation ohne Flucht- oder Heilungsmöglichkeit gewesen war ... Man starb doch nicht einfach so!

»Das darf doch nicht wahr sein ...«, murmelte Agil mit kraftloser Stimme. Über uns Überlebende senkte sich eine bedrückte Stille.

Wir hatten noch 25 Ebenen vor uns, ein Viertel des Games. Es gab zwar mehrere Tausend Spieler, aber diejenigen an der Front, denen es ernsthaft darum ging, das Game durchzuspielen, das waren nur einige Hundert Menschen. Wenn es ab sofort auf jeder Ebene so hohe Verluste gäbe, dann blieb am Ende vielleicht nur einer übrig, der sich dem Endboss stellen konnte. Das war eine reale Gefahr.

In dem Fall wäre derjenige wohl ohne Zweifel jener Mann ...

Ich blickte in den hinteren Teil des Raums. Dort, inmitten der anderen, die alle flach auf dem Boden lagen, stand eine Gestalt aufrecht und ungebeugt in ihrer purpurroten Robe da. Es war Heathcliff.

Natürlich war auch er nicht unverletzt geblieben. Als ich ihm in die Augen blickte und sein Cursor angezeigt wurde, konnte ich sehen, dass sein HP Bar schon ziemlich gesunken war. Er war ganz alleine mit jener riesigen Knochensense fertiggeworden, die Asuna und ich zu zweit irgendwie abgewehrt hatten. Es wäre nicht verwunderlich gewesen, wenn er nicht nur wegen des zahlenmäßigen Schadens, sondern auch aufgrund totaler Erschöpfung umgefallen wäre.

Aber seine ruhige und gelassene Haltung und die Tatsache, dass er immer noch auf den Beinen stand, konnten den Eindruck entstehen lassen, dass er Erschöpfung einfach nicht kannte. Er bewies eine Zähigkeit, die mir noch nie zuvor begegnet war. Wirklich wie eine Maschine – eine Kampfmaschine, ausgerüstet mit einem Perpetuum mobile …

Ich betrachtete geistesabwesend Heathcliffs Profil, während mein Denkvermögen vor Ermüdung wie mit Seidengaze bedeckt schien. Der Gesichtsausdruck des legendären Mannes war vollkommen ruhig. Wortlos sah er hinunter auf die Mitglieder der Ritter des Blutschwurs und die anderen Spieler, die auf dem Boden kauerten. Ein warmer, liebevoller Blick … so als …

So als würde er eine Menge kleiner Ratten beobachten, die in einem geschickt konstruierten Käfig spielten.

In diesem Moment durchfuhr mich von Kopf bis Fuß ein kalter Schauer.

Mein Bewusstsein erwachte mit einem Mal, und eine kalte Vorahnung breitete sich in meinem Inneren aus. Der winzige Samen einer Ahnung schwoll zusehends an und bildete eine Knospe des Verdachts.

Dieser Blick, diese Ruhe Heathcliffs. Das war nicht der Gesichtsausdruck von jemandem, der sich um seine verletzten Kameraden sorgte. Er stand nicht am gleichen Ort wie wir. Das war ein Gesichtsausdruck, bei dem von weit oben Barmherzigkeit heruntertröpfelte – der Ausdruck eines Gottes …

Ich erinnerte mich an Heathcliffs Furcht einflößende übermenschliche Reaktion damals, als er und ich uns duelliert hatten. Sie hatte das Limit der menschlichen Geschwindigkeit übertroffen, zumindest die vom *SAO*-System erlaubte maximale Geschwindigkeit eines Spielers.

Und dann sein Auftreten im Alltag. Obwohl er der Leiter der stärksten Gilde war, gab er nicht selbst die Befehle, sondern betraute andere Spieler mit allem und beobachtete sie. Lag das möglicherweise nicht daran, dass er seinen Untergebenen vertraute – sondern war Ausdruck dessen, dass er sich selbst beherrschen musste, weil er Dinge wusste, die normale Spieler nicht wissen konnten?

Ein Wesen, das nicht an die Regeln des Todesspiels gebunden war. Aber auch kein Nicht-Spieler-Charakter, denn ein einfaches Programm konnte einen solch barmherzigen Gesichtsausdruck nicht darstellen.

Wenn er kein Nicht-Spieler-Charakter und auch kein normaler Spieler war, dann blieb nur noch eine einzige Erklärung. Aber wie konnte ich mich vergewissern? Es gab keine Möglichkeit ... gar keine.

Doch, es gab eine. Es gab eine einzige Möglichkeit, nur jetzt in diesem Moment, und nur an diesem Ort.

Ich betrachtete Heathcliffs Hit Point Bar. Im unerbittlichen Kampf vorhin war er stark geschrumpft. Aber er hatte die Fünfzig-Prozent-Marke nicht unterschritten. Mit knapper Not, wirklich ganz knapp, war er im grünen Bereich geblieben.

Der Mann, bei dem er bisher noch nie auch nur einmal in den gelben Bereich gefallen war. Diese unüberwindbare Verteidigungskraft ...

Damals im Duell mit mir hatte sich Heathcliffs Gesichtsausdruck verändert, kurz bevor seine Hit Points die fünfzig Prozent unterschritten hatten. Aber das hatte nicht daran gelegen, dass er gefürchtet hatte, in den gelben Bereich einzutreten.

Nicht deswegen – sondern wahrscheinlich ...

Ich fasste das Schwert in meiner rechten Hand ein wenig fester. Mit einer winzig kleinen Bewegung zog ich langsam das rechte Bein an. Ich senkte leicht die Hüfte und nahm die Bereitschaftsstellung für einen bodennahen Sprint ein. Heathcliff bemerkte meine Bewegung nicht. Sein ruhiger Blick war einfach nur auf die erschöpften Gildenmitglieder gerichtet.

Wenn ich mit meiner Vorahnung komplett danebenlag, würde ich zum Verbrecher-Spieler absteigen und wohl eine erbarmungslose Strafe erhalten.

Dann ... Verzeih mir ...

Ich sah flüchtig Asuna an, die neben mir saß. Gleichzeitig hob auch sie den Kopf und unsere Blicke kreuzten sich.

»Kirito ...?« Erschrocken formte sie das Wort nur mit dem Mund, ohne es auszusprechen. In diesem Moment hatte ich mich mit dem rechten Fuß bereits abgestoßen.

Ich überwand die etwa zehn Meter Abstand zwischen mir und Heathcliff geduckt und mit maximaler Geschwindigkeit und richtete das Schwert mit einer drehenden Bewegung in meiner rechten Hand nach oben. Ein Basis-Skill für den Ansturm mit dem Einhandschwert, »Rage Spike«. Da es ein Skill war, der wenig Kraft erforderte, würde er, auch wenn er traf, Heathcliff nicht töten, aber wenn es kam, wie ich erwartete ...

Heathcliff bemerkte jetzt wie erwartet meine Schwertspitze, die sich ihm von links näherte, während sie einen blassblauen Blitz hinter sich herzog, und riss seine Augen auf. Furcht zeigte sich darin. Er hob den Schild in seiner linken Hand und versuchte, in die Defensive zu gehen.

Aber diese Eigenheit von ihm hatte ich in unserem Duell mehrmals gesehen und mir gemerkt. Mein Schwert, das zu einem einzigen Lichtstrahl geworden war, wechselte in der Luft spitzwinklig seine Bahn, streifte den Rand des Schildes und stieß in Heathcliffs Brust ...

Doch direkt davor prallte ich gegen eine unsichtbare Mauer. Ein heftiger Aufprall warf mich zurück, ein violetter Blitz explodierte, und zwischen ihm und mir wurde im gleichen Violett – in der Systemfarbe – eine Nachricht angezeigt.

»Immortal Object«. Ein unsterbliches Wesen. Ein Attribut, das für uns Spieler unmöglich zu erreichen war. Was Heathcliff im Duell wirklich gefürchtet hatte, war, dass dieser göttliche Schutz aufgedeckt würde.

»Kirito, was ...?«

Asuna, die auf meinen plötzlichen Angriff mit einem erstaunten Schrei reagiert und zu mir hatte rennen wollen, sah die Nachricht und blieb stocksteif stehen. Auch ich, Heathcliff, Klein und die Spieler im Raum waren erstarrt. In der Stille verschwand langsam die Systemnachricht.

Ich zog mein Schwert zurück und sprang ein Stück nach hinten, um Abstand zu Heathcliff zu gewinnen. Asuna, die einige Schritte herangekommen war, stellte sich rechts neben mich. »Unsterblichkeit ...? W... Was soll das heißen ... Kommandant ...?«

Heathcliff reagierte nicht auf Asunas verwirrte Frage. Er starrte mich mit strengem Gesichtsausdruck an. Ich senkte die Schwerter in meinen Händen und erwiderte seinen Blick.

»Das ist die Wahrheit hinter der Legende. Dieser Mann wird vom System geschützt, damit seine Hit Points unter keinen Umständen in den gelben Bereich fallen ... Die einzigen Dinge, die das Attribut der Unsterblichkeit besitzen können, sind Gegenstände, Nicht-Spieler-Charaktere oder Admins. Keine Spieler. Aber in diesem Game sollte es keine Admins geben. Ausgenommen eine einzige Person.«

Ich stoppte und sah flüchtig nach oben.

»Seit ich in diese Welt gekommen bin, habe ich mich immer eines gefragt ... Von wo aus beobachtet uns dieser Typ wohl, während er die Welt um uns herum justiert und reguliert? Aber etwas habe ich nicht bedacht. Etwas, das jedes Kind weiß.«

Ich starrte den Paladin im purpurroten Gewand direkt an und sagte: »Es gibt nichts Langweiligeres, als jemand anderem dabei zuzusehen, wie er ein RPG spielt ... nicht wahr, Akihiko Kayaba?«

Die Stille, die folgte, war tief und frostig.

Heathcliff starrte mich immer noch ausdruckslos an. Niemand bewegte sich.

Nur Asuna trat neben mir langsam einen Schritt vor. Ihr Blick war leer, und einen Moment lang bewegte sie stumm die Lippen, bevor sie einige heisere Worte formte.

»Kommandant ... Ist das ... wirklich wahr ...?«

Heathcliff antwortete nicht darauf, sondern legte ein wenig den Kopf schief und fragte mich: »Kannst du mir wenigstens erklären, wie du es bemerkt hast ...?«

»Bei unserem Duell fiel es mir zum ersten Mal auf. Im letzten Moment warst du einfach zu schnell.«

»Dachte ich's mir doch. Ein bedauerlicher Fehler. Du hattest mich in die Enge getrieben, da habe ich den Over-Assist des Systems aktiviert.«

Er nickte langsam und zeigte nun endlich eine Regung. Seine Mundwinkel verzogen sich zu einem gequälten Lächeln.

»Mein Plan war, mich erst bei der Eroberung der 95. Ebene zu offenbaren.«

Der Paladin im purpurroten Gewand ließ seinen Blick langsam über die versammelten Spieler wandern. Sein Lächeln wurde gleichgültig, und dann erklang majestätisch seine Stimme.

»Ich bin in der Tat Akihiko Kayaba. Und zudem der Endgegner, der auf euch auf der obersten Ebene warten sollte.«

Ich fühlte, wie Asuna neben mir leicht schwankte. Ohne meinen Blick abzuwenden, stützte ich sie mit meiner rechten Hand.

»Das zeugt nicht gerade von gutem Geschmack, oder? Der stärkste Spieler wandelt sich zum schlimmsten Endgegner?«

»Ich finde, das ist ein großartiges Szenario. Es wäre sicherlich aufregend geworden, aber dummerweise bin ich bereits nach drei Vierteln durchschaut worden ... Ich hatte mir schon gedacht, dass du in dieser Welt die größte unsichere Variable sein würdest, aber dass du mich so überraschst ...«

Akihiko Kayaba, die Person, die dieses Game entwickelt hatte, und außerdem der Mann, der den Geist von 10.000 Menschen gefangen genommen hatte, lächelte dünn, wie ich es schon einmal gesehen hatte, dann zuckte er mit den Schultern. Das Gesicht des Paladins Heathcliff unterschied sich offensichtlich von Kayabas realem Aussehen. Aber diese Gefühlskälte war dieselbe wie die des gesichtslosen Avatars, der vor zwei Jahren über uns geschwebt hatte. Immer noch kalt lächelnd fuhr Kayaba fort.

»Ich hatte vermutet, dass du am Ende vor mir stehen würdest. Unter den zehn Unique Skills wird der Dualschwerter-Skill dem Spieler mit der schnellsten Reaktionszeit verliehen. Diese Person sollte in der Rolle des Helden dem Dämonenkönig gegenübertreten ... ob sie nun gewinnt oder verliert. Deine Kraft hat meine Erwartungen übertroffen. Dein Angriffstempo ... und dein Scharfsinn. Nun ... solche unerwarteten Entwicklungen machen wohl den Reiz eines Online-RPGs aus ...«

In diesem Moment stand ein Spieler, der bisher wie eingefroren dagesessen hatte, langsam auf. Es war ein Mitglied der Führung der Ritter des Blutschwurs. Sein argloser Blick drückte tiefe Qual aus.

»Du ... Du hast ... Unsere Treue, unsere Hoffnung ... Wie konntest du nur ...?!«

Fest ergriff er seine riesige Hellebarde, und mit einem lauten »Wie konntest du?!« stürmte er auf Kayaba zu. Er war zu schnell, um ihn aufzuhalten. Er holte mit seiner Waffe weit aus ...

Aber Kayaba war schneller. Er schwang die linke Hand, und kaum dass er blitzschnell das erschienene Fenster bedient hatte, verharrte der Körper des Mannes in der Luft und fiel anschließend mit lautem Rüstungsklappern zu Boden. Um seinen HP Bar blinkte ein grüner Rahmen. Er war gelähmt. Kayaba aber bediente weiter das Fenster.

»Ah ... Kirito ...«

Als ich mich umdrehte, kniete auch Asuna auf dem Boden. Ich sah mich um und erkannte, dass alle außer Kayaba und mir sich in unnatürlicher Haltung auf dem Boden krümmten und stöhnten.

Ich schob meine Schwerter in die Scheiden auf meinem Rücken, richtete Asunas Oberkörper auf und drückte ihre Hand. Dann blickte ich zu Kayaba.

»Was hast du vor? Willst du uns alle töten, um es zu vertuschen ...?«

»Du meine Güte. So was Unfaires würde ich nicht tun.« Der Mann in der purpurroten Kleidung schüttelte lächelnd seinen Kopf. »Jetzt ist es nicht mehr zu ändern. Ich werde also früher als gedacht im Rubinpalast auf der obersten Ebene auf euch warten. Ich habe die Ritter des Blutschwurs darauf trainiert, die starken Monster auf den oberen Ebenen besiegen zu können. Es widerstrebt mir, euch und die anderen Kämpfer zurückzulassen. Aber mit eurer Kraft werdet ihr es sicher schaffen. Doch zuvor ...«

Kayaba brach ab und starrte mich an. Pure Willenskraft leuchtete in seinen Augen. Er stieß das Schwert in seiner rechten Hand leicht in den Obsidian des Bodens. Ein heller Ton durchschnitt die Anspannung in der Luft.

»Kirito, ich muss dich dafür belohnen, dass du meine wahre Identität aufgedeckt hast. Ich gebe dir eine Chance. Die Chance, jetzt und hier gegen mich zu kämpfen. Natürlich hebe ich meinen Unsterblichkeitsstatus auf. Wenn du gegen mich gewinnst, ist das Spiel zu Ende und alle Spieler können sich aus dieser Welt ausloggen ... Wie wär's?«

Kaum dass er das gesagt hatte, versuchte Asuna in meinen Armen verzweifelt, ihren Oberkörper zu bewegen, und schüttelte wild ihren Kopf. »Tu's nicht, Kirito ...! Er will dich beseitigen ... Wir sollten uns besser zurückziehen ...!«

Meine Vernunft sagte mir, dass sie recht hatte. Er war der Admin, der sich in das System selbst einmischen konnte. Auch wenn er einen fairen Kampf versprach, wusste man nicht, welche Manipulationen er durchführen würde. Es war das Beste, sich zurückzuziehen, gemeinsam zu diskutieren und eine Strategie auszuarbeiten.

Aber ...

Was hatte er gesagt? Er hatte die Ritter des Blutschwurs trainiert? Mit unserer Kraft würden wir es bestimmt schaffen ...?

»Das soll wohl ein Witz sein ...«, sagte ich, ohne darüber nachzudenken.

Er hatte den Geist von 10.000 Menschen in dieser Welt, die er selbst geschaffen hatte, gefangen genommen. 4.000 davon hatte er durch elektromagnetische Wellen das Gehirn verbrannt, und dann hatte er auch noch dabei zugesehen, wie sich die anderen Spieler in dem Szenario, das er sich ausgedacht hatte, mit aller Kraft abmühten. Wie sehr er das genossen haben musste.

Ich erinnerte mich an Asunas Vergangenheit, von der ich auf der 22. Ebene gehört hatte. Ich erinnerte mich an ihre Tränen, als sie an mich gelehnt geweint hatte. Wie konnte ich vor diesem Mann einen Rückzieher machen, der aus Freude an seiner Schöpfung Asuna unzählige Male verletzt und so viel Blut vergossen hatte? Das war unverzeihlich.

»In Ordnung. Bringen wir es zu Ende.«

Ich nickte langsam.

»Kirito ...!«

Auf Asunas leidvollen Schrei hin sah ich sie noch einmal an, wie sie da in meinen Armen lag. Schmerz fuhr mir durch die Brust wie ein Pfeil, aber irgendwie brachte ich ein Lächeln zustande. »Verzeih mir. Dieses Mal darf ich … nicht weglaufen.«

Asuna öffnete ihren Mund, um irgendetwas zu sagen, aber dann schenkte sie mir stattdessen ein verzweifeltes Lächeln. Eine Träne lief ihr die Wange hinab. »Aber du wirst nicht sterben … oder?«

»Nein … Ich werde siegen. Ich werde siegen und dieses Spiel beenden.«

»Verstanden. Ich glaube an dich.«

Auch wenn ich verlieren und sterben sollte, du musst weiterleben … Ich konnte diesen Satz nicht aussprechen und drückte stattdessen wortlos ihre Hand.

Dann bettete ich sie vorsichtig zurück auf den Boden aus Obsidian und stand auf. Während ich langsam auf Kayaba zuging, der mich stumm erwartete, zog ich mit beiden Händen meine Schwerter.

»Kirito! Hör auf …!«

»Kirito!«

Das waren Klein und Agil, die verzweifelt versuchten, aufzustehen. Ich drehte mich zu ihnen, blickte zuerst Agil an und senkte leicht meinen Kopf.

»Agil. Danke für die Unterstützung der gesamten Schwertkämpfer-Klasse in diesem Game. Ich weiß, dass du fast all deinen Profit in die Ausbildung der Spieler auf den mittleren Leveln gesteckt hast.«

Der große Mann riss seine Augen weit auf und ich lächelte ihm zu. Dann wandte ich mich an Klein.

Der Katana-Träger mit dem geschmacklosen Bandana hielt seine Gesichtszüge mit dem Dreitagebart mühsam unter Kontrolle und holte Luft, als suche er nach den richtigen Worten. Ich blickte ihm direkt in die tief liegenden Augen. Sosehr ich auch sprechen wollte, mein Hals schnürte sich zusammen und ich konnte ein Zittern in meiner Stimme nicht unterdrücken.

»Klein ... Dass ich dich damals ... hab stehen lassen, das tut mir leid. Ich hab es immer bereut.«

Kaum dass ich das mit heiserer Stimme gesagt hatte, wurden die Augen meines Freundes feucht, und Tränen liefen ihm die Wangen hinab.

Klein versuchte erneut mit großer Anstrengung, aufzustehen. Er schrie, und seine Stimme brach vor heller Wut.

»D... Du! Kirito! Entschuldige dich gefälligst nicht! Nicht jetzt! Ich vergebe dir nicht! Solange du mich drüben nicht zum Essen eingeladen hast ... werde ich dir nie vergeben!«

Ich nickte Klein zu, bevor er weitersprechen konnte. »Verstanden. Ich verspreche es. Wir sehen uns drüben.« Ich hob meine rechte Hand und gab ihm ein Daumen-Hoch.

Und dann sah ich noch einmal das Mädchen an, dank dem ich nun sagen konnte, was ich zwei Jahre lang nicht hatte sagen können.

Asuna, die mich mit einem unter Tränen lächelnden Gesicht ansah ...

Verzeih mir, dachte ich.

Dann drehte ich mich zu Kayaba um, der immer noch unbeteiligt wirkte.

»Ich habe nur eine Bitte.«

»Und die wäre?«

»Ich habe nicht vor, zu verlieren. Aber falls ich sterben sollte … sorg bitte dafür, dass Asuna sich nichts antun kann.«

Kayaba zuckte mit einer Augenbraue, als sei er überrascht, nickte aber gleichgültig.

»In Ordnung. Ich stelle es so ein, dass sie Selmburg nicht verlassen kann.«

»Kirito! Nein, das … das darfst du nicht!«, hörte ich Asuna hinter mir unter Tränen schreien. Ich drehte mich nicht um. Ich stellte den linken Fuß vor, hob das Schwert in meiner Linken an und senkte das andere in meiner Rechten.

Kayaba bediente das Menüfenster mit seiner linken Hand und regulierte seinen und meinen Hit Point Bar auf die gleiche Länge. Er stellte sie auf einen Wert ein, der ganz kurz vor Erreichen der kritischen roten Zone lag und der bei einem klaren Treffer sofort eine Entscheidung herbeiführen würde.

Als Nächstes wurde über seinem Kopf die Systemnachricht »Changed into Mortal Object« angezeigt – der Unsterblichkeitsstatus war aufgehoben worden. Kayaba schloss das Fenster, zog sein im Boden steckendes Langschwert heraus und positionierte es hinter seinem Kreuz-Schild.

Mein Geist war kalt und klar. *Asuna, vertrau mir …* Dieser Gedanke stieg wie eine Blase in mein Bewusstsein, und als sie schließlich platzte, blieb nur der scharfe Kampftrieb zurück.

Tatsächlich war es unmöglich, meine Siegchancen zu kalkulieren. Bei unserem vorherigen Duell hatte ich nicht das Gefühl gehabt, im Hinblick auf meine Sword Skills unterlegen zu sein. Aber das galt nicht, wenn er wieder seinen Over-Assist benutzen würde, diesen Eingriff ins System, bei dem ich stillstand und nur er sich bewegte.

Alles hing von Kayabas Stolz ab. Seine Aussagen deuteten darauf hin, dass er versuchen würde, mit seiner Fähigkeit »Heiliges Schwert« gegen mich zu gewinnen. Meine einzige Hoffnung auf Überleben lag darin, ihn zu überrumpeln und den Kampf schnell zu entscheiden.

Zwischen Kayaba und mir stieg das Gefühl der Anspannung. Mir schien es, als ob durch den Druck sogar die Luft zwischen uns zitterte. Dies war kein Duell. Dies war ein Kampf auf Leben und Tod. Genau ... Ich würde diesen Mann ...

»Töten!«, rief ich mit einem scharfen Ausatmen und sprang auf ihn zu.

Noch aus der Distanz hieb ich mein Schwert in der rechten Hand zur Seite. Kayaba fing es mit dem Schild in seiner linken Hand ohne Schwierigkeit auf. Funken sprühten und strahlten unsere beiden Gesichter für einen Moment hell an.

Als sei das Klirren von zusammentreffendem Metall das Signal für den Beginn des Duells gewesen, befanden wir uns plötzlich in einem erbarmungslosen Schwertkampf.

Unter den unzähligen Kämpfen, die ich in dieser Welt schon ausgefochten hatte, war dieser der irregulärste, der menschlichste. Die Fähigkeiten des jeweils anderen waren kein Geheimnis mehr für uns. Da es außerdem Kayaba gewesen war, der die Dualschwerter designt hatte, kannte er vermutlich alle möglichen Hiebkombinationen. Das erklärte zumindest, wie er im vorigen Duell jede meiner Bewegungen hatte vorausahnen können.

Ich setzte diesmal deshalb keine der systemmäßig festgelegten Angriffskombinationen ein und benutzte meine Schwerter stattdessen instinktiv, wie es mir gerade in den

Sinn kam. Natürlich musste ich so ohne die Systemassistenz auskommen, aber meine Arme bewegten sich trotzdem mit fast übermenschlicher Geschwindigkeit; vielleicht weil meine Sinne bis ans Limit beschleunigt waren. Zeitweise konnten nicht einmal meine Augen folgen und ich sah die Abbilder von mehreren, sogar einem Dutzend Schwertern, so schnell bewegte ich mich. Aber …

Kayaba parierte mit einer erstaunlichen Sicherheit einen meiner Angriffe nach dem anderen. Dazwischen versetzte er mir heftige Schläge, die ich immer nur sehr knapp abfangen konnte. Der Spielstand blieb hartnäckig unverändert. Ich konzentrierte mich auf Kayabas Augen und versuchte, seine Taktik vorauszuahnen. Unsere Blicke kreuzten sich.

Kayabas – Heathcliffs – messingfarbene Augen waren vollkommen kalt. Die Menschlichkeit, die er im vorherigen Duell stellenweise hatte durchblicken lassen, war spurlos verschwunden.

Plötzlich lief es mir kalt den Rücken hinunter.

Mein jetziger Gegner war der Mann, der es fertiggebracht hatte, 4.000 Menschen umzubringen. Wie war das überhaupt möglich? Der Tod und der Hass von 4.000 Menschen lasteten auf seinem Gewissen. Wenn er diesem Druck standhalten konnte und noch immer bei Verstand war … dann war er kein Mensch mehr. Dann war er ein Monster.

»Aaaaaaaaahhh!«

Ich schrie, um die Spuren der im Inneren meines Herzens entstandenen Angst wegzublasen. Ich wurde noch schneller und schlug pro Sekunde mehrere Male zu, aber Kayabas Miene veränderte sich nicht. Er bewegte mit einer unglaublichen Geschwindigkeit seinen Kreuz-Schild und sein Langschwert

und schlug jeden meiner Angriffe sicher zurück. Spielte er mit mir ...?!

Meine Angst wurde zu Panik. Wenn Kayaba jeden einzelnen meiner Hiebe parieren konnte, dann war er auch in der Lage, einen Gegenschlag zu führen und mir einen kritischen Treffer zu verpassen.

Zweifel ergriff mich. Kayaba hatte es gar nicht nötig, den Over-Assist zu verwenden.

»Scheiße ...!«

Wenn das so ist ... wie gefällt dir das?

Ich änderte meine Taktik und setzte den höchsten Skill der Dualschwerter ein, »The Eclipse«. Die Klingen meiner Schwerter fuhren mit Höchstgeschwindigkeit auf Kayaba nieder und schimmerten dabei wie die Korona einer Sonne. Eine 27-fache Combo ...

Aber darauf hatte Kayaba nur gewartet, denn auch diese Kombination war vom System vorgegeben. Zum ersten Mal gestattete er sich einen Gesichtsausdruck, aber dieser war ein anderer als beim letzten Kampf. Dieser war ein siegessicheres Lächeln.

Schon nach den ersten paar Schlägen bemerkte ich meinen Fehler. Bis ganz zum Schluss hatte ich mich nicht auf meine Sinne, sondern auf das System verlassen. Ich konnte die Angriffskombination nicht mehr stoppen – eine Unterbrechung hätte mir eine kurze Zeit der Erstarrung auferlegt. Aber Kayaba kannte jeden einzelnen meiner 27 Schläge.

Während jeder von ihnen problemlos von Kayabas Kreuz-Schild abgefangen wurde, konnte ich nur noch eine leise Entschuldigung flüstern. *Verzeih mir, Asuna ... Wenigstens du musst ... leben ...*

Der 27. Angriff traf die Mitte des Kreuz-Schildes und ließ Funken sprühen. Im selben Moment gab die Klinge in meiner linken Hand ein helles, metallisches Geräusch von sich und zersplitterte in tausend Stücke.

»Adieu, Kirito ...«

Ich war erstarrt. Kayaba hob sein Langschwert hoch über meinen Kopf. Aus der Klinge sprudelte purpurrotes Licht hervor, das ein blutrotes Band hinter sich herzog, als es nach unten sauste ...

In diesem Moment hörte ich in meinem Kopf eine laute, wilde Stimme.

Kirito! Ich beschütze dich!

Ein menschlicher Blitz schoss mit halsbrecherischer Geschwindigkeit zwischen das purpurrot leuchtende Langschwert und mich. Kastanienbraunes langes Haar tanzte durch die Luft.

Asuna ... Wie ...?!

Eigentlich hätte sie sich wegen des Lähmungszustands nicht bewegen können sollen. Und trotzdem stand sie vor mir, den Kopf hoch erhoben und beide Arme ausgebreitet.

Auf Kayabas Gesicht zeigte sich Überraschung. Aber sein Schwert konnte er nicht mehr aufhalten. Wie in Zeitlupe sah ich, wie seine Klinge Asuna erfasste und ihren Oberkörper von der Schulter bis zur Brust spaltete, bevor sie zum Stillstand kam.

Verzweifelt sprang ich vor, als sie fiel, und fing sie auf, als sie ohne einen Laut in meinen Armen zusammenbrach.

Asuna blickte mich an und lächelte. Ihr Hit Point Bar – verschwand.

Die Zeit blieb stehen.

Abend. Eine Wiese. Eine leichte Brise. Ein Frösteln.

Wir saßen nebeneinander auf einem Hügel und sahen hinab auf den See, auf dem sich der rotgoldene Schein der Abendsonne zu tiefem Dunkelblau gewandelt hatte.

Blätterrascheln. Die Stimmen von Vögeln, die in ihr Nest zurückkehrten.

Sie drückte sanft meine Hand. Sie lehnte ihren Kopf an meine Schulter.

Wolken zogen vorbei. Ein, zwei Sterne begannen zu funkeln.

Wir sahen auf ewig weiter zu, wie die Farben, die die Welt bunt machten, Stück für Stück verblassten.

Endlich sagte sie: »Ich bin ein bisschen müde. Kann ich meinen Kopf auf deine Beine legen?«

Ich lächelte.

»Ja, klar. Schlaf ein bisschen.«

Asuna, die in meinen Armen lag, setzte ein ruhiges Lächeln auf, genau wie damals, und sah mich mit einem Blick voll unendlicher Zärtlichkeit an. Aber die Wärme, die ich damals gespürt hatte, fehlte.

Asunas Körper wurde Stück für Stück von einem goldenen Leuchten eingehüllt. Körner aus Licht tropften von ihr herunter und lösten sich auf.

»Nein ... Asuna ... Das ... Warum ...?«

Meine Stimme zitterte. Das erbarmungslose Licht wurde immer heller.

Aus Asunas Auge fiel sanft eine einzelne Träne, leuchtete einen Moment auf und verschwand. Ihre Lippen bewegten sich sachte und formten leise Worte.

Es tut mir leid ...

Leb wohl.

Und dann ...

In meinen Armen leuchtete das Licht besonders hell auf, dann zerbarst es. Zahllose goldene Federn verteilten sich in der Luft und schwebten hernieder.

Und dann war sie fort.

Ein stimmloser Schrei zerriss mir die Kehle, während ich mit beiden Händen verzweifelt versuchte, die Federn einzusammeln. Aber als hätte sie ein Windstoß erfasst, wirbelten sie auf, stoben auseinander, lösten sich auf. Sie verschwanden. Für immer.

So etwas sollte nicht passieren. Es durfte nicht passieren. Durfte nicht. Durfte nicht ...

Ich stürzte auf die Knie. Die letzte Feder schwebte auf meine Hand herab, berührte sie leicht, wie eine Liebkosung ... dann erlosch auch sie.

23

Kayaba zog seine Mundwinkel nach oben, breitete mit einer übertriebenen Geste beide Arme aus und sagte: »Das hat mich überrascht. Wie ein Szenario in einem Offline-RPG, nicht wahr? Sie hätte sich eigentlich nicht bewegen können dürfen ... Aber so etwas kann wohl passieren.«

Ich nahm seine Stimme nicht bewusst wahr. Jegliche Emotion in mir brannte lichterloh, brannte aus und wurde zu schwarzer, kalter Asche. Ich stürzte in einen tiefen Abgrund der Verzweiflung.

Ich hatte jeden Antrieb verloren, noch irgendetwas zu tun.

Sowohl in dieser Welt zu kämpfen, als auch in die reale Welt zurückzukehren, sogar weiterzuleben, war sinnlos. Damals schon, als ich aufgrund meiner eigenen Schwäche meine Gildenkameraden verloren hatte, hätte ich mein eigenes Leben beenden müssen. Dann hätte ich Asuna nicht getroffen und nicht noch einmal denselben Fehler begangen.

Dass Asuna nicht Selbstmord begehen möge – so etwas Dummes, Leichtfertiges hatte ich gesagt? Ich hatte gar nichts verstanden. Dass man mit einer solchen gähnenden Leere in sich überhaupt nicht weiterleben konnte ...

Ich betrachtete benommen Asunas Rapier, das auf dem Boden schimmerte. Ich streckte meine linke Hand aus und ergriff es.

Ich starrte es an und versuchte, in dieser überaus leichten und zierlichen Waffe irgendetwas zu entdecken, das an ihre Existenz erinnerte, aber da war nichts. Keine Spur seiner Besitzerin war auf seiner glatten Oberfläche zu entdecken.

Mit meinem eigenen Schwert in der rechten Hand und Asunas Rapier in der linken stand ich ganz langsam auf.

Genug. Ich würde die Erinnerung an die wenigen Tage, die ich mit ihr hatte verbringen dürfen, mitnehmen und ihr dorthin folgen, wohin sie gegangen war.

Mir war, als riefe hinter mir jemand meinen Namen.

Aber ohne anzuhalten, schwang ich das Schwert in meiner rechten Hand hoch über meinen Kopf und schlug nach Kayaba. Dann bewegte ich mich schwerfällig zwei, drei Schritte auf ihn zu und stieß das Schwert vor.

Diese Bewegung war keine Kunst, nicht mal ein wirklicher Angriff, und Kayaba quittierte sie mit einem mitleidigen Gesichtsausdruck. Mit seinem Schild stieß er mein Schwert mühelos fort, und dann durchbohrte er mit dem Langschwert in seiner rechten Hand meine Brust.

Ich betrachtete emotionslos das metallische Leuchten, das tief in meinem Körper steckte. Mein Kopf war wie leer gefegt. Ich empfand nur eine neutrale Resignation, dass damit alles endlich vorbei war.

Am rechten Rand meines Gesichtsfeldes schrumpfte mein Hit Point Bar langsam zusammen. Als würde die Beschleunigung meiner Sinne noch anhalten, sah ich, wie Punkt für Punkt verschwand. Ich schloss die Augen. In dem Moment, da ich das Bewusstsein verlor, wollte ich an Asunas Lächeln denken.

Doch mein Gesichtsfeld wurde zwar von Finsternis verschluckt, aber mein Hit Point Bar verschwand nicht. Langsam, aber sicher wurde das rot leuchtende Band kürzer. Mir war, als würde der Gott mit Namen System, der meine

Existenz bis hierher geduldet hatte, sich in Erwartung des kommenden Moments schon die Lippen lecken. Noch zehn Punkte. Noch fünf Punkte. Noch ...

In diesem Moment erfasste mich plötzlich ein so heftiger Zorn, wie ich ihn noch nie gespürt hatte.

Er war es. Er war es, der Asuna getötet hatte. Sogar der Schöpfer Kayaba war nur noch ein Teil von ihm. Was Asunas Körper zerschnitten hatte, was ihr Bewusstsein weggeblasen hatte, dieses Gefühl, das mich einhüllte – es war der Wille des Systems selbst. Ein digitaler Gott, der gnadenlos die Sense schwang, während er die Dummheit der Spieler verspottete ...

Was waren wir nur? Eine Ansammlung komischer mechanischer Puppen, die an den unzerstörbaren Fäden des *SAO*-Systems tanzen durften. Die nur weiterlebten, wenn das System das für gut befand, und die verschwanden, wenn es beschloss, dass wir sterben sollten ...

Als wolle er meinen Zorn verspotten, verschwand genau jetzt mein Hit Point Bar. In meinem Gesichtsfeld wurde klein eine violette Nachricht angezeigt. »Du bist tot.« Die Verkündigung des Gotts: *Stirb.*

Heftige Kälte brach über mich herein, und ich verlor das Gefühl für meinen Körper. Ich spürte, wie eine riesige Menge an Codezeilen daran arbeitete, mich aufzulösen, klein zu schneiden und zu verschlingen. Mit eisigen Fingern krabbelte die Kälte über meinen Rücken, meinen Hals hinauf und drang in meinen Kopf ein. Nervenimpulse, Geräusche, Licht, alles entfernte sich. Mein Körper spaltete sich auf ... wurde zu Polygonscherben ... zerstreute sich ...

So einfach verschwinde ich nicht.

Ich öffnete meine Augen. Ich konnte sehen. Ich konnte immer noch etwas sehen. Ich erkannte Kayabas Gesicht, während sein Schwert noch immer in meiner Brust steckte, und den Ausdruck der Angst darin.

Als hätte die Beschleunigung meiner Sinne wieder begonnen, konnte ich sogar den Prozess des Brechens und Zerberstens des Avatars extrem langsam spüren, der normalerweise in einem Sekundenbruchteil ablief. Die Konturen meines Körpers verblassten bereits, und als ob ich an allen Stellen aufbrechen würde, fielen Körner aus Licht herunter und ich verschwand ... aber noch existierte ich. Noch lebte ich.

»Aaaaaaaaaaaargh!«

Ich schrie. Während ich schrie, leistete ich Widerstand. Dem System. Dem absoluten Gott.

Asuna, die solch ein verwöhntes Kind gewesen war und jemand, der sich schnell einsam fühlte, hatte ihre ganze Willenskraft zusammengenommen, hatte die Lähmung, die unmöglich zu heilen war, durchbrochen, und hatte ihren Körper in den Schwertangriff geworfen, bei dem es unmöglich gewesen war, zu intervenieren. Um mich zu retten, nur dafür. Ich konnte es mir nicht leisten, hier tatenlos umzukommen. Das ging auf keinen Fall. Auch wenn ich dem Tod nicht entkommen konnte ... musste zuvor ... zumindest eines getan werden ...

Ich ballte meine linke Hand zur Faust. Ich holte mir das Gefühl dorthin zurück, als würde ich einem feinen Faden bis zu seinem Ende folgen. Ich erkannte wieder, was ich in der Hand hielt. Asunas Rapier – jetzt konnte ich ihren Willen spüren, der darin gebunden war. Ich hörte die Stimme, die mich ansporntе, nicht aufzugeben.

Unglaublich langsam begann sich mein linker Arm zu bewegen. Als ich ihn etwas anhob, wurde seine Kontur unscharf und Polygonpartikel schälten sich davon ab. Aber die Bewegung hielt nicht an. Stück für Stück für Stück hob ich meinen Arm, während meine Seele begann, sich aufzulösen.

Vielleicht als Preis für die arrogante Rebellion durchfuhr ein fürchterlicher Schmerz meinen ganzen Körper, aber ich biss die Zähne zusammen und bewegte weiter meinen Arm. Die wenigen Zentimeter waren unerhört lang. Mein Körper war kalt, wie gefroren. Mein linker Arm war alles, was ich noch fühlte, doch die Kälte drang rasch auch in ihn ein. Wie eine kunstvolle Eisskulptur brach mein Körper nach und nach zusammen.

Aber schließlich ... konnte ich die silbern glänzende Spitze des Rapiers auf Kayabas Brust setzen. Kayaba bewegte sich nicht. Keine Spur von Angst war in seinem Gesicht zu sehen, stattdessen formte sein leicht geöffneter Mund sich zu einem ruhigen Lächeln.

Halb durch meinen puren Willen, halb unterstützt von irgendeiner sonderbaren Kraft bewegte sich mein Arm die letzten Zentimeter. Das Rapier drang lautlos in Kayabas Körper, und er schloss die Augen. Sein HP Bar verschwand.

Mit gegenseitig durchbohrten Körpern blieben wir einen Moment stehen. Meine Lebenskraft war verbraucht, und ich blickte ins Leere.

Ist es ... gut so ...?

Ich konnte ihre Antwort nicht hören, aber ich spürte, wie eine schwache Wärme einen Moment lang meine linke Hand einhüllte. Ich ließ die Kraft fahren, die meinen zerbrechenden Körper zusammengehalten hatte.

Als mein Bewusstsein in tiefe Finsternis sank, spürte ich noch, wie mein Körper zu tausend Scherben wurde und zersplitterte, und wie gleichzeitig auch Kayaba zerbrach. Ein lautes doppeltes Klirren ertönte, wie ich es schon so oft gehört hatte. Diesmal entfernte sich wirklich alles. Ich entfernte mich schnell. Die Leute, die da leise meinen Namen riefen, das waren wohl Agil und Klein. Als wolle sie sie überlagern, erklang die anorganische Stimme des Systems ...

»Das Spiel wurde beendet – Das Spiel wurde beendet – Das Spiel ...«

24

Abendrot. Der gesamte Himmel brannte.

Als ich zu mir kam, war ich an einem seltsamen Ort.

Zu meinen Füßen war eine dicke Platte aus durchsichtigem Kristall. Darunter zogen langsam Reihen von rot gefärbten Wolken entlang. Als ich aufblickte, war da ein abendroter Himmel voller Abstufungen von Scharlachrot über Purpurrot bis hin zu tiefem Violett, der sich in jede Richtung ewig zu erstrecken schien. Schwach erklang das Geräusch von Wind.

Eine kleine Kristallscheibe schwebte in diesem Himmel, an dem es nichts gab außer kupfern leuchtenden Wolken, und an deren Rand stand ich.

Wo war ich hier wohl? Obwohl mein Körper ganz sicher zu zahllosen Splittern geworden und zerbrochen war und ich hätte ... verschwinden sollen ... war ich immer noch in *SAO* ... oder war das etwa das Jenseits?

Ich sah an meinem Körper hinunter. Meine Rüstung aus Ledermantel und langen Handschuhen sah genauso aus wie zum Zeitpunkt meines Todes. Aber alles war ein wenig durchsichtig. Nicht nur meine Ausrüstung. Sogar die sichtbaren Stellen meines Körpers schienen nun aus einem halb durchsichtigen Material wie Buntglas zu bestehen, und im Licht des Abends leuchteten sie rot.

Ich streckte meine rechte Hand aus und bewegte leicht meinen Finger. Mit dem vertrauten Klangeffekt erschien ein Fenster. Dann war ich hier also noch im Inneren von *SAO*.

Aber in diesem Fenster existierten keine Ausrüstungsfigur und keine Menüübersicht. Auf dem einfarbigen Bildschirm wurde lediglich mit kleinen Buchstaben angezeigt: »System fährt herunter. 54 Prozent abgeschlossen«. Während ich sie betrachtete, stieg die Zahl auf 55. Ich hatte gedacht, dass gleichzeitig mit dem Zerfall des Körpers der Hirntod – die Auslöschung des Bewusstseins – eintreten würde, aber was war das denn jetzt?

Ich zuckte mit den Schultern. Als ich das Fenster schloss, erklang plötzlich hinter mir eine Stimme. »Kirito ...!«

Diese Stimme wie eine himmlisch bezaubernde Musik. Durch meinen ganzen Körper fuhr ein Schock.

Lass die Stimme keine Illusion gewesen sein ... Während ich das verzweifelt betete, drehte ich mich um.

Vor dem Hintergrund des brennend roten Himmels stand sie.

Der Wind wiegte sanft ihr langes Haar. Ihr ruhig lächelndes Gesicht war so nah, dass ich es mit meinem ausgestreckten Arm hätte erreichen können, aber ich konnte mich nicht bewegen.

Wenn ich nur einen Moment wegsehen würde, würde sie verschwinden ... Das glaubte ich und sah sie weiter wortlos an. Auch ihr Körper war genau wie meiner halb durchsichtig. Ihre Gestalt, die in der Farbe des Abendrots leuchtete, war schöner als alles, was in dieser Welt existierte.

Ich unterdrückte verzweifelt die Tränen, die mir in die Augen steigen wollten, und lächelte irgendwie. »Verzeih ... Ich bin auch gestorben«, flüsterte ich.

»Dummkopf ...« Sie lächelte, aber über ihre Wange lief eine Träne.

Ich breitete beide Arme aus und rief sachte ihren Namen. »Asuna ...«

Sie flog weinend in meine Arme, und ich hielt sie fest, so fest. Nie wieder würde ich sie loslassen. Egal was passierte, ich würde sie für immer in meinen Armen halten.

Nach einem langen, langen Kuss lösten wir uns endlich voneinander und sahen uns an. Es gab eine Menge Dinge, die ich über jenen letzten Kampf erzählen wollte, für die ich mich entschuldigen wollte. Aber es schien, dass Worte nicht mehr nötig waren. Stattdessen richtete ich meinen Blick auf den unendlichen abendroten Himmel und fragte: »Wo ... sind wir hier?«

Asuna senkte wortlos ihren Blick und streckte ihren Finger aus. Ich folgte ihrer Bewegung mit den Augen.

An einem Punkt im Himmel, weit entfernt von der kleinen Kristallscheibe, auf der wir standen – da schwebte es. Ein Kegel, der so aussah, als hätte man ihm die Spitze abgeschlagen, der zusammengesetzt war aus zahllosen aufeinandergestapelten dünnen Ebenen. Wenn man die Augen anstrengte, konnte man zwischen den Ebenen kleine Berge und Wälder, Seen und auch Städtchen erkennen.

»Aincrad ...«, murmelte ich, und Asuna nickte. Ohne Zweifel, das war Aincrad. Das riesige schwebende Schloss, das im endlosen Himmel dahintrieb. Die Welt der Schwerter und Gefechte, in der wir zwei lange Jahre gekämpft hatten. Jetzt lag sie vor uns.

Bevor ich hierhergekommen war, hatte ich Aincrad einmal von außen gesehen, in den Werbematerialien des in der realen Welt angekündigten *SAO*. Aber dies war das erste Mal, dass ich das Original von außen sah. Ehrfurcht erfasste mich, und ich hielt den Atem an.

Das riesige stählerne Schloss – es war in diesem Moment dabei, zu zerfallen.

Während wir wortlos zusahen, brach ein Teil des Basisstockwerks weg und fiel unter zahllosen Trümmern ins Nichts. Wenn man genau hinhörte, erklang über dem Säuseln des Windes leise ein Donnern.

»Oh ...«

Asuna murmelte etwas. Ein weiterer, riesiger Teil der Welt brach ab, und zusammen mit Felsen und Erde fielen zahllose Bäume und das Wasser von Seen hinab und gingen im roten Wolkenmeer unter. In jener Gegend lag der Ort, an dem unser Haus im Wald gestanden hatte. Als die Ebenen des schwebenden Schlosses, in denen die Erinnerungen von zwei Jahren eingebrannt waren, nach und nach abbrachen, als würde man eine dünne Membran nach der anderen abziehen, stieg schmerzvolle Trauer in meiner Brust auf.

Mit Asuna immer noch in meinen Armen setzte ich mich an den Rand der schwebenden Insel aus Kristall.

Seltsamerweise war mein Herz gelassen. Ich wusste gar nicht, was mit uns passiert war, was ab sofort mit uns passieren würde, aber ich spürte keine Unruhe. Ich hatte getan, was getan werden musste, hatte mein flüchtiges Leben verloren und wohnte jetzt gemeinsam mit dem Mädchen, das ich liebte, dem Ende der Welt bei. Das war in Ordnung … Ich war vollkommen zufrieden.

Asuna ging es wohl genauso. In meinen Armen betrachtete sie mit halb geschlossenen Augen das zusammenbrechende Aincrad. Ich streichelte langsam ihr Haar.

»Was für ein hübscher Anblick«, hörte ich plötzlich eine Stimme neben uns. Als Asuna und ich uns umblickten, stand neben uns ein Mann.

Es war Akihiko Kayaba.

Nicht der Paladin Heathcliff, sondern seine ursprüngliche Gestalt als Entwickler von *SAO*. Um seinen weißen Hemdkragen war eine Krawatte gebunden und er trug einen langen weißen Kittel. In seinem spitzen Gesicht mit den feinen Linien leuchteten seine messingfarbenen Augen, die als Einziges unverändert waren, in einem ruhigen Licht, und er betrachtete das schwindende schwebende Schloss. Sein ganzer Körper war, genau wie unsere, halb transparent.

Obwohl ich erst vor wenigen Minuten mit diesem Mann einen Kampf auf Leben und Tod geführt hatte, war ich ganz ruhig. Hatte ich wohl, als ich in diese Welt des ewigen Abends gekommen war, Zorn und Hass dort unten zurückgelassen? Ich nahm meinen Blick von Kayaba, sah wieder das riesige Schloss an und fragte: »Was passiert da?«

»Man könnte es eine Metapher nennen …«, antwortete Kayaba mit ebenfalls ruhiger Stimme. »Derzeit werden im kompletten Arbeitsspeicher des *SAO*-Mainframes, im fünften Untergeschoss des Argus-Hauptsitzes, alle Daten vollständig vernichtet. In etwa zehn Minuten wird wohl alles und jeder von dieser Welt gelöscht sein.«

»Die Menschen, die dort waren ... was ist mit ihnen passiert?«, fragte Asuna leise.

»Keine Sorge. Vorhin ...«, Kayaba bewegte seine rechte Hand und fuhr fort, während er flüchtig das angezeigte Fenster betrachtete, »wurde der Log-out aller überlebenden Spieler, 6.147 Menschen, durchgeführt.«

Dann hatten sowohl Klein als auch Agil, alle Menschen, die ich in dieser Welt kennengelernt und die die zwei Jahre überlebt hatten, sicher nach drüben zurückkehren können.

Ich drückte einmal fest die Augen zu, schüttelte das ab, was in mir hochgestiegen war, und fragte: »Und die, die gestorben sind? Wir sind ja auch noch hier, kannst du dann nicht die bis jetzt gestorbenen 4.000 Menschen in die frühere Welt zurückkehren lassen?«

Kayaba schloss das Fenster, ohne seinen Gesichtsausdruck zu verändern, steckte seine Hände in die Taschen des weißen Kittels und sagte: »Das Leben ist nichts, mit dem man so leichtfertig umgehen sollte. Ihr Bewusstsein kommt nicht zurück. Dass die Toten verschwinden, ist in jeder Welt gleich. Mit euch – wollte ich zum Schluss nur noch ein bisschen reden.«

Das war also die Erklärung des Mannes, der 4.000 Menschen getötet hatte – aber seltsamerweise war ich nicht wütend. Stattdessen stellte ich noch eine weitere Frage. Es war die Frage, die prinzipiell wohl alle Spieler, nein, alle Menschen bewegte, die irgendwie beteiligt waren.

»Warum – hast du das getan ...?«

Kayaba lächelte gequält. Eine kurze Stille folgte.

»Warum. Auch ich habe das lange Zeit vergessen. Warum. Als ich von der Entwicklung des Systems der Full-Dive-Umgebung erfuhr – nein, schon lange davor, träumte ich von nichts anderem als der Erschaffung dieses Schlosses. Einer Welt, die alle Grenzen und Regeln der Wirklichkeit überschreitet. Und schließlich ... wurde ich Zeuge, wie auch die Grenzen meiner Welt gesprengt wurden ...«

Kayaba richtete seine ruhig leuchtenden Augen auf mich und drehte sein Gesicht dann sofort wieder weg.

Der Wind bewegte die Ärmel seines Kittels und Asunas Haar. Schon mehr als die Hälfte des riesigen Schlosses war zerfallen. Auch die Stadt Algade, die voller Erinnerungen war, war bereits zerbrochen und von den Wolken verschluckt worden. Kayaba fuhr fort.

»Kinder bauen viele Luftschlösser. Wie alt war ich wohl, als das Traumbild eines stählernen Schlosses im Himmel von mir Besitz ergriff ... Dieses Bild verschwand nie aus meinen Gedanken. Mit den Jahren wurde es realistischer und größer. Ich wollte vom Boden abheben und zu diesem Schloss fliegen ... Für lange Zeit war das mein einziger Wunsch. Weißt du, Kirito ... Ich glaube immer noch daran ... Irgendwo in einer anderen Welt existiert dieses Schloss tatsächlich ...«

Plötzlich hatte ich eine Vision. Ich war ein Junge, der in jener Welt geboren worden und mit dem Traum aufgewachsen war, ein Schwertkämpfer zu werden. Eines Tages traf der Junge ein Mädchen mit haselnussbraunen Augen. Die beiden verliebten sich, heirateten schließlich und lebten für immer in einem kleinen Haus in einem Wald ...

»Ja ... Das wäre schön«, murmelte ich. In meinen Armen nickte Asuna sanft.

Wieder trat Stille ein. Als ich meinen Blick in die Ferne richtete, begann sich der Zerfall auch auf Stellen außerhalb des Schlosses zu erstrecken. Ich konnte sehen, wie das Wolkenmeer, das sich unendlich weit hätte erstrecken müssen, und der rote Himmel in der Ferne von einem weißen Licht verschluckt wurden und verschwanden. Das Licht drang von verschiedenen Seiten in den Himmel ein und schien langsam näher zu kommen.

»Ich habe vergessen, euch etwas zu sagen. Herzlichen Glückwunsch zum Beenden des Spiels, Kirito, Asuna.«

Auf seine stockenden Worte hin sahen wir zu Kayaba hoch, der rechts neben uns stand. Er sah mit ruhigem Gesichtsausdruck zu uns herunter.

»Nun ... ich muss allmählich gehen.«

Der Wind blies und schien Kayabas Gestalt zu verwischen – ehe wir's uns versahen, war er schon nicht mehr da. Durch die Kristallplatte drang das Licht des Abendrots und ließ sie leuchten. Wir waren wieder allein.

Wohin war er wohl gegangen? War er in die reale Welt zurückgekehrt?

Nein – vermutlich nicht. Er hatte selbst sein Bewusstsein gelöscht und die Reise zu dem Aincrad angetreten, das es irgendwo wirklich gab.

Vom virtuellen schwebenden Schloss war bereits nur noch die Spitze übrig. Nun brachen die Stockwerke über der 75. Ebene zusammen, die wir nicht mehr erreicht hatten. Auch der Vorhang aus Licht, der die Welt erfüllte und löschte, kam immer näher. Als sie von diesem flackernden, schimmernden Licht berührt wurden, wurden das Wolkenmeer und der Abendrothimmel selbst zu nichts, während sich Nebel aus feinen Scherben ausbreiteten.

Auf dem obersten Teil von Aincrad ragte ein riesiger purpurroter Palast mit prächtigen schlanken Türmen empor. Wenn das Game wie geplant verlaufen wäre, hätten wir wohl dort mit dem Teufel Heathcliff die Klingen gekreuzt.

Als auch die oberste Ebene, auf der er stand, zusammenbrach, schwebte der herrenlose Palast, als wolle er sich gegen sein Schicksal sträuben, eine Weile alleine weiter. Vor dem Hintergrund des roten Himmels leuchtete er tief purpurrot und schien wie das zum Schluss übrig gebliebene Herz des schwebenden Schlosses.

Schließlich erfasste die Welle der Zerstörung unerbittlich auch ihn. Von unten her wurde er langsam zu zahllosen Rubinen, löste sich auf und fiel zwischen den Wolken hinunter. Gerade als sich ein besonders hoher, schlanker Turm überallhin verstreute, verschluckte der Vorhang aus Licht auch diesen Teil des Himmels. Das riesige Schloss Aincrad war komplett zerstört und die Welt bestand nur noch aus mehreren Lagen abendroter Wolken und der kleinen kristallenen schwebenden Insel, auf der Asuna und ich saßen.

Es war wohl nicht mehr so viel Zeit übrig. Kayaba hatte uns nur noch diese letzte kurze Gnadenfrist gegeben. Zweifellos würde gleichzeitig mit der Zerstörung dieser Welt die letzte Funktion des NerveGear in Kraft gesetzt und alles enden lassen.

Ich legte meine flache Hand auf Asunas Wange und berührte langsam ihre Lippen mit meinen. Der letzte Kuss. Ich nahm mir Zeit und versuchte, ihre gesamte Existenz in meine Seele einzuprägen.

»Dies ist wohl der Abschied ...«

Asuna schüttelte leicht den Kopf. »Nein, das ist kein Abschied. Wir werden eins und verschwinden. Darum werden wir für immer zusammen sein.«

Sie sagte das flüsternd, aber mit sicherer Stimme, drehte ihren Körper in meinen Armen und betrachtete mich direkt von vorne. Sie legte ein bisschen den Kopf schief und lächelte weich.

»Hey, verrätst du mir noch deinen Namen? Deinen wahren Namen.«

Ich war ein bisschen perplex. Schließlich verstand ich, dass sie den Namen in jener Welt meinte, der ich vor zwei Jahren Lebewohl gesagt hatte.

Mir schien es wie ein Ereignis aus einer weit entfernten Welt, dass ich früher einmal unter einem anderen Namen ein anderes Leben geführt hatte. Ich sprach mit einem merkwürdigen Gefühl den Namen aus, der aus den Tiefen meines Gedächtnisses heraufkam.

»Kazuto ... Kazuto Kirigaya. Vielleicht bin ich letzten Monat sechzehn geworden.«

Kaum hatte ich das gesagt, schien es, als würde das Leben, die Zeit in der anderen Welt, die vor zwei Jahren stehen geblieben war, wieder anfangen zu fließen. Der Mensch Kazuto, der tief im Schwertkämpfer Kirito begraben gewesen war, kam langsam zurück an die Oberfläche. Die harte Rüstung, die ich mir in dieser Welt erarbeitet hatte, begann, Stück für Stück von mir abzublättern.

»Kazuto ... Kirigaya ...«

Asuna lachte mit gemischten Gefühlen, während sie den Namen Silbe für Silbe testweise aussprach.

»Du bist jünger als ich ... Ich bin Asuna Yuuki. Siebzehn Jahre alt.«

Asuna ... Yuuki. Asuna Yuuki. Ich wiederholte diese fünf schönsten Silben, die ich je gehört hatte, und schrieb sie in meinem Herzen fest.

Plötzlich ... liefen mir heiße Tränen aus den Augen.

Meine Emotionen, die in der ewigen Dämmerung eingefroren gewesen waren, begannen, sich zu bewegen. Ein Schmerz so heftig, als könne er mein Herz zerschneiden. Die ersten Tränen, seit ich in dieser Welt gefangen genommen worden war, flossen mir unaufhörlich die Wangen hinunter. Mein Hals war wie zugeschnürt, und wie ein kleines Kind weinte ich laut, während ich meine beiden Fäuste fest ballte.

»Verzeih mir ... Verzeih ... Ich hatte dir versprochen ... dich nach Hause zu bringen ...«

Ich konnte nichts mehr sagen. Den Menschen, der mir am wichtigsten war, hatte ich letzten Endes doch nicht retten können. Das Bedauern, dass der lichtgefüllte Weg, den dieser Mensch hätte gehen sollen, unerreichbar verschlossen war, formte sich zu Tränen und quoll ohne Halten hervor.

»Schon gut ... Es ist schon gut ...«

Auch Asuna weinte. Ihre Tränen brachen das Licht wie bunt leuchtende Kristalle und liefen ununterbrochen ihre Wangen hinunter, wurden zu Körnern aus Licht und verdampften.

»Ich war glücklich. Dir zu begegnen und mit dir zu leben ... war das Beste, was mir im Leben passiert ist. Danke ... Ich liebe dich ...«

Das Ende der Welt stand kurz bevor. Sowohl das riesige Schloss aus Stahl als auch das unendliche Wolkenmeer waren bereits im wild tanzenden Licht verschwunden, und im weißen Leuchten waren nur noch wir beide übrig. Der uns umgebende Raum wurde nach und nach davon verschluckt und verschwand. Körner aus Licht sprühten.

Asuna und ich umarmten uns fest und warteten auf den letzten Moment.

Im weiß glühenden Licht war es, als ob sogar unsere Emotionen sublimiert wurden. In meinem Herzen existierte schon nur noch die Zuneigung zu Asuna. Während alles sich auflöste und verdampfte, rief ich einfach nur weiterhin ihren Namen.

Mein Gesichtsfeld wurde von Licht erfüllt. Alles wurde von einem schneeweißen Schleier überdeckt, wurde zu winzigen Körnern aus Licht und tanzte um uns herum. Vor meinen Augen verschwamm Asunas lächelndes Gesicht im Licht.

Ich liebe dich ...

In meinem Bewusstsein, das zuletzt übrig geblieben war, hallte ihre Stimme nach wie eine süße Glocke.

Die Grenze zwischen unseren beiden Existenzen verschwand.

Unsere Seelen verschmolzen, und wir wurden eins.

Und zerstreuten uns.

Wir verschwanden.

25

In der Luft lag ein Geruch.

Statt darüber, dass mein Bewusstsein noch immer weiterexistierte, war ich zuerst darüber überrascht.

In dieser Luft, die ich einatmete, war eine große Menge Informationen enthalten. Ein stechender Geruch nach Desinfektionsmittel. Der Geruch von der Sonne beschienenen getrockneten Stoffs. Der süße Duft von Blumen. Der Geruch meines eigenen Körpers.

Langsam öffnete ich die Augen. Da spürte ich ein heftiges weißes Licht, das in das Innerste meines Gehirns stach, und schloss sie eilig wieder.

Vorsichtig versuchte ich noch einmal, meine Augen zu öffnen. Ein wildes Tanzen von verschiedenfarbigem Licht. Im letzten Augenblick merkte ich, dass sich in meinen Augen eine große Menge Flüssigkeit angesammelt hatte.

Ich blinzelte und versuchte, diese hinauszupressen. Aber die Flüssigkeit strömte sofort nach. Es waren Tränen.

Ich weinte. Warum nur? Im Innersten meiner Brust wurde der Nachklang eines tiefen Verlustes zu einem qualvollen Schmerz. Ich hatte das Gefühl, dass in meinem Ohr irgendjemandes rufende Stimme leise widerhallte.

Geblendet von dem starken Licht kniff ich die Augen zusammen und schüttelte irgendwie die Tränen ab.

Es war, als ob ich auf etwas Weichem liegen würde. Ich konnte eine Zimmerdecke sehen. Paneele von cremefarbenem Glanz waren gitterförmig angeordnet und mehrere davon leuchteten sanft, als befände sich in ihrem Inneren eine

Lichtquelle. Am Rande meines Gesichtsfeldes waren metallene Schlitze zu sehen. Eine Klimaanlage? Mit einem tiefen Brummen stieß sie Luft aus ... Eine Klimaanlage. Also eine Maschine. So etwas konnte es nicht geben. Egal mit welchem Meistergrad ein Schmiede-Skill hier eingesetzt würde, eine Maschine konnte er nicht erschaffen. Und selbst wenn, dann gäbe es keine Elektrizität dafür auf Aincrad ...

Dies war nicht Aincrad.

Ich öffnete die Augen.

Mein Bewusstsein erwachte endlich wieder zum Leben. Ich versuchte, eilig aufzuspringen ...

Aber mein Körper hörte nicht auf das, was ich ihm sagte. Er hatte keine Kraft. Meine rechte Schulter hob sich einige Zentimeter, aber sank sofort elendig zurück.

Nur mein rechter Arm schien sich irgendwie zu bewegen. Ich zog ihn unter dem dünnen Stoff hervor, der über meinen Körper gebreitet war, und hielt ihn hoch, um ihn anzusehen.

Ich konnte eine Weile nicht glauben, dass dieser unglaublich abgemagerte Arm mein eigener war. Damit konnte ich sicherlich kein Schwert schwingen. Als ich die kränkliche weiße Haut genau ansah, spross dort flaumiges Haar. Unter der Haut waren bläuliche Blutbahnen und an den Gelenken feine Falten. Es war Furcht einflößend real. Es war so echt, so natürlich, dass ich ein Gefühl der Fremdheit empfand.

An der Innenseite meines Ellenbogens war mit Tape ein metallenes Röhrchen befestigt, das ich als eine Injektionsnadel erkannte, und daraus kam ein dünner Schlauch. Als ich dem Schlauch mit den Augen folgte, sah ich, dass er mit einem durchsichtigen Beutel verbunden war, der links oben von einem silbernen Ständer herabhing. In dem Beutel war eine orange Flüssigkeit mit etwa 70 Prozent Füllstand, und aus dem Hahn, der in den Schlauch führte, tropfte es gleichmäßig.

Ich bewegte meinen linken Arm, der neben meinem Körper ausgestreckt lag, und tastete damit herum. Ich schien auf einem Bett aus sehr dichtem Gel zu liegen. Es fühlte sich kühl und feucht an, kälter als meine Körpertemperatur. Ich lag komplett nackt darauf. Eine weit entfernte Erinnerung kam zurück. Vor langer Zeit hatte ich einmal gelesen, dass ein solches Bett für bettlägerige Pflegebedürftige entwickelt worden war. Es war eines, das Entzündungen der Haut verhinderte und Körperausscheidungen aufspaltete und zersetzte.

Ich richtete meinen Blick auf meine Umgebung. Es war ein kleines Zimmer. Die Wand war genauso cremefarben wie die Zimmerdecke. Auf der rechten Seite gab es ein großes Fenster und davor hing ein weißer Vorhang. Ich konnte nicht dahinterschauen, aber gelbes Licht, das Sonnenlicht zu sein schien, drang durch den Stoff hell herein. Auf der linken Seite des Gel-Betts war ein metallener Tablettwagen und darauf stand ein Korb aus Rattan. Im Korb steckte ein großer Strauß schöne bunte Blumen und dies schien der Ursprung des süßen Dufts zu sein. Hinter dem Wagen war eine viereckige Tür. Sie war geschlossen.

Den Informationen nach zu schließen, war das hier wohl ein Krankenzimmer. Ich lag dort alleine.

Ich lenkte meinen Blick zurück auf meinen rechten Arm, den ich immer noch in die Luft hielt. Mir fiel plötzlich etwas ein, ich stellte den mittleren und den Zeigefinger auf und bewegte sie sanft.

Nichts geschah. Kein Klangeffekt und kein Menüfenster. Ich bewegte die Finger noch einmal, diesmal mit etwas mehr Kraft. Und noch einmal. Das Ergebnis war das Gleiche.

Das hieß, dass ich hier nicht in *SAO* war. Dann war das eine andere virtuelle Welt?

Aber die unglaubliche Menge an Informationen, die ich von meinen fünf Sinnen erhalten hatte, verkündete mit lauter Stimme eine weitere Möglichkeit: die ursprüngliche Welt. Die reale Welt, aus der ich vor zwei Jahren aufgebrochen war und von der ich geglaubt hatte, dass ich nie wieder in sie zurückkehren könnte.

Die reale Welt … Es dauerte, bis ich begriff, was diese Worte bedeuteten. Für mich war lange Zeit jene Welt der Schwerter und Gefechte die einzige Realität gewesen. Ich konnte kaum glauben, dass diese Welt nicht mehr existierte und ich nicht mehr dort war.

Dennoch kamen keine besonderen Emotionen oder Freude in mir hoch. Ich fühlte nur Verwirrung und ein kleines Gefühl des Verlusts.

Dann war das hier die Belohnung für das Beenden des Spiels, von der Kayaba gesprochen hatte. Obwohl ich in jener Welt gestorben war, mein Körper erloschen war, ich dies akzeptiert und sogar Zufriedenheit gespürt hatte.

Genau – es wäre okay gewesen, wenn ich so verschwunden wäre. Im weiß glühenden Licht mich aufzulösen, zu verdampfen, mit der Welt zu verschmelzen, mit ihr eins …

»Oh …«, sagte ich, ohne nachzudenken.

Durch meinen Hals, den ich zwei Jahre lang nicht mehr zum Sprechen benutzt hatte, schoss ein scharfer Schmerz. Aber auch dies war mir nicht bewusst. Ich öffnete die Augen und sprach die Worte, die aufgestiegen waren, sprach ihren Namen aus.

»A...su...na ...«

Asuna. Der in die Tiefe meiner Brust eingebrannte Schmerz kam frisch zurück. Asuna, dieses Mädchen, das ich geliebt hatte, das meine Frau geworden war, mit dem ich gemeinsam dem Ende der Welt beigewohnt hatte ...

War das ein Traum gewesen ...? Eine schöne Illusion, die ich in der virtuellen Realität gesehen hatte ...? Plötzlich wurde ich von Zweifeln geplagt.

Nein, sie hatte sicher existiert. Sollte das etwa ein Traum gewesen sein, diese Tage, an denen wir gemeinsam gelacht, geweint hatten, zusammen eingeschlafen waren?

Kayaba hatte damals gesagt: »Herzlichen Glückwunsch zum Beenden des Spiels, Kirito, Asuna.« Asuna, das hatte er ganz sicher gesagt. Wenn ich unter den überlebenden Spielern war, dann musste auch sie zurückgekommen sein. In diese Welt.

Kaum dass ich das gedacht hatte, lief mein Innerstes über vor Liebe zu ihr, vor fast verrückt machender Zuneigung. Ich wollte sie treffen. Ich wollte ihr Haar berühren. Ich wollte sie küssen. Ich wollte, dass sie mich mit ihrer Stimme rief.

Mit aller Kraft, die noch in meinem Körper wohnte, versuchte ich, aufzustehen. Da bemerkte ich endlich, dass mein Kopf fixiert war. Ich tastete das harte Geschirr, das unter meinem Kinn befestigt war, mit den Händen ab und löste es. Ich trug etwas Schweres. Mit beiden Händen riss ich es irgendwie ab.

Ich richtete meinen Oberkörper auf und betrachtete das Ding, das ich in den Händen hielt. Es war ein dunkelblau lackierter stromlinienförmiger Helm. Aus den langen Polstern am Hinterkopf erstreckten sich identische blaue Kabel und setzten sich bis zum Boden fort. Das war …

Das NerveGear. Durch es war ich zwei Jahre lang an jene Welt gefesselt worden. Die Stromquelle des Gears war aus. In meiner Erinnerung hatte dieser Helm geleuchtet, aber inzwischen war der Lack matt, an den Randstellen blätterte er ab und entblößte das Material, aus dem er gemacht war, eine Leichtmetalllegierung.

Dort drinnen steckten alle Erinnerungen an jene Welt … Fast nostalgisch streichelte ich sanft über die Oberfläche des Gear.

Ich werde dich vielleicht nie wieder aufsetzen. Aber du hast es gut gemacht …, dachte ich und legte es auf das Bett. Dass ich mit dem Gear gemeinsam gekämpft hatte, war bereits die Erinnerung einer fernen Vergangenheit. Jetzt gab es etwas, das ich in dieser Welt tun musste.

Plötzlich hatte ich das Gefühl, als hätte ich entfernt Lärm gehört. Als ich meine Ohren anstrengte, war es, als sei mein Gehör endlich zur Normalität zurückgekehrt, und ich nahm verschiedene Geräusche wahr.

Da waren sich unterhaltende Stimmen, die Rufe vieler Menschen. Schritte, die auf der anderen Seite der Tür durcheinanderrannten, und auch das Geräusch von rollenden Rädchen.

Ich wusste nicht, ob Asuna in diesem Krankenhaus war. Da die Spieler von *SAO* über ganz Japan verteilt gewesen waren, war die Wahrscheinlichkeit extrem niedrig, dass auch sie hier untergebracht war. Aber zunächst ging es von hier aus los. Wie lange es auch dauern würde, ich würde sie ganz sicher finden.

Ich nahm das dünne Laken weg. Um meinen abgemagerten Körper rankten sich zahllose Schläuche und Kabel. Was an meinen vier Gliedmaßen befestigt war, waren wohl Elektroden, die die Schwächung der Muskeln verhinderten. Ich entfernte sie mühsam eine nach der anderen. Am Brett, das am unteren Ende des Betts zu sehen war, leuchteten orangefarbene LEDs auf und ein schriller Warnton erklang, aber ich ignorierte das.

Ich zog auch die Nadel der Tropfinjektion heraus und stellte, als mein Körper endlich frei war, meine Beine auf den Boden. Ich belastete sie langsam und versuchte, aufzustehen. Mein Körper erhob sich langsam, aber sofort drohten meine Knie einzuknicken, und ich lächelte gequält. Eine Korrektur der Muskelkraftparameter hätte mir jetzt wirklich geholfen.

Ich griff nach dem Ständer der Tropfinjektion, zog mich daran hoch und stand irgendwie auf. Als ich mich im Zimmer umsah, entdeckte ich im unteren Teil des Tablettwagens, auf dem der Blumenkorb stand, einen gefalteten Arztkittel und zog ihn über meinen nackten Körper.

Allein durch diese Bewegung kam ich außer Atem. Die Muskeln in meinen vier Gliedmaßen, die ich zwei Jahre lang nicht benutzt hatte, protestierten vor Schmerz. Aber ich durfte nicht herumjammern.

Schnell, schnell, war da eine drängende Stimme in meinem Bewusstsein. Mein ganzer Körper sehnte sich nach ihr. Bis ich Asuna noch einmal in meinen, in diesen Armen halten würde, war mein Kampf nicht vorbei.

Statt meines geliebten Schwerts griff ich fest den Ständer der Tropfinjektion, stützte mich darauf und nahm den ersten Schritt in Richtung Tür.

Nachwort

Dieses *Sword Art Online* entstand als Bewerbung für den *Großen Dengeki Roman*-Preis im Jahre 2002 und ist mein erster langer Roman.

Obwohl ich mich sehr beeilt hatte, überstieg das Manuskript weit die damalige maximal erlaubte Seitenzahl von 120 Seiten, aber ich hatte nicht den Willen und auch nicht die Fähigkeit, es auf die vorgeschriebene Länge zu kürzen. Also hockte ich mich in eine Ecke, schlang die Arme um die Knie und murmelte: »Dann eben nicht …«

Trotzdem konnte ich kleinlicher Mensch das Manuskript nicht einfach löschen, und ich dachte: »Dann veröffentliche ich es eben im Netz«, und so startete ich im Herbst jenes Jahres meine Webseite. Zu meiner glücklichen Überraschung bekam ich von Anfang an sehr viel positives Feedback, was mich motivierte, eine Fortsetzung zu schreiben, eine Nebengeschichte und eine weitere Fortsetzung, und plötzlich waren so ganze sechs Jahre vergangen.

2008 beschloss ich, es noch einmal zu probieren, und bewarb mich mit einem anderen Werk, das damals gerade fertig geworden war (wieder hatte ich die vorgeschriebene Seitenzahl weit überschritten, aber diesmal konnte ich es irgendwie gerade so auf 120 Seiten kürzen), um den 15. *Großen Dengeki Roman*-Preis. Mit viel Glück gewann ich tatsächlich. Und mein Glück endete damit nicht. Ich werde nie die Freude und die Emotionen vergessen, als mir mein Redakteur, der das Manuskript der *SAO*-Serie gelesen hatte, an dem ich undiszipliniert aufgehört hatte, zu schreiben, sagte: »Lassen Sie uns das auch veröffentlichen!«

Allerdings spürte ich auch einen Hauch von Unruhe. Denn neben zahlreichen anderen Problemen in diesem Projekt, deren Auflistung den Rahmen sprengen würde, war das größte die Frage: »Ist es gut, etwas, das bisher im Netz zugänglich war, zurückzuziehen, nur weil man es als Buch veröffentlicht?«

Aber das Timing war einfach genau richtig. Ich hatte gerade mein letztes Werk fertiggestellt; Net Games fingen gerade an, gesellschaftlich anerkannt zu werden, und nicht zuletzt hatte ich das große Glück, dass Kazuma »die Arbeit ist meine Geliebte« Miki mein zuständiger Redakteur war. Wenn er nicht zusätzlich zu seiner normalen Arbeit mein Manuskript in einer einzigen Woche gelesen hätte, dann wäre es wohl nie so weit gekommen. Ich sagte mir, ich würde niemals ein wirklicher Gamer ... äh, Autor, wenn ich diese Verkettung glücklicher Umstände der Kategorie »Passiert nur einmal im Leben« nicht mit beiden Händen ergreifen würde. Und so kam es, dass die Papierversion von *Sword Art Online 1 Aincrad* publiziert wurde.

Dieses Werk ist der Punkt, an dem für mich alles begann. Ich wollte mich mit dem Konzept der Net Games, der virtuellen Realität befassen. Wenn möglich, möchte ich diese Reise mit euch, meinen Lesern, bis zum Ende teilen.

Vielen herzlichen Dank an die Illustratorin abec, die die Geschichte mit dem schwierigen Setting »Fantasy als virtuelles Game in der nahen Zukunft« mit vielen wundervollen Designs verschönert und die darin kämpfenden Charaktere lebendig gezeichnet hat, und an meinen zuständigen

Redakteur Herrn Miki, der freundlicherweise mein erstes Manuskript, das noch mehrere Probleme enthielt, gelesen und dabei geholfen hat, es zu dieser fertigen Fassung werden zu lassen.

Und ich möchte auch von Herzen all den vielen Menschen danken, die *Sword Art Online* lange Zeit im Netz unterstützt haben. Ohne euren Ansporn hätte dieses Buch niemals das Licht der Welt erblickt, und mich als »Reki Kawahara« hätte es auch nicht gegeben.

Last, but not least möchte ich natürlich auch ganz herzlich dir danken, der du dieses Buch in die Hand genommen und es gelesen hast!

28.1.2009 Reki Kawahara

ソードアート・オンライン

Sword Art Online

Aincrad

Reki Kawahara

Er stammt aus Sourceria, lebt derzeit in Azeros und ist bereits sein Leben lang ein Solospieler. Die meiste Zeit über spielt er den starken Mann und tut so, als käme er ohne die Unterstützung der anderen Gamer klar. Allerdings ist in letzter Zeit der Schwierigkeitsgrad vieler Quests angestiegen, sodass es für ihn nicht mehr ganz so einfach ist. Alleine zum Karaoke zu gehen, ist kein Problem, aber sein Ziel ist es, ein Level zu erreichen, bei dem er in ein Restaurant gehen kann und Yakiniku (gebratenes Fleisch) für nur eine Person bestellt.

TOKYOPOP GmbH
Hamburg

TOKYOPOP
2. Auflage, 2018
Deutsche Ausgabe/German Edition

Aus dem Japanischen von Verena Maser

First published in Japan in 2009 by
KADOKAWA CORPORATION, Tokyo.
German translation rights arranged with
KADOKAWA CORPORATION, Tokyo.

Redaktion: Markus Rohde
Lektorat: Kerstin Feuersänger
Lettering und Herstellung: Annika Meyer-Wülfing
Druck und buchbinderische Verarbeitung:
CPI – Clausen & Bosse GmbH, Leck
Printed in Germany

ISBN 978-3-8420-1114-4

www.tokyopop.de

ACCEL WORLD MANGA

Hiroyuki Aigamo / Reki Kawahara / HIMA

Willst du noch etwas schneller werden?

Haruyuki ist das geborene Mobbing-Opfer: klein, dick und schüchtern. Sein Schulalltag ist die Hölle, bis ihn die charmante, atemberaubend schöne Kuroyukihime in die Welt des Online-Games *Brain Burst* einführt. In erbarmungslosen Kämpfen treten die Spieler gegeneinander an, um sich die Fähigkeit der »Beschleunigung« zu sichern. Diese fantastische Kraft krempelt Haruyukis Leben von Grund auf um!